本书为圆明园管理处资助项目

清代圆明园御制诗文集

第一辑

三

何瑜//编著

中国大百科全书出版社

目录

圆明园

长春园

接秀山房

接秀山房，亦称观澜堂，圆明园四十景之一。居福海东南岸，始建于雍正九年（1731），正宇三楹西向，御题“接秀山房”。乾隆时，山房后稍东为“琴趣轩”，其北有方楼，名曰“寻云”，又北为“云锦墅”，额皆乾隆帝御书。山房东南为“澄练楼”，楼后为“怡然书屋”。寻云楼稍东有佛室，名“安隐幢”。山房之南有雍正帝御书“揽翠亭”。嘉庆后期，该景区变化较大。主殿改建为三卷五楹，外挂嘉庆帝御书“观澜堂”匾，堂中内额有“怡旷轩”。堂前后皆围院墙，堂东建围房十间。圆明园罹劫后，观澜堂主殿尚存。光绪二十四年（1898）四月，慈禧太后曾游观至此。其后，复毁于八国联军之乱。

乾隆朝

乾隆九年

接秀山房

平冈萦回，碧沚停蓄，虚馆闲闲，境独夷旷。隔岸数峰逞秀，朝岚霏青，返照添紫，气象万千，真目不给赏，情不周玩也。

烟霞供润浥，朝暮看遥兴。
户接西山秀，窗临北渚澄。
琴书吾所好，松竹古之朋。
仿佛云林衲，携筇共我登。

云林衲：云林，隐居之所。唐 王维《桃源行》诗："当时只记入山深，青溪几度到云林。"衲，僧人。

筇：古书上说的一种竹子，可以做手杖。

乾隆二十八年

怡然书屋偶题

架是琳琅笥，床非玳瑁筵。
识名探义府，玩象汲神渊。

少暇惭茧纸，多愁忆麦田。

甘膏渥盈尺，今日始怡然。

琳琅笥：琳琅，指优美的诗文，珍贵的书籍。笥，盛饭或衣物的方形竹器。此处指放书的架子。

玳瑁筵：玳瑁，一种海龟，其角质板可作装饰品。筵，竹席。

义府：义理之府藏。常指《诗》《书》而言。

神渊：深渊。晋 陶潜《五月旦作和戴主簿》："神渊写时雨，晨色奏景风。"

接秀山房

雨足诸凡好，西山送秀来。

爽真在襟袖，润直到根荄。

圣日常悬照，薰风正阜财。

徘徊瞻宝额，讶似过庭才。

琴趣轩

不学陶家弦亦无，底夸李氏宝称孤。

暗泉滴处声同调，只有徽招意廑吾。

陶家：指晋诗人陶渊明，字元亮，又名潜。唐 司空图《杨柳枝》词："陶家五柳簇衡门，还有高情爱此君。"

题澄练楼

湖上乘舟至，登楼更望湖。

一层高位置，万象顿形殊。

岂藉天孙织，分明少女铺。

今朝宜有喜，喜在稻苗腴。

天孙：即织女星。亦指传说中巧于织造的仙女。

寻云亭

古松香护小亭芬，得径常从荟蔚分。
深处湿衣看不见，强安名曰此寻云。

荟蔚：草木繁盛貌。

乾隆二十九年

琴趣轩口号

无弦亦不壁间悬，琴趣居然在目前。
小矣高山流水志，企之解愠阜财篇。

解愠：消除怨怒。语出《孔子家语·辩乐解》：“昔者舜弹五弦之琴，造《南风》之诗，其诗曰：‘南风之薰兮，可以解吾民之愠兮。南风之时兮，可以阜吾民之财兮。’”

琴趣轩

五七弦音辨莫仍，其声只在碧澄澄。
嬴他世上琴师者，枉桡于斯得未曾。

枉桡：曲弱，弯曲。《淮南子·修务》：“琴或拨剌枉桡，阔解漏越，而称以楚庄之琴。”高诱注：“枉桡，曲弱。”

题澄练楼

乘舟偶至临湖楼，不爱舟中爱楼上。
于楼为静舟为动，一例澄湖披荡漾。
是时春仲景方明，况当雨后波新涨。
倒影花光漪浅纹，冰夷窃得天孙样，
设如拟议浣纱溪，洗尽越吴机械障。

冰夷：又名冯夷，古代神话中的黄河水神。亦是河川之神的通称。

怡然书屋

好春倏度箭催弦，候入清和宜雨天。
问我迩来心所托，即时膏霡始怡然。

乾隆三十一年

怡然书屋

书屋额怡然，怡然义足研。
雨旸总时若，民物各安全。
仓廪余三岁，兵戈靖九边。
是均非易致，多愧此名悬。

九边：又称九镇，是明朝弘治年间在北部边境，沿长城防线陆续设立的九个军事重镇。也泛指边疆。

乾隆三十四年

怡然书屋有警

宜雨而即雨，宜旸而即旸。

书屋亦侥幸，怡然名可当。

吾更有所思，一念分圣狂。

怡实骄媒孽，泰为否伏藏。

是以弗敢怡，夙夜惕不遑。

媒孽：比喻嫁祸于人，酿成其罪。

乾隆三十五年

琴趣轩口号

水清冻结亦冰清，便是风来不作声。

得趣设于琴上拟，恰如挂壁学渊明。

渊明：即晋诗人陶渊明。

乾隆五十四年

澄练楼

湖水底须宽，凭栏率可观。

虽迟鱼负背，已听雁回翰。

因悟静胜动，那量方与团。

如论澄照处，真是俯冰纨。

翰：鸟羽之长而劲者为翰。此指北归的大雁。

冰纨：洁白的细绢。颜师古注：“冰谓布帛之细，其色鲜洁如冰者也。纨，素也。”

乾隆五十五年

怡然书屋

书屋手一篇，有时亦怡然。

但斯实艰致，五字试永言。

必也雨旸时，兼之内外安。

克己至无欲，吁俊真得贤。

岂如彼书生，略会便自轩。

怡与忧相对，得之境异焉。

人怡我则忧，终始洪范诠。

吁俊：求贤。

洪范：原是商代贵族政权总结出来的统治经验。“洪”的意思是“大”，“范”的意思是“法”。“洪范”即统治大法。

乾隆五十八年

琴趣轩口号

不解攖醳解其理，六律五音洗心水。

识得渊明室之壁，挂以无弦亦如此。

擭醳：谓弹琴时琴弦一张一弛。语本《史记·田敬仲完世家》：“夫大弦浊以春温者，君也；小弦廉折以清者，相也；擭之深，醳之愉者，政令也。”

六律：古代的六种音律。通指黄钟、太簇、姑洗、蕤宾、夷则、无射六阳律与大吕、夹钟、仲吕、林钟、南吕、应钟六阴律。

五音：古代音律。即：官、商、角、徵、羽。

洗心：比喻除去恶念或杂念。《易·系辞上》：“圣人以此洗心。”

乾隆五十九年

澄练楼口号

清风拂水水波浮，漪练诸名喻以稠。

益曰澄哉岂无意，澄之一切合休休。

休休：形容宽容，气魄大。亦指喜乐正道。

嘉庆朝

嘉庆元年

接秀山房

山房得地崇，径曲巧相就。

近览一湖清，遥接千峰秀。

明霞衬疏林，秋高净宇宙。
颢气下松风，翠影仍繁茂。
极浦印征鸿，飞鸣问古堠。
喜趁片时闲，看云出远岫。

极浦：遥远的水滨。

古堠：古代瞭望敌情的土堡。

嘉庆二年

云锦墅

春华敷锦绣，花墅彩连云。
落蕊眼前漾，余香鼻观闻。
良时全若绘，大块总成文。
试放兰桡去，回溪桃李纷。

大块：大自然，大地。《庄子·齐物论》：“夫大块噫气，其名为风。”成玄英疏：“大块者，造物之名，亦自然之称也。”

接秀山房

远接西山秀，晴空印翠螺。
窗虚延列嶂，柳细荫平坡。
梅雨期须继，花风信早过。
抚时念耕作，农事近如何。

翠螺：用以喻山峦的形状。

接秀山房

山房舒眺景高爽，福海凭临印影峨。
日映金波冲岸角，林飘锦叶下岩阿。
遥辉绝壁翻红树，直接群峰滴翠螺。
鼓棹还过前浦去，东篱花事问如何。

东篱：晋 陶潜《饮酒》诗之五：“采菊东篱下，悠然见南山。”后因以指种菊之处。

嘉庆三年

接秀山房

掩映西峰秀相接，山房高敞挹虚峦。
冥冥花雾云边合，落落松风天半寒。
霞绘三霄青嶂表，日烘五色翠崖端。
游神八极归冲漠，漫挟飞仙驾彩鸾。

三霄：高空意。清 赵翼《一枕》诗：“偶翻除目寻交旧，半在三霄半九泉。”

五色：指青、黄、赤、白、黑五色，也泛指各种色彩。

八极：八方极远之地。《淮南子 · 原道训》：“夫道者，覆天载地，廓四方，柝八极，高不可际，深不可测。”高诱注：“八极，八方之极也，言其远。”

彩鸾：传说中的神鸟。唐 李商隐《寓怀》诗：“彩鸾餐颢气，威凤入卿云。”

嘉庆九年

云锦墅晴眺

百顷风潭一鉴收，蜃窗倒影印清流。
涵溶霞彩朱澜卷，澄彻天光碧浪浮。
西岭列屏蘸波洁，北汀连阁映林稠。
平湖坐挹心神畅，试写吟笺佳境酬。

云锦墅

别墅平开福海波，西山倒影蘸青螺。
锦屏灿烂秋容丽，云幔高澄灏气和。
砌下小蛩如问答，篱边晚卉自婆娑。
临风顿觉襟怀畅，涤尽残邪永息戈[①]。

① 莠民梗化，久廑筹几。兹幸于秋仲全蒇。安民之事，澄氛祲而和气生。闾里无鸡犬之惊，寰宇息戈鋋之气。予几闲抚序，涉笔成章，念苍赤之普安衽席，长享升平，转不禁对景物而一抒庆慰也。

青螺：青色田螺，此处指倒映在湖中的青山。唐 刘禹锡《望洞庭》诗："遥望洞庭山水翠，白银盘里一青螺。"

嘉庆十年

云锦墅

春容秀雅太虚宽，滉漾清溪映赤栏。
岸柳舒条盈北渚，山桃灿蕊满前滩。

佳辰每以无心遇，胜境聊为寓意观。

廑念郊原耕作始，知依教稼悯艰难。

云锦墅晴望

座挹平湖百顷开，水心楼阁接瑶台。

金鳞滉瀁涵丹旭，玉鉴澄清泼绿醅。

岚影千重凝远岭，花光四照吐陈荄。

静观代谢盈虚理，长养收成妙剪裁。

滉瀁：泛指光、影等摇动、晃荡。宋 司马光《翠漪亭》诗：“雕檐日华动，滉瀁照漪涟。”

长养：生长、养育意。

云锦墅望香山即目

匽窗凭眺见西山，静室超然[①]几席间。

缩地仙游疑若接，凌霞贝阙似能攀。

依稀松影浮青嶂，隐约钟声出翠鬟。

廿里峰峦无障隔，难明四目照尘寰。

① 堂名。

几席：几和席，古人凭依坐卧的器具。《史记·礼书》：“疏房床第几席，所以养体也。”

缩地：传说中化远为近的神仙之术。晋 葛洪《神仙传·壶公》：“费长房有神术，能缩地脉，千里存在，目前宛然，放之复舒如旧也。”

贝阙：用贝壳装饰的宫殿。汪莘《月赋》：“衬珠阁而泫露，镇贝阙而含风。”

四目：能观察四方的眼睛。宋 范仲淹《用天下心为心赋》：“视以四目，而明乎中外；听以四聪，而达乎远迩。”

云锦墅

扆窗明镜光相印，天水涵虚一色清。
云影苍茫林外绚，浪花溶漾槛前呈。
依依卉木铺丹溆，叠叠亭台蘸碧泓。
朗鉴心源尘滓静，澄辉内照养真诚。

云锦墅

千顷澄波印云影，心源朗澈虑全降。
微风叠縠沿朱槛，皎旭含漪晃碧窗。
柳密隐蝉传嘒嘒，花深藏蝶舞双双。
秋初畅霁宜行旅，坦荡康庄莅旧邦。

嘒嘒：形容小声或清脆的声音。

嘉庆十一年

云锦墅

溶溶春水满平湖，凝望扆窗妙境敷。
远岭拂云排万笏，遥汀接浪浴双凫。
碧含潋滟连高柳，翠滴空明入野芜。
献岁近畿雨雪足，液池分润四郊俱。

万笏：笏，古代大臣朝见天子时所执的狭长手板。万笏，比喻丛立的群山。明 华钥《吴中胜记》：“庙后天平如锦屏。入座，其峰皆立，僧曰：‘此万笏朝天也。'”

双凫：两只水鸟或两只野鸭。

潋滟：形容水波相连，波光闪动的样子。

嘉庆十二年

云锦墅即景

临湖俯澄波，倒蘸西山影。
秀黛纳蜃窗，神契虚明境。
峭蒨耸千寻，苍茫浮百顷。
回澜叠锦纹，霞光绘远岭。
恍若莅余杭，富岁衷引领。
蒿目念田功，中心每如梗。

千寻：古以八尺为一寻，形容极高或极长。晋 左思《吴都赋》：“擢本千寻，垂荫万亩。”

云锦墅晴望

泬寥碧宇畅初秋，列嶂连延一鉴收。
云影度峰乍明暗，波光印渚互沉浮。
朱霞薄绚汀边槛，翠黛遥含柳外楼。
悦目赏心趁几暇，画中佳景镜中游。

泬寥：空旷貌。战国 宋玉《九辩》：“泬寥兮天高而气清。”

嘉庆十三年

云锦墅

十笏居临福海东，收来众妙小窗中。
霞浮绣壁高连宇，锦叠漪澜缓趁风。
翠柳垂丝蘸波绿，朱楼倒影映流红。
悦心群汇益滋茂，时有油云作远空。

嘉庆十四年

云锦墅

百顷湖波印芳墅，薰风习习叠鱼鳞。
霞连西岭辉澄浦，旭映南楼影绚津。
嘒嘒鸣蜩潜叶密，垂垂高柳荫阶匀。
蜃窗静领溪山妙，省识画图自有真。

云锦墅晴望

宿雨初收远景明，西山一碧放新晴。
漪澜细叠平湖浩，秀黛遥皴列嶂横。
日灿岩凹霞逗影，风停岸角树无声。
化工结构非人力，静印心源妙绘呈。

嘉庆十五年

云锦墅

别墅面碧湖，无边景光赴。
溶溶槛下波，叠叠拖纨素。
远山列锦屏，溪云隐汀树。
宛似画中看，浓淡皴法布。
乃知霄壤间，佳致随处具。
乘暇以诗酬，心游物外趣。

嘉庆十八年

云锦墅

窗中列远岫，纳景印遥青。
层叠浮苍霭，高低展翠屏。
林晖晃金碧，波影合空冥。
隔岸花宫近，风微语寺铃。

嘉庆十九年

云锦墅

御湖浩渺漾春澜，暖浪三篙百顷宽。
云外峰峦画里列，波心楼阁镜中观。

风拖碧縠千层绚，日照金鳞万叠攒。
坐近蜃窗揽佳妙，心清目畅体随安。

云锦墅

蜃窗朗洁临秋水，浩渺晴波千顷开。
碧渚几重互襟带，青山百叠耸崔嵬。
林多残叶风前漾，菊有幽香雨后来。
静挹化源观代谢，连宵甘泽沐栽培。

嘉庆二十一年

云锦墅远望

蜃窗依福海，林外列三山。
碧鉴檐楣下，翠屏户牖间。
千寻峰峭拔，百顷水潺湲。
此是真仙境，何须阆苑攀。

阆苑：也称阆风苑。泛指神仙居住的地方，亦指帝王宫苑。

嘉庆二十二年

云锦墅春望

水村放棹度松关，舟舣莎堤芳墅攀。

潋滟澄波千顷沼，连绵峻岭百重山。
远岚高峙青螺髻，近岸曲通碧玉湾。
蓬岛不遥一苇到，从来胜境在尘寰。

青螺髻：形如青螺的发髻。此处形容山势。

嘉庆二十四年

观澜堂

冰奁雪沼映银澜，堂挹虚明欣畅观。
北峙群峰印云素，西排列岫染霞丹。
境开琼岛心源澈，春满瑶京画幅宽。
徒倚回廊舒远目，东风料峭不知寒。

冰奁：犹言梳妆镜。宋 黄机《传言玉女 · 次岳总干韵》：“梦断阳台，甚情怀，似病酒。冰奁羞对，比年时更瘦。”

题观澜堂

福海新波千顷宽，堂开东岸对漪澜。
金鳞映日轻霞漾，碧浪含风薄縠攒。
和蔼韶光明远岫，微茫云影印遥滩。
田功肇始仲春届，观我观民得大观。

观澜堂

八窗印晴晖，空明临碧沼。

远岭写春霞，绮影绘天表。

蓬岛水中央，金碧浮滉渺。

漪澜送暖飔，岸角迭环绕。

昨岁驻渝关，沧溟观浩淼。

心境养虚明，眼界随大小。

滉渺：也作渺滉，形容水流长远的样子。

渝关：古关名。一作榆关，又称临闾关、临渝关。故址在今山海关。

沧溟：大海、苍天。

观澜堂

堂临福海岸东偏，坐对晴澜得景全。

远叠金鳞涵锦浪，平铺碧縠趁澄渊。

霞烘遥渚涤余霭，风度繁林卷密烟。

眼界无遮清旷极，又欣快澍润原田。

嘉庆二十五年

观澜堂

百顷福海宽，淡沲春波漾。

蜃窗印空明，静憩舒遥望。

旭影晃晴澜，风漪涵锦浪。

心如止水清，自觉襟怀畅。
翻思去岁秋，为霖众川涨。
小民罹涝灾，念及犹悽怆。

观澜堂

百顷风潭浩，窗前叠锦澜。
目迎湖水阔，心与太虚宽。
漾碧涵遥溆，凝青接远峦。
香山欣在望，移跸偶游观。

观澜堂

虚堂福海滨，千顷沧波漾。
微风叠清漪，凭栏心目旷。
明霞灿西山，静宜欣在望。
五日命驾旋，游豫情毋放。
观澜触远怀，仪封恐增涨。
伏秋汛期遥，寅畏祈天贶[1]。

① 上年，豫省兰仪、武陟各处，先后漫工。经予节次严饬河臣、董吏，上紧兴筑南岸堤工，先于去冬堵闭北岸，大工亦于本年三月中旬合龙。而仪封三堡以下，堤身复蛰陷一百余丈。近据吴璥等奏报裹护，将来堵筑事宜，较武陟事半功倍。该处土性胶凝，非北岸沙松可比，且口门宽阔，不及北岸之半，挑挖引河，亦只须二百余里，施功自易。惟是伏秋雨汛，为时尚早，须俟霜降后，方可兴工。兹从香山旋跸，临莅斯堂，睹溶漾之清漪，念河流之未复，触目兴怀，刻深远虑。惟有矢此寅畏衷忱，日吁昊苍垂贶，俾大汛不致盛涨，堤工早告成功。廑盼殷遥，不胜敬企。

观澜堂

百顷澄潭眼界宽，窗中静憩畅遐观。
金鳞叠叠衬花屿，锦縠层层绕画栏。
清夏日长欣纳景，大河汛届愿安澜。
身居御苑心寰宇，图治息民先任官。

观澜堂

序届三庚暑气扬，停舟芊渚憩书堂。
风潭百顷碧漪叠，云岫一行翠幄长。
观候禾繁兼黍茂，验时夜雨继朝旸。
筹农略慰旰宵愿，敬俟安澜淮及黄。

道光朝

道光三年

福海放舟至观澜堂作

鼓棹平分春色饶，晴波渺漏展轻绡。
堂开水面清宜咏，云敛峰腰淡若描。
何处疏钟初报午，知时好鸟正迁乔。
鉴人鉴水同参理，孔训探源睿虑昭。

泛舟至观澜堂作

汤汤福海喜扬舲，问景名堂柳外停。
画槛凭虚欣飒爽，晴澜漾日忆沧溟。
平临仙岛辉丹阁，远眺西峰展翠屏。
豁达心胸澄万虑，忘机鸥鸟浴沙汀。

微雨初霁，福海泛舟至观澜堂作

侵晨小雨乍霏霏，放棹还欣暑气微。
水木清华涵静境，鸢鱼活泼悟天机。
迎人广厦开东岸[①]，入望层峰翠四围。
空际浓云瞻有渰，畿南待膏寸心祈[②]。

① 观澜堂在福海东岸。

② 本日，直隶督臣蒋攸铦奏报，各属得雨深透，惟河间、天津、正定一带，尚未一律优霑。览奏曷胜切望，敬叩天恩普沛甘霖，以滋秋稼，庶可转歉为丰也。

渰：云起貌。

观澜堂对雨

漠漠浓云羃太空，近山苍莽远山笼。
天边乍送催诗雨，水面初含破浪风。
林幄开时增湿翠，莲塘喧处落余红。
披襟北牖延新爽，染翰聊将短句工。

染翰：以笔蘸墨。翰，笔。晋 潘岳《秋兴赋序》："于是染翰操纸，慨然而赋。"

云锦墅

芳墅延秋景，堂开福海东。
晴波光浩渺，嘉木荫茏葱。
远渚芦翻白，平矼蓼蘸红。
香山清在望，苍秀画图中。

矼：石桥。

道光四年

观澜堂

倚槛豁心神，迎眸碧浪新。
观澜符知乐，鉴止悟天真。
日映千重锦，风翻几叠银。
瑶台撼虚影，写出上林春。

上林春：词牌名。

观澜堂

放舟安乐渡，神岛在人间。
润浥莓苔径，烟消芦荻湾。
风清临福海，云霁见香山。
坐对澄心镜，虚窗绿荫环。

观澜堂阵雨即景

西峰才睹片云遮，倏尔滂沱浪叠花。
雷殷山头声断续，风回水面势盘斜。
林端乍泻天然瀑，岸角俄添骤涨沙。
坐对宜人生爽籁，瑶台缥缈望中赊。

缥缈：亦作“飘渺”。隐隐约约，若有若无的样子。

观澜堂

晴波浩瀚看无际，落木西风下远空。
片片闲云开复合，森森茂树碧兼红。
浪花浴日金千顷，竹韵临窗玉一丛。
坐爱秋光澄万象，摛词岂为句求工。

道光五年

泛舟至观澜堂即景

无际新波千顷绿，偶移画舫喜春晴。
平湖倒见青螺影，远岸初闻黄鸟声。
当户夭桃和露绽，临流弱柳趁风轻。
澄虚动植含生妙，午憩凭栏惬咏情。

观澜堂对雨 三月二十一日

天慈溥洽雨依旬，有象登丰首夏辰[①]。
峰影迷茫连碧汉，波光滉漾接芳津。
四郊最喜耕耘遍，二麦惟欣渥泽频。
长此休征祈顺序，熙熙乐利万方民。

① 本月十一日，嘉澍霏甘，既优既渥，顷复油云膏雨，瑞叶依旬入夏，占年有秋志喜，拈吟对景，寅感天慈。

休征：吉祥的征兆。

观澜堂口占

入望波光碧，轻航镜里过。
水天映澄澈，胜概此中多。

微风叠轻縠，空外雨冥冥。
远岸含峰影，分来几点青。

万事万理该，观水亦有术。
波澜濯性灵，虚受由中出。

观澜堂对雨喜成

漠漠云光泼墨浓，风吹雨阵势何霎。
白波卷处迷遥渚，绿树深时隐远峰。
入望溟濛连万顷，悦心润泽庆三农。
凭栏静坐延新爽，天水澄虚景象供。

零：雨貌。

道光六年

观澜有会

浩瀚波光眼界宽，堂临无地喜观澜。
风翻汩汩千层绿，日蘸茫茫万点丹。
道契沧浪超象外，妙参澄澈涤心端。
情田欲得消尘俗，淡静工夫勿畏难。

道契：谓彼此思想一致，志趣相投。

情田：语出《礼记·礼运》："故人情者圣王之田也，修礼以耕之，陈义以种之，讲学以耨之，本仁以聚之，播乐以安之。"后因以情田指心地。

观澜堂喜雨作

火伞何堪溽暑蒸，心希时雨望云兴。
沛然乍喜添新爽，荡涤炎氛万象澄。

火伞：比喻烈日。

碧落飞来万斛泉，湖山远近尽含烟。
新波浩渺浅深绿，符望渊衷在大田。

渊衷：渊深的胸怀，多用来称颂帝王。

道光七年

观澜堂晴望

湖山宜雨霁，卉木总含青。
波定澄金鉴，云开列翠屏。
荷逢幽处好，蝉向静中听。
纳爽临虚榭，轻航柳外停。

道光八年

怡旷轩春望

骛望西峰点翳无，几番雪泽景偏殊。
讵因林木咸滋茂，最喜农田普洽濡。
岚影高低含绮户，云光分合映冰湖。
不知淑气催花信，已看勾萌散野芜。

清明日，恭侍皇太后泛舟游观澜堂侍膳喜成

清淑风光百五辰，御园远胜凤池春。
遥峰当户分青霭，浅浪扬舲达碧津。
水态云容相掩映，桃唇柳眼露精神。
欣承色笑乘几暇，殿阁随宜永侍亲。

五辰：古代谓五星分主四时，即木主春、火主夏、金主秋、水主冬、土分属四时。故称四时为“五辰”。

凤池：即凤凰池，在唐大明宫内。

柳眼：早春初生的柳叶如人睡眼初展，因以为称。唐 元稹《生春》诗之九：“何处生春早，春生柳眼中。”

道光九年

怡旷轩雪晴远眺

一带西风玉作屏，都无点翳豁空冥。
春光雪色相辉映，松竹遥看分外青。

冰湖骛望净无痕，风卷湖心雪浪翻。
下涧高崖看一色，何须抽秘赋梁园。

抽秘：指抒发深意，施展美才。

梁园：又称菟园，是西汉梁孝王修建的一座名园。汉代辞赋家枚乘曾著《梁王菟园赋》，唐代大诗人李白亦有佳作《梁园吟》。

咸丰朝

咸丰五年

观澜堂恭依皇考诗韵

昨日浓阴雨正霏，今朝薄旭爽尤微。
湖山清秀添吟兴，户牖空明畅道机。

远睇云容青嶂合，平临波影碧天围。
为观水监思民监，返本还淳苍昊祈。

水监：水鉴。谓以水为镜，监通鉴。

民监：谓以民情为鉴戒。

咸丰七年

福海泛舟至观澜堂作

御苑东偏蓬岛南，山妆翠髻水拖蓝。
连云远树分浓淡，点浪轻鸥见两三。
鼓枻湖心波皛皛，停桡岸角柳毵毵。
虚堂旷览足怡悦，霁景澄鲜上下含。

皛皛：洁白明亮貌。晋 陶潜《辛丑岁七月赴假还江陵夜行涂口》诗：“昭昭天宇阔，皛皛川上平。”

毵毵：枝条、毛发等细长的样子。唐 韦庄《古离别》诗：“晴烟漠漠柳毵毵，不那离情酒半酣。”

别有洞天

别有洞天，亦称秀清村，圆明园四十景之一。居福海东南隅，接秀山房以南，山环水抱，“景冠御园”。该景区始建于雍正年间，时为雍正帝延揽道士，开炉炼丹之处。其后，乾嘉道三朝屡有改建。乾隆时，西部水城关有石刻额“秀清村”。主殿五楹三卷，外悬“别有洞天”匾；殿西为“纳翠楼”；西南为“水木清华之阁”；阁西稍北为“时赏斋”，斋前有房山巨石“青云片”；河池南岸偏西有临水长屋七间，基座为石舫式，额曰“活画舫”；沿画舫曲廊东南，有“眺爽楼”，楼东即为通往绮春园的“秀清村门”。别有洞天之北林深处，有六方亭，名“接叶”；河池东岸临水有扇式敞榭，名“扇薰榭”；东南山坳间，还有南向三间殿，外悬“竹密山斋”匾；斋东北倚墙有西向五间楼，名“延藻”。诸额皆乾隆帝御书。嘉庆年间，河南岸亦添建较多，如五楹大殿“岩水澄华”，秀清村六景之一的“染碧斋”“写琴书屋”“筑云巢”“玉荣山馆”，以及“写曙斋”“丹翠林”等。诸额似皆嘉庆帝御书。

乾隆朝

乾隆九年

别有洞天

苑墙东出水关，曰秀清村，长薄疏林，映带庄墅，自有尘外致。正不必倾岑峻涧，阻绝恒蹊，罕得津逮也。

几席绝尘嚣，草木清且淑。
即此凌霞标，何须三十六。

标：标志，标记。晋 孙绰《游天台山赋》：“赤城霞起而建标，瀑布飞流以界道。”

三十六：指三十六洞天。《茅君内传》：“大天之内有地之洞天三十六所，乃真仙所居。”

乾隆二十四年

题纳翠楼

楼名纳翠岂虚言，苑树虽凋松竹存。
迩日雪中饶别致，绿琼天雨汞珠繁。

题韵松斋

翠阴谡谡响频兴，清韵能令万虑澄。
贞白虽然留故事，高楼未拟建三层。

谡谡：形容挺劲有力，挺拔。

芸晖屋

书圃礼园无斁好，瓯香研净有余欣。
惜分阴是前贤语，正爱清晖照古芸。

斁：厌弃，厌倦。
惜分阴：即惜寸阴，表示珍惜时间。

乾隆二十五年

澹闲室

带林趣以闲，镜水志愈澹。
澹闲二而一，吾犹致精勘。
周公训其无，于闲惟可暂。
武侯训其明，于澹斯不厌。
题室拟铭盘，造诣聊因验。

乾隆二十六年

接叶亭

依林构小亭，林蔚亭接叶。
虽非杜制茅，藉悟王传帖[①]。
月穿如搴幔，风度似摇箑。
飒沓与静谋，时节惟秋惬。
本来却轻舆，径宜延步屧。

① 王逸少有竹叶帖。

杜制茅：唐 杜甫《高楠》诗："楠树色冥冥，江边一盖青。近根开药圃，接叶制茅亭。"

箑：扇子。

飒沓：迅疾的样子。汉 应场《西狩赋》："按辔清途，飒沓风翔。属车轇轕，羽骑腾骧。"

屧：古代鞋中木底。引申为鞋。唐 杜甫《遭田父泥饮》诗："步屧随春风，村村自花柳。"

乾隆二十七年

延藻楼

假山含峭茜，层室纳烟云。
泉石非今调，诗书有古芬。
随缘堪静会，所遇得幽欣。
不拟摛毫咏，当前大块文。

摛毫：摛笔。明 李东阳《兆先赴试三河念之有作》："摛毫出组制，把玩惊词林。"

竹密山斋

爱竹缘他君子节，构房疑此渭川滨。
来如读画领神韵，坐则翻书晤古人。

片云楼

溪上小楼号片云，龙泓一例霭氤氲[1]。
升楼叠石为阶级，朵朵英英蔚莫分。

① 一片云为龙井八景之一。

活画舫

堂高廉远屋之常，近水廉卑偶学航。
深广恰依欧永叔，沿洄何异米襄阳。
春风秋月有真趣，波态烟容无定方。
揭展石渠弃几暇，清河仿佛品题张。

欧永叔：北宋政治家、文学家欧阳修，字永叔，号醉翁，吉州永丰人。

米襄阳：北宋书法家米芾，字元章，襄阳人。

石渠：即《石渠宝笈》，乾隆十年初编成书，著录了清廷内府所藏的历代书画藏品。

扇薰榭六韵

敞榭式文扇，扇薰因与名。

如常张月半，不动致风清。

宁渠珍六角，端知胜五明。

竹声摇处爽，花影画中荣。

曰禹惭无间，缅虞企载赓。

阶泉奏琴韵，解愠切予情。

六角：六角扇。

五明：五明扇。古代仪仗中的一种掌扇，或指团扇。

纳翠楼五咏

镜水

小楼曲榭蔽临池，楼上开窗影鉴宜。

却悟镜虽能照物，要于用贵合其时。

屏山

法在倪黄伯仲间，假山岁久似真山。

横陈谩议艰舒卷，朝暮烟云变态闲。

倪黄：指元代画家倪瓒与黄公望，与王蒙、吴镇合称“元四家”。

松风

声在天风触在松，无过假相偶相逢。

懒称往事陶弘景，一扫嫌他尚有踪。

陶弘景：字通明，南朝齐梁时期的道教思想家、医药家、文学家。自号华阳隐居。

萝月

萝叶森森萝蔓垂，无端月入影参差。
岸楼设拟虚舟舣，恰似浣花点笔时。

虚舟：无人驾驭的船只。

舣：使船靠岸。

浣花：即浣花溪，此溪因诗人杜甫而闻名。

点笔：犹染翰。宋 苏轼《次前韵送程六表弟》：“忆昔江湖一钓舟，无数云山供点笔。”

静观

屏山镜水皆真綷，萝月松风合静观。
但是偶然聊寓意，一思无逸怵难安。

綷：事。

竹密山斋即事

暑雨今年恒弗时，便宜绿竹放新枝。
爱虚欲识个中趣，图密仍从他处移。
屡望孤梢风却寂，乍嫌低叶露常垂。
麦无黍歉荞才种，尔竹虽佳亦底为。

乾隆二十八年

绿稠斋

就树为斋号绿稠，满庭沃若翠阴流。

非关孟氏论王道，事半亦看功倍酬。

乾隆二十九年

竹密山斋

千林疏际竹依然，诘屈山坡得径穿。

高下偏宜皴积雪，白珩响应绿琼悬。

诘屈：曲折。清 方象瑛《七盘关》诗：“氐中又复度七盘，诘屈纡回势相引。”

澹闲室

筑室山水间，水澹山斯闲。

等度与佳名，不出此一园。

春秋趣会殊，向背景各存。

名固莫可穷，阿谁能忘言。

室乃不著语，澹闲于是闲。

擢秀亭

一朵芙蓉上置亭，葳蕤高举侧珑玲。

河阳藻鉴非虚拟，应识人间有姓邢。

葳蕤：草木茂盛，枝叶下垂的样子。

绿稠斋即景

问谁设色能为尔，绕屋绿云逐日加。
正是清和即景句，不妨遮得远山斜。

清和：天气清明和暖。

澹闲室

红芳早谢花，绿荫全辞树。
书室则依然，是真澹闲处。
夫惟藉资益，所以驰思虑。
将携皇古书，于斯观太素。
徒言不能行，少闲明复去。

太素：古代谓最原始的物质，引申为天地，朴素、质朴之意。

乾隆三十年

竹密山斋

拔节新篁叶已齐，泠声风敲绿玻璃。
造斋人到阶方觉，讶似云栖精舍西。

云栖：指隐居。宋陆游《醉题》诗："云栖涧饮未为高，起舞行歌亦足豪。"
精舍：僧道居住或说法布道之所。

乾隆三十一年

澹闲室

树迟吐叶山容澹，冰未成波水意闲。

棐几有书刚是易，便因观象玩其间。

时赏斋作歌

一年惟四时，时各九十日。一日十二时，昼夜分半疾。丁丁莲漏无停声，积日为月积月年。又成及时行乐有，其语设如其语斯，非所无逸而凛旦。明旸时旸兮雨时雨，始得纾烦忧兮惬怀绪，时赏之意实在兹，讵曰珍禽奇卉罗庭宇。

乾隆三十二年

题时赏斋

庶征有五要惟时，省岁殷勤念在兹。

又用咸休协心赏，艰哉夫岂易言之。

庶征：各种征候。《尚书·洪范》："庶征：曰雨，曰旸，曰燠，曰寒，曰风。"

咸休：美善，喜庆。

竹密山斋

步来全是碧云丛，漠泊中间有路通。

斋阁坐闻八琅戛，看时枝上动微风。

漠泊：茂密的样子。

时赏斋

烟片雨丝卒未已，濯枝润叶总纾怀。
不因膏泽良田足，那识今朝时赏佳。

乾隆三十三年

水木清华之阁

阁凭水木号清华，气味由来本一家。
阳夏西池真足赏，简文濠濮岂须夸。

西池：瑶池的别称，相传为西王母所居。

简文濠濮：《世说新语·言语》载：“简文帝入华林园，顾谓左右曰：会心处不必在远，翳然林木，便自有濠濮间想也。”意为逍遥脱俗的情趣。

绿稠斋口号

绿叶看来日日稠，满庭嘉荫翠光浮。
只欣炎热无从到，那识白驹影若流。

白驹：比喻流逝的时间。语出《庄子·知北游》：“人生天地之间，若白驹之过隙。”

乾隆三十四年

时赏斋

当门湖石秀屏横，坐喜松阴满砌清。
时赏试言底为好，树姿花意盼春情。

活画舫

舫或架以屋，屋或肖乎舫。
屋舫何曾有定名，无过假借安名相。
近水欣堪掬月华，不帆那虑惊风浪。
四时佳趣一篷窗，付与丹青难写状。

竹密山斋移竹作

新笋成竿放叶齐，斋窗风影弄萋萋。
补疏移密中伏候，咫尺西东使取携。

中伏：三伏的第二伏，也称二伏。

乾隆三十五年

时赏斋

一气真元运，四时景物繁。
载阳方煦妪，初旭正温暾。

固曰赏随遇，亦思治有源。
助萌贻汉诏，絜矩勉心存。

煦妪：温暖，暖和。唐 白居易《岁暮》诗：“加之一杯酒，煦妪如阳春。”

温暾：暾，日初升貌。温暾即微暖，不冷不热。

絜矩：絜，度量；矩，画方形的用具，引申为法度。儒家以絜矩来象征道德上的规范。

眺爽楼

一夜西北风，万里云散尽。
朝来重登楼，迎面爽飔引。
出树见墙外，芃芃弥隰畛。
额手庆宜旸，屈指西成近。
延眺此为佳，藉用慰民隐。

出树：借指出门。或指高出树梢。

芃芃：形容植物茂盛。

隰畛：《诗·周颂·载芟》：“千偶其耘，徂隰徂畛。”后以“畛隰”泛指田地。

乾隆三十九年

戏题活画舫

近水斋称活画舫，舣来冰岸却成孤。
欲矜藏坞真舫者，可得平湖浮漾无。

乾隆四十年

澹闲室

虚室冰窗映澄照，忘机那计物媸妍。
因思彼未得闲者，都为其心弗澹然。

媸妍：媸指丑陋，妍指美丽。唐 张彦远《法书要录 · 梁中书侍郎虞龢论书表》："题勒美恶，指示媸妍。点画之情，昭若发蒙。"

澹然：淡然。形容不经心，不在意。

乾隆四十二年

活画舫

画舫冰湖上，还赢真舫藏。
水流纵非活，春意已无央。
雅似江南路，坐看梅干芳。
会心兼得趣，摛句亦因香。

无央：无穷无尽。汉 霍去病《琴歌》："国家安宁，乐无央兮。"

澹闲室口号

澹因闲致非他致，闲则澹宁是果宁。
设更于斯问注语，武侯两句试聪听。

武侯句：武侯，指三国时期蜀汉丞相诸葛亮。其《诫子书》中有："非澹泊无以明志，非宁静无以致远。"

乾隆四十七年

韵松斋

谡谡容容清籁翻，嫌他金石响犹繁。
翳予事异陶弘景，却亦何妨此意存。

谡谡：形容风声呼呼作响。

活画舫

近水长房以舫称，篷窗开处称吟凭。
偶然假藉名活画，活画方斯恐未能。

乾隆四十八年

自达轩有警

四面轩窗坦荡披，远观近睇总相宜。
忽然有警一问已，民隐安能自达之。

乾隆五十年

活画舫

木舫原飘动，称云活画宜。
此诚石舫耳，何以亦名之。

流水窗前过，行云天上披。

讵非无定趣，转语听乎斯。

韵松斋有会

松之韵以受清风，人韵松斯致不同。

我自先忧后乐者，虑惟宋玉讽其雄。

宋玉：战国后期楚国辞赋作家，以美貌及善作楚辞著称。

乾隆五十一年

自达轩杂兴

偶临自达轩，自达引兴多。

理趣贵自达，资他终致讹。

民隐弗自达，不知可得么。

又如岩穴隐佳士，弗自达者亦有矣。

安车空名未可行，及至充隐益堪鄙。

自达轩

选字题轩斋，喻表情与景。

两言额自达，亦可资深省。

达理当去私，达动必由静。

斯非藉外来，率乃由己领。

民艰难自达，思之切心警。

澹闲室

澹则心无欲，闲斯体有安。
一二二而一，观空空即观。
我诚临民者，只识为君难。
澹闲夫岂能，无逸铭心官。
寓意或云可，亦克己之端。

心官：古人以为心是思维器官，所以把思想的器官、感情等都说做心，现指脑筋。语出《孟子·告子上》：“心之官则思，思则得之，不思则不得也。”

乾隆五十二年

活画舫

砌石临溪肖舫式，于焉活画以名之。
峰随岸转虽无藉，鼓枻鸣榔属有为。
秋月春风常泛此，花红柳绿任看其。
如云切己是何句，能载舟言应慎思。

载舟：即载舟覆舟。典出《荀子·王制》：“君子舟也，庶人者水也，水则载舟，水则覆舟。”

萃景斋口号

砌草墙桃意与融，若为之绿若为红。

芸斋萃者似无尽，原自不离方寸中。

乾隆五十三年

自达轩

达实殊内外，内本外则末。
是中人己分，己内人外括。
修己姑弗论，治人非我曷。
于是悚然惧，民艰谁自达。

乾隆五十四年

延藻楼自嘲

四集诗将三万首，至今尚未歇吟手。
吉人辞寡躁人多，每觉言之恒自丑。
然而知过改未能，以是夜寐是夙兴。
寄语高楼韬其藻，长此将致杜老憎。

吉人句：语出《周易·系辞传》："吉人之辞寡，躁人之辞多。"意为有德之人不尚表现自己而辞寡。而急躁、浮夸之人，急于自售，故言辞多。

杜老：指唐代诗人杜甫。

绿稠斋

园中题额句多留，屡见弗鲜新者求。

斋额一瞻欣创得，恧他新绿未曾稠。

恧：惭愧。

乾隆五十五年

竹密山斋

高低种竹护山寮，步入琳丛路觉遥。

少坐言旋未暖席，那能永昼听萧萧。

乾隆五十七年

自达轩有会

达者塞之对，达善塞为否。

坐轩偶览额，因而悟其理。

轩本敞且虚，其达易为耳。

人则有好恶，塞易达难矣。

泰山岂不巍，蔽之费一指。

何以祛其蔽，要惟在克己。

蔽祛则自达，言行胥视此。

祛：去除，消除。

胥：全，都。

活画舫

画理贵生动，气象乃浑全。
然而鲜臻此，知致活画艰。
若夫临水室，涟漪本目前。
名室曰画舫，其活实天然。
斯来尚凝冰，生动波未鲜。
为之具别解，云故为其难。

乾隆五十八年

接叶亭口号

春稚由来叶未施，接亭突兀只寒枝。
却看驹影阶前过，瞥眼浓阴会有时。

驹影：日影。清 倪濂《客中除夕次结巷韵》："驹影难留住，惊看岁又更。"

乾隆五十九年

延藻楼口号

层楼拾级恰初春，柳眼梅心各盼新。
拈笔欲吟先自问，人延藻抑藻延人。

梅心：梅花苞蕾。唐 元稹《寄浙西李大夫》诗："柳眼梅心渐欲春，白头西望忆何人？"

延：聘请，邀请。

乾隆六十年

绿稠斋口号

绿叶当春尚未齐，循名似觉候应徯。
却看阶际向阳草，片刻何曾相让兮。

徯：等待。

 嘉庆朝

嘉庆元年

秀清村即景书怀

春山润而秀，春水澄且清。
泽透景物丽，普遍卉木荣。
风静尘不起，波影含空明。
泛舟坐天上，俯仰多怡情。
眺览见仁智，集虚鲜外营。
四郊农务起，土润宜新耕。
耤田欲将事，终亩偕公卿。
勤勤始东作，切切望西成。

游观聊寓目，民瘼中心萦。

别有洞天

春日辉暖波，兰桡放遥岸。

容与舟徐移，荡桨縠纹乱，

溯洄过前溪，隐约有台观。

堤柳绿渐披，山桃红始灿。

转渚度小桥，境界欣乍换。

水静镜开奁，山明云卷幔。

仁智乐会心，芳时畅游衎。

衎：快乐。

别有洞天

水村山郭碧溪连，试放兰桡访洞天。

石奏泉琴舟可接，岸开花幔径斜穿。

波浮藻荇风漪叠，磴挂藤萝日影悬。

几暇偶来问清景，所欣雨后意安便。

嘉庆二年

秀清村

近水楼台境秀清，满庭花木益敷荣。

疏帘风静燕来睇，曲沼波新鸥结盟。

柳飏长条汀畔舞，兰舒雅馥座前萦。
授时最喜甘霖足，趁润郊原恰始耕。

秀清村

水村映带景清佳，弭棹汀边步石阶。
红叶飘萧多画意，白云舒卷称诗怀。
隔篱幽菊香霏静，绕树芳禽韵报谐。
抚序欲临小春候，慰心稼穑沐丰皆。

别有洞天

漫拟武陵境，缘溪路不遐。
一池萦碧浪，三径遍黄花。
地僻情欣适，冬初景益嘉。
寻幽得胜概，还过竹廊斜。

武陵：指东晋诗人陶渊明笔下的武陵桃花源。

嘉庆三年

秀清村

水郭山村致不同，一墙分界两园通。
石奇峰秀皴苔绿，柳密波清映日红。
依砌金炉香馥郁，隔篱粉箨韵玲珑。

授时念切农方始，仍愿郊圻春泽充。

一墙句：指秀清村在圆明园东南角，南墙外即绮春园，有秀清村门连通两园。

秀清村

别有洞天[①]临渌沼，桥横水郭泛舟通。

汀牵柳线阴初密，岸茁芹芽土正融。

秀色远凭虚槛外，清晖近挹小窗中。

物华长养群生遂，所喜原田渥泽充。

① 殿额名。

长养：生长，养育之意。

秀清村

秋宇喜高朗，水村景秀清。

波澄峰蘸影，林静鸟流声。

落叶迎人舞，寒蛩绕砌鸣。

停舟步石磴，菊友若相迎。

嘉庆六年

别有洞天

福海东偏溪壑深，溯洄佳境偶探寻。

消闲难释筹戎念，遣闷非耽问景心。

净植亭亭立芳浦，鸣蜩嘒嘒透乔林。
洞天胜概虽幽奥，漫慰忧民方寸忱。

筹戎念：指清廷剿办川陕等地白莲教起义之事。

嘒嘒：形容小声或清脆的声音。

幽奥：深远，深奥。《后汉书·冯衍传下》：“览天地之幽奥兮，统万物之维纲。”

嘉庆七年

别有洞天避暑偶成

骄阳驭空撑火伞，天久不雨署难遣。
兰桡偶试溯清波，岸柳敷阴径宛转。
文轩高敞引溪风，殿阁延薰酷热免。
我思陕楚众官军，汗雨尘烟陟层巘。
愿协事机捷奏连，诛樊[①]刈蒲[②]复磔犬[③]。
民庆平安教匪除，钦承望捷遗谟阐。

① 人杰。
② 添宝。
③ 苟文明。

诛樊、刈蒲、复磔犬：三人均为农民起义军首领。此为侮辱性称谓。

嘉庆八年

写琴书屋

书屋面清溪，琴音耳根写。

乔松漾翠涛，逸韵流檐下。

波光叠锦澜，疏窗飏野马。

初秋风日佳，云霞绘淡雅。

野马：指尘埃。唐 韩偓《安贫》诗：“窗里日光飞野马，案头筠管长蒲卢。”

写琴书屋

鸣桡更进碧溪浔，书屋临汀额写琴。

激石流泉翻逸调，漾林疏叶奏商音。

影横征雁驰遥思，香结幽兰慰素心。

澄澈须眉真可鉴，清潭不受俗尘侵。

商音：五音之一。亦指旋律以商调为主音的乐声。其声悲凉哀怨。晋 陶潜《咏荆轲》：“商音更流涕，羽奏壮士惊。”

素心：本心，素愿。

丹翠林

清霜下平皋，万叶染丹翠。

艳丽夺春光，映日益明媚。

青女妙敷华，肯付凉飙坠。

生机运四时，卷舒理各备。

荣落漫兴嗟，从来物无弃。

转睫启三阳，化工发精粹。

青女：传说中掌管霜雪的女神，亦借指霜雪。《淮南子·天文训》：“至秋三月，地气不藏，乃收其杀，静居闭户，青女乃出，以降霜雪。”

玉荣山馆

兵戢咸安顺，时和秋景澄。
萧萧林籁爽，叠叠浦霞凝。
化俗八方泰，省年百谷登。
临民少暇豫，考训永钦承。

嘉庆九年

写曙斋对雪

春雪溥御园，漫空舞轻絮。
银葩树间敷，芳禽檐际翥。
动植畅春阳，观生乐蕃庶。
水村亭榭幽，几余偶游豫。
北窗印澄辉，虚斋颜写曙。
延览悦心神，佳境韶华助。

翥：鸟向上飞。

染碧斋

斋前一片碧，润景染山溪。
螺黛凝遥岭，鸭头漾大堤。
庭莎青遍展，岸柳绿初齐。
满目皆生意，农民正举犁。

鸭头：鸭头色绿，形容水色。

带烟馆

溪山初过雨，别墅带烟开。
高柳拖青缕，清波滴绿醅。
观生真畅矣，抚景实佳哉。
庭际青青草，还抽旧砌苔。

染碧斋

暖浪方池漾，轻含柳影斜。
浅青分砌藓，嫩碧上窗纱。
花落蝶连队，叶疏蜂散衙。
芳园多丽景，极浦印明霞。

秀清村

水村佳境宜吟赏，岩秀溪清二妙兼。
丛樾萧森连曲径，层楼高爽接重檐。
松声漠漠时传砌，花气徐徐每透帘。
景冠御园尘不到，几余养志乐安恬。

秀清村

林茂山逾秀，波平溪益清。
水村进小艇，佳妙逐步更。

飞廊接曲院，谡谡松风鸣。
静观物华畅，得雨倍蕃生。
高柳舒密荫，中庭翠幄成。
花发馥郁气，鸟哢间关声。
对景漫怡悦，盼泽独缱情。
寰宇至广大，普洽祈咸亨。

谡谡：形容风声呼呼作响。

哢：鸟鸣。东晋文学家陶渊明《始春怀古田舍》诗："鸟哢欢新节。"

咸亨：《易经·坤卦》："含弘光大，品物咸亨。"意为天地阴阳调和，万物茁壮成长。

扇薰榭

舜作五弦歌南薰，阜民财兮解民愠。
继尧首出亮天功，辟门达聪兼好问。
愧予徒有希圣诚，德薄未能孚古训。
三代以下人心浇，幅员广大分县郡。
俗顽风敝为已多，私意间杂政治紊。
返躬修德竭肫诚，万几繁简寸田运。

天功：古以帝王为天子，因以称颂帝王的功业。南朝梁 任昉《为范尚书让吏部封侯第一表》："缔构草昧，敢叨天功。"

寸田：心，心田。宋 苏轼《和饮酒》诗："寸田无荆棘，佳处正在兹。"

秀清村

水村境佳妙，得暇每探寻。
时有清风至，全无溽暑侵。

澄波通别渚，密荫罨乔林。
石舫依青嶂，板桥跨碧浔。
欲循廊曲折，先转径嵚崟。
延赏理归棹，敕几系寸心。

嵚崟：形容山高。

延赏：流连赏玩。

秀清村

松风谡谡传檐头，烦热涤尽迎新秋。
书斋人静坐午荫，天涛逸韵翻清幽。
翠盖不知有寒暑，荣枯漫感无停留。
由来华实迭消长，心源自浚毋外求。

初秋秀清村

凉风飒爽下兰皋，吟兴逢秋句每豪。
朱萼扶疏结莲实，绿云蓊郁卷松涛。
爱临平渚一宧静，不厌回廊拾级高。
岩秀溪清具佳胜，水关右转泛轻舠。

兰皋：长兰草的涯岸。《楚辞·离骚》：“步余马于兰皋兮，驰椒丘且焉止息。”

轻舠：轻快的小船。唐 李白《送当涂赵少府赴长芦》诗：“我来扬都市，送客回轻舠。”

秀清村

水关东出得佳境，石舫停桡略彴横。

霜点平林红叶灿，风翻远渚绿波清。

遐观西岭余霞敛，坐爱南窗皎日晶。

依例居园度庆节，几闲游豫慰心情。

嘉庆十年

秀清村

三阳畅大地，万汇遍舒荣。

镜漾冰痕薄，阶临树色清。

山光欣淡雅，旭影倍晶莹。

静领熙怡乐，达观发育情。

春和敷众植，妙理溥群生。

元善心长养，岂随世态更。

熙怡：和乐，喜悦。南朝宋 鲍照《拟行路难》诗：“为此令人多悲悒，君当纵意自熙怡。”

秀清村

水村境佳妙，名绘若天成。

林黛幽而秀，溪光静且清。

闲阶花漾馥，密树鸟传声。

松益迎风舞，波奁映日莹。

授时方力作，验候正长赢。
慰念雨旸协，可希百谷荣。

长赢：夏天的别称。

染碧斋

虚斋临碧沼，清影上窗纱。
繁荫张林幔，层波叠浪花。
细莎隐蝶队，密蕊乱蜂衙。
佳境溪山蕴，天然画意赊。

扇薰榭

敞榭临溪接曲廊，南薰静挹午飔凉。
松涛乍歇新蝉起，天籁悠然引兴长。

层叠清波滴绿醅，浓阴蓊郁布高槐。
化敷闾里心方畅，扇以淳风被八垓。

八垓：八方的界限。唐 任公叔《通天台赋》："八垓可接于咫步，万象无逃于寸眸。"

秀清村

水关曲折接回廊，花木轻阴汇众芳。
松盖葱笼蟠百尺，柳丝茂密荫千章。
波光静印澄前渚，山影微连蘸北塘。

茂对长赢欣发育，消除烦溽境清凉。

秀清村

沿溪楼阁接回廊，倒影澄潭荫绿杨。
暑气渐除纳新爽，卷帘延览爱秋光。

水澄林秀秋初候，几净窗明几暇时。
静检文房新定稿，榆关排日纪行诗。

榆关：泛指北方边塞。

排日：每天，逐日。宋 陆游《小饮梅花下作》诗：“排日醉过梅落后，通宵吟到雪残时。”

嘉庆十一年

秀清村

长溪放轻棹，云水互晶莹。
爱此景幽秀，坐涵心洁清。
花芬探曲槛，鸟语傍前楹。
静里观生意，化工辅治平。

写琴书屋

清溪漾疏籁，逸调漱瑶琴。
戛石瑽琤韵，穿林荡激音。

微波叠平渚，练影晃幽浔。

会得钟期旨，闻思契静心。

疏籁：稀疏的声响。宋 秦观《寄曾逢原》诗：“丛薄起疏籁，众鸟鸣且飞。”

瑽琤：金属撞击发出的声音。唐 刘禹锡《牛相公见示新什依韵抒情》：“玉柱琤瑽韵，金觥雹凸稜。”

钟期：即春秋时楚人钟子期。亦喻知音者。

染碧斋

书窗依绿水，波黛印疏棂。

远渚霞浮彩，细丛花送馨。

影筛闲院柳，风约曲池萍。

几暇心田静，研磨汗简青。

汗简：古代用来书写文字的竹片，亦借指史册、典籍。

扇薰榭

虚榭临汀纳午风，招凉却暑荫疏栊。

身安广厦心弥愧，陋巷穷黎汗雨融。

嘉庆十二年

秀清村

茂林蔚苍秀，方沼含澄清。

游鳞拨剌戏，好鸟间关鸣。

松韵虚牖透，荷馥远渚生。
每夏观此景，流阴悟亏盈。
即境得新句，遐想皆旧情。
临秋验农候，穑事欣将成。

间关：形容宛转的鸟鸣声。

流阴：指浮云。

嘉庆十三年

秀清村

莺花三月丽云津，初夏御园景益新。
秀木敷苍栖好鸟，清波湛绿跃潜鳞。
桥平暖浪浮红蕊，墙隔微飔漾碧筠。
长养候临滋庶汇，占符梅雨润田畇。

云津：天河，银河。唐 王勃《上明员外启》：“凤鸣朝日，森梢烟雨之标；龙跃云津，盘礴江山之气。”

潜鳞：指鱼。唐 杜甫《上后园山脚》诗：“潜鳞恨水壮，去翼依云深。”

庶汇：庶类，万类。

嘉庆十四年

秀清村六景

活画舫

倚岸缘廊舣石舫，波心屹立漫乘游。

柔能任重虚能受，至理现前细绎求。

扇薰榭

缓叠罗纨水面纹，停桡虚榭引南薰。

披襟解愠怀黎庶，扇以淳风勉敬勤。

写琴书屋

岸角回波漾碧浔，琮琤激石若鸣琴。

耳根静会无弦旨，妙写钟期流水音。

琮琤：形容敲打玉石的声音、流水的声音、金属撞击发出的声音、琴声。

玉荣山馆

额馆心期延俊英，贤为国宝胜琼瑛。

玉华漫拟春山种，葵向先抒就日荣。

琼瑛：美玉，神话中琼树的花蕊。

染碧斋

砌北漪澜矶畔松，挐青浮碧入窗浓。

天成雅绘非烘染，佳境每从无意逢。

挐：牵引。

筑云巢

乐志超然物外寻，平施推己总诚心。

问余何意云巢筑，泽酿封中感作霖。

秀清村

试放兰桡明镜中，水村林幄一舟通。
旭笼松干铺阶翠，波映榴花照渚红。
远岭云容绘浓淡，闲庭竹韵戛玲珑。
几余静领卷阿胜，景秀心清验化工。

卷阿：《大雅·卷阿》是古代《诗经》中的一首诗。借君子之游而献诗以颂，赞美祥和的盛世气象。

嘉庆十五年

秀清村

福海东偏一水通，境清林秀印遥空。
峰头青暗云凝雨，池面碧分波漾风。
百尺乔松阴茂密，几竿修竹韵玲珑。
回廊曲折连亭榭，不觉中庭暑气烘。

嘉庆十六年

活画舫

凿木为舟利涉川，象形石舫体弥坚。
柔能载重妙相济，艮止坎流义理宣。

艮止：谓行止适时。语出《易·艮》：“艮，止也。时止则止，时行则行，动静不失其时，其道光明。”

坎流：遇坎而止，乘流而行。比喻依据具体环境而进退行止。

不动刚坚如是观，中流砥柱定波澜。
君犹舟也民犹水，作楫勉思磐石安。

嘉庆十九年

秀清村

崖秀溪清缭短垣，亭台位置仿山村。
嵚崎文石临春沼，茂密长松荫午轩。
穿藻鱼儿逐波泛，窥帘燕子任风翻。
几余静觉阳和盎，咸若含生品类繁。

嵚崎：山高俊的样子。

盎：盛，充盈。

嘉庆二十年

秀清村

水村景秀清，扁舟泊石屿。
亭榭绚芳春，韶光澹容与。
凭栏挹花香，绕树听禽语。
物性本自然，原不知寒暑。

人情多偏欹，矫饰益龃龉。

曷若养中和，安常居其所。

偏欹：偏斜，倾斜。清 刘献廷《广阳杂记》卷四："石淡黄色，而笋洁白如玉，若横截之，纹极圆，无少偏欹，俨如世之图太极者。"

嘉庆二十三年

秀清村

水村接福海，遣闷到书堂。

秀木千章绕，清波一苇航。

凝眸望遥岫，信步度回廊。

六气乖时序，虔希甘雨滂。

六气：自然气候变化的六种现象。即阴、阳、风、雨、晦、明。

秀清村

澄波浩渺泛兰舟，弭缆水村偶豫游。

松荫廊遥绿云罩，竹环楼角翠筠浮。

秀涵远岭霞光灿，清印方池鉴影留。

佳境悦心聊点笔，见仁见智寸田求。

道光朝

道光三年

秀清村

云霄气爽喜秋中，山崦花关一水通。
别有洞天含秀古，非时卉木间青红。
轻飔飒爽穿虚阁，彩旭熹微映绮栊。
徙倚回栏清兴惬，寒蛩唧唧聒幽丛。

夹镜鸣琴

夹镜鸣琴，圆明园四十景之一。位于福海南岸，别有洞天迤西，取李白“两水夹明镜”之诗意而建。该园区建自雍正朝，夹镜鸣琴系四方重檐高台亭桥，北临福海，外挂乾隆帝御笔“夹镜鸣琴”匾。桥南隔水相望，有三楹“聚远楼”。桥东为广育宫，山门面湖，后有正殿庙宇，外悬“凝祥殿”匾，联曰：“茂育恩覃昭圣感；资生德溥配坤元。”庙殿内供奉道教之神碧霞元君。庙殿东为十字亭“南屏晚钟”，又东渡桥为“西山入画”，为“山容水态”。夹镜鸣琴以西有“湖山在望”“佳山水”和“洞里长春”诸景。乾隆二十八年（1763）前后，于西山入画处改建五楹大殿，名“开鉴堂”，系乾隆帝书屋。道光时此地复改建，更名“渊渟镜澈”，殿北临湖又建有一座四方亭，名“澄碧亭”。

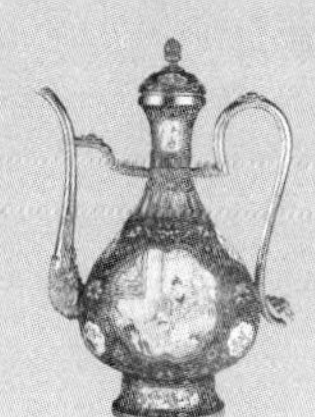

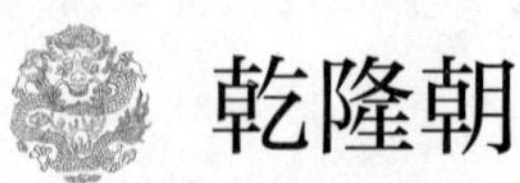

乾隆朝

乾隆九年

夹镜鸣琴　调寄水仙子

取李青莲“两水夹明镜”诗意，架虹桥一道，上构杰阁，俯瞰澄泓，画栏倒影，旁匡悬瀑，水冲激石罅，琤琮自鸣，犹识成连遗响。

垂丝风里木兰船，拍拍飞凫破渚烟。
临渊无意渔人羡，空明水与天。
琴心莫说当年，移情远，不在弦，付与成连。

琴心：用琴声表达情意。宋 晏几道《采桑子》词：“试拂么弦，却恐琴心可暗传？”

成连：春秋时的琴师，亦是著名琴师俞伯牙的老师。

乾隆二十八年

开鉴堂

东沼迤南岸，虚堂监水情。
心恬波不起，意入照常明。
岂待旃磨朗，居然夽象呈。

贞观设三喻，何事独遗名。

旃磨：旃，通毡。典出《淮南子》：“粉以玄锡，摩以白旃。”意为用白毡敷上锡粉把镜子磨亮。

乾隆二十九年

开鉴堂

书堂临沧池，因以名开鉴。
鉴意常有言，会心兹别验。
元冰尚尔凝，绿波曾未泛。
平铺雪迷离，扫拭资长镵。
忽然光愈皛，有似旃摩贴。
寄语彼镜澜，一著应斯欠。

长镵：古代一种铁制的掘土工具。
皛：皎洁、明亮。

再题开鉴堂

春池冰解水潆洄，今日真看鉴影开。
兴趣每因殊所遇，不迁于境者谁哉。

潆洄：水流回旋的样子。

开鉴堂

沧池日日映书堂，偶对呼为开鉴光。

了识万缘皆假藉，不妨一照契真常。

乾隆三十二年

开鉴堂

琳池静不澜，一片鉴光宽。
观水实云易，照人良独难。
白拳立闲鹭，青黛护遥峦。
只以无心映，呈形自取看。

乾隆五十一年

开鉴堂

灵源承玉泉，加之万泉酾[①]。
故此御园中，池沼富于水。
缀景构书堂，开鉴名以此。
喻虽殊文皇[②]，然而总一理。
吾兹欲进之，鉴人先鉴己。

① 玉泉山之水汇为昆明湖，分流向东北以至御园。甲申岁复命疏治万泉庄，即其地开水田，其水亦北流历畅春园至圆明园。

② 唐太宗尝言：以铜为鉴，可正衣冠；以古为鉴，可知兴替；以人为鉴，可知得失。兹开鉴名堂，盖取镜水空明，可资借鉴，与文皇意虽殊，而理则一也。

酾：分流，疏导。

乾隆五十三年

开鉴堂口号

春入平湖鉴欲开，东风又与拂波催。
中庸第十七章训，倾者覆之栽者培。

中庸句：原文即：“故天之生物，必因其材而笃焉。故栽者培之，顷者覆之。”意为上天生养万物，必据其资质而厚待他们。能成材者则培育，反之则被淘汰。

乾隆五十六年

开鉴堂

溪堂临碧溪，冰雪光连素。
其间异虚①实②，适然晓其故。
冰冻近南始，雪融依北处。
南阳而北阴，池乃颠倒具③。
大海则无斯，拘墟者应悟。

① 谓水。
② 谓冰。
③ 池南为阴，北为阳也。

拘墟：拘：拘守。墟：指所居住的地方。原指井底之蛙，只能看到一点天空。后多形容见识短浅。

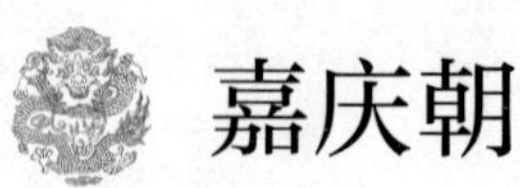

嘉庆朝

嘉庆元年

湖山在望

草亭虚敞近湖滨，旷览澄潭玉镜陈。
山影印川晴旭叠，波光罨画晚风皴。
白云几缕萦峰额，红叶一林绘岸漘。
福地豫游蒙圣泽，仙寰驻景小阳春。

漘：水边。

嘉庆二年

开鉴堂

千顷碧波漾，虚堂一鉴开。
月光随水去，云影送山来。
澹沲浮青嶂，澄泓泼绿醅。
观澜参不息，叠叠浪花催。

澄泓：水清而深。

湖山在望

南北界湖山向背，傍汀移棹境全更。

目谋心赏奚同异，有触成因幻想生。

山色如如原不动，水含叠叠浪花催。
何虚何实强分别，过眼烟云是本来。

嘉庆三年

开鉴堂

临水虚堂若鉴开，云光霞影远浮来。
金鳞叠叠高还下，碧浪重重往复回。
目极沙鸥在洲渚，心空海蜃印楼台。
欲挐兰浆游天上，雅兴舞雩好溯洄。

舞雩：此指逍遥游乐。语出《论语·先进》：“浴乎沂，风乎舞雩，咏而归。”

开鉴堂

高堂平挹波千顷，坐对清漪若鉴开。
随意山云叠峰起，忘机水鸟逐船来。
达观齐物境方广，虚受纳言识自恢。
明镜空悬泯形迹，灵台至静绝纤埃。

灵台：古时帝王观察天文星象、妖祥灾异的建筑。此处指心灵。

开鉴堂

福海岸南堂倚水，空明一色鉴光开。
浪花都向檐前叠，山影忽从波底来。
问景雅宜趁秋末，筹几深愿净邪埃。
忧劳二载心难慰，伫盼擒渠益惕哉。

道光朝

道光十年

澄碧亭

为爱凌虚结小亭，波涵万顷喜清泠。
遥峰入画云遮碧，秀木成阴雨助青。
人静日长闲鹤梦，堤平径转逗花馨。
招凉散步宜登咏，不系扁舟柳外停。

涵虚朗鉴

涵虚朗鉴，亦总称雷峰夕照，圆明园四十景之一。居福海东北岸，倚山面水，东过山口，即通往长春园之“明春门”。该景区始建于乾隆三年（1738），主殿西向三楹，外悬“雷峰夕照”匾，内额“涵虚朗鉴”。其北稍西为“惠如春”，又东北为“寻云榭”，又北为“会心不远”，为“贻兰庭”，亭旁有御笔石刻“万顷波光”。其南为“临众芳”，为“云锦墅”，为“菊秀松蕤”，为“万景天全”。诸额皆乾隆帝御书。

乾隆朝

乾隆九年

涵虚朗鉴

结宇福海之西，左右云堤纡委，千章层青。面前巨浸空澄，一泓净碧，日月出入，云霞卷舒。远山烟岚，近水楼阁，来不迎而去不距，莫不落其度内。如如焉，亦无如如者，吾得之于濠上也。

涵虚斯朗鉴，鉴朗在虚涵。
即此契元理，悠然对碧潭。
云山同妙静，鱼鸟适清酣。
天水相忘处，空明共我三。

涵虚朗鉴：寓意是将清澈的湖水比作一面镜子，暗示修身养性要涵虚万物，朗以鉴人。

契元理：合于玄妙的道理。元作玄，以避康熙之讳。

空明句：空明，空旷澄澈。此处指天水及作者共成三。

乾隆二十七年

赋得会心不远

琳池围绮树，镜影澹涵空。

曲以云廊达，翳然岩木笼。
遥情归静寄，造物是良工。
结念休三岛，传神有六通。
华林漫相拟，钜野讶堪同。
曰我会心处，羲经无妄中。

三岛：即指古代神话中的蓬莱、方丈、瀛洲三座仙山。

六通：佛教语，指六种超人而无阻碍之力。包括宿命通、天眼通、漏尽通、天耳通、他心通、神足通。

羲经：即《易经》，相传伏羲始作八卦，故名“羲经”。是中国最古老的占卜术原著。

赋得涵虚朗鉴

天水涵虚处，襟怀朗鉴余。
际空常澹澹，照物只如如。
目远随飞鸟，心闲玩戏鱼。
碧犹喜云敛，纹不藉风舒。
信是得神画，堪通论政书。
凭阑适几暇，絜矩每开予。

乾隆五十二年

寻云榭漫题

散闷步岸傍，遂至寻云榭。
寻云有二义，五字言非诈。

一为绿林深，入云喻假借。

斯则缘畅游，非我所云者。

一为望雨际，切盼云生夏。

荟蔚跻天中，风随散而罢。

寻之总未得，伫立愁以讶。

荟蔚：云雾弥漫貌。

嘉庆朝

嘉庆十三年

涵虚朗鉴

轩鉴碧池光朗映，水天一色遍涵虚。

乔松百尺临汀立，细柳千条倚岸舒。

风飏疏帘穿小燕，旭晖浅浪跃游鱼。

静观生趣欣咸若，䌷绎芸编勉味余。

涵虚朗鉴

滉瀁波光印碧穹，川渟林秀景熙融。

心悬朗鉴辉尘世，风送浮云度太空。

涵远自微惟克己，集虚得实总由衷。

卷阿游览仍求治，敢懈持盈未致中。

卷阿：《大雅·卷阿》为古代《诗经》中的一首诗。其中借君子之游而献诗以颂，赞美周王朝的盛世气象。

涵虚朗鉴

回溪潋滟叠芳池，近水轩庭夏最宜。
波影缓从汀外漾，花阴徐向砌前移。
悠扬蝉韵出高柳，隐约荷香逗远陂。
雨后清凉消暑气，城郊甘泽沐同滋。

涵虚朗鉴对雨作

小年静坐爱吾庐，伏雨覃敷霁未舒。
层叠溪波漾松渚，琤琮檐溜映纱疏。
阴连密树遮庭邃，潦积长川蹙岸淤。
凝盼云开悬朗鉴，林烟崖雾尽消除。

小年：将近一年，用以形容时间之长。
伏雨：指连绵不断的雨，连阴雨。

嘉庆十四年

涵虚朗鉴

髫龄习经书，古训资蒙养。
启迪荷贤师，尺度无逾放。
集虚始能涵，一鉴印万象。

浮尘净涤除，性光益明朗。

静待事机来，勿先自劳攘。

仁心培寸田，义路大方广。

义路句：义路，正道。大方广是一切大乘经典的通称。因菩萨道的修行非常广，所修法门又无量无边，故叫作方广。“大”是无上、无比的意思。

嘉庆十五年

涵虚朗鉴

方池溶漾碧奁虚，翠滴层霄新雨余。

澄洁柳阴凝水鉴，清凉松籁度纱疏。

怡情林壑如观绘，治理臣民时读书。

内省切毋自欺蔽，光明坦荡乐安舒。

层霄：亦称“层汉”，指高空，云天。

涵虚朗鉴

天体仰空冥，万古包大地。

人心至虚灵，宰制应庶事。

鉴物任来投，影过形岂置。

内省毋自欺，修己辨义利。

养正化诡邪，存诚格诈伪。

敬德勉治功，守成实不易。

空冥：亦称“空阔”“空寥”，指天空，因其寥廓广大，故称。

嘉庆十六年

涵虚朗鉴

春沼溶溶涵太虚，漪澜叠碧午风徐。
霞光波底相辉映，云影林端自卷舒。
存养知仁分动静，达观天水契鸢鱼。
帝王宝鉴勤研练，朗照先筹习染除。

溶溶：形容河水流动的样子。

嘉庆十九年

涵虚朗鉴

节度中元颢景清，北窗坐对镜虚明。
澄波涵渚一川净，朗鉴悬霄万里晴。
柳荫密垂映帘幕，荷香远送满檐楹。
拏舟重泛赤栏外，林际微茫崖翠横。

中元：即农历七月十五，这一天是汉族人祭祀亡故亲人、缅怀祖先的日子。
拏舟：撑船。

涵虚朗鉴

寒林舞叶午溪南，风漾调刁晴景涵。

光绚阳乌印远宇，声传塞雁度遥岚。
寻芳有暇沿枫坂，瀹茗无须访菊潭。
藏密洗心悬朗鉴，虚明觉悟静中探。

阳乌：传说中太阳里的三足乌。唐 李白《上云乐》：“阳乌未出谷，顾兔半藏身。”

瀹茗：瀹，煮。烹茶。

洗心：比喻除去恶念或杂念。《易·系辞上》：“圣人以此洗心。”

觉悟：佛教名词，觉醒了悟之意。

嘉庆二十三年

涵虚朗鉴

花溆放舟溯碧渠，天光云影景涵虚。
苍松蓊郁栖元鹤，绿藻纷敷跃锦鱼。
绚日榴英数枝灿，牵风柳线万丝舒。
广生品汇蕤宾候，降泽滋田渴盼予。

蕤宾：古人将古乐十二律与十二月相适应，谓之律应。蕤宾位于午，故代指农历五月。也借指五月端午节。

嘉庆二十四年

涵虚朗鉴

坐对溪流浩，窗中新碧涵。
澄泫印晴宇，淡沱满春潭。

莎径青初展，柳汀绿未酣。

寻芳步前屿，花信几番探。

淡沱：形容风光明净。唐 杜甫《醉歌行》：“春光淡沱秦东亭，渚蒲芽白水荇青。”

观妙先无欲，临民在集虚。

事机有难易，志气总安舒。

鉴古心明朗，居今政坦徐。

敬思图治要，妄想务全除。

无欲：即不为外欲所扰，求诸本心，倾听内心真正的需求，以达到自我实现的目的。

集虚：出自《庄子 · 人间世》：“唯道集虚，虚者，心斋也。”即只有空明澄净的心境，才能容纳下大道。

嘉庆二十五年

涵虚朗鉴

秋令才临灏景舒，水天一色净涵虚。

林光密隐栖枝雀，波影低翻在藻鱼。

汀畔浮游浴鸥鹭，槛前灼烁冒芙蕖。

心悬朗鉴物咸若，随遇怡和妄念除。

灼烁：鲜明貌，光彩貌。

芙蕖：莲花。

道光朝

道光三年

涵虚朗鉴

云消碧汉望空明，上下虚涵璧沼清。

无尽风光三亩竹，四围花柳一声莺。

赏春漫引诗怀畅，观水须参朗鉴情。

即境心期洁方寸，片言冲澹复何营。

廓然大公

廓然大公，亦总称双鹤斋，圆明园四十景之一。位于福海西北隅，平湖秋月迤西，是清帝喜爱的一处寝宫。其始建于雍正年间，曾是弘历读书的地方。初时景观有“双鹤斋”“深柳读书堂”“天真可佳”“芰荷深处”“采芝径”“环秀山房”等，额皆雍正帝御书。乾隆三年以后，此景相继有较大的改变。据《日下旧闻考》载：该区主殿为七楹“廓然大公”，前为五楹抱厦殿“双鹤斋”。西北为“规月桥”，东北为“绮吟堂”，又北为“采芝径”，又北经岩洞而西，为“峭蒨居”。北垣门外有楼，名“天真可佳”。峭蒨居西为“披云径”，又西有亭曰“启秀”，又西稍南为“韵石淙”。西北平台临池为“芰荷深处”，垣外为“影山楼”。双鹤斋西为“环秀山房”，西北有楼，名“临湖”。乾隆朝改建时，双鹤斋系仿无锡惠山寄畅园景致，叠石亦模盘山静寄山庄云林石室。咸丰十年（1860）圆明园罹劫时，该景区幸免于难，光绪与慈禧太后曾游憩于此。寻毁于八国联军侵华之乱。

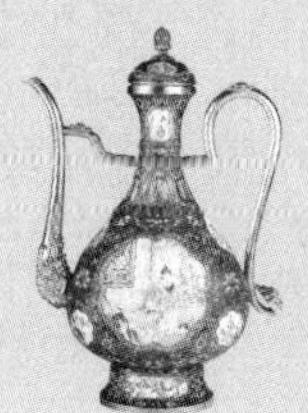

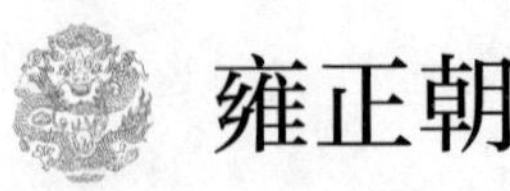

雍正朝

环秀山房对月

暑退林泉爽，新秋景物佳。
蛩吟依薜砌，鹤迹印溪沙。
搁笔评山色，擎杯对月华。
坐深群籁寂，竹树影横斜。

乾隆朝

乾隆九年

廓然大公

平冈回合，山禽渚鸟远近相呼。后凿曲池，有蒲菡萏。长夏高启北窗，水香拂拂，真足开豁襟颜。

有山不让土，故得高巍巍。
有河不择流，故得宽㳽㳽。
是之谓大公，而我以名此。

偶值清晏间，凭眺诚乐只。

识得圣人心，闻诸程夫子。

有山句：《史记·李斯列传》：“泰山不让土壤，故能成其高。”巍巍，高峻、危险的样子。

有河句：《史记·李斯列传》：“河海不择细流，故能就其深。”浾浾，水流貌。

大公：语出程颢《论定性书》：“君子之学，莫若廓然而大公，物来而顺应。”

乐只：和美、快乐。只，语助词。《诗·小雅·南山有台》：“乐只君子，邦家之基。乐只君子，万寿无期。”

乾隆二十年

廓然大公八景　有序

圆明园四十景，皆取四字为题。各景之中，一轩一峰，具有幽致。日涉成趣，正复不穷。题以八景，系之七言。

双鹤斋

前接陌柳，后临平湖，轩堂翼然，虚明洞彻。皇考御书题额时，有卿云护之廓然大公扁，即在后室。一泓涵碧，颇有物来顺应之趣。

深柳偏宜羽客嬉，会心恰当读书时①。

在阴能和宁吾谓，好爵还思与尔縻。

① 是处昔又名深柳读书堂。

羽客：原指神仙、道士。此处指仙鹤。

规月桥

循双鹤斋而西，跨湖为桥，圆如半璧，映水则为满月，缭以长廊，悠然濠濮间想。

拖如玉带曲如钩，上置行廊又似舟。

仙术何须倩法善，往来常作广寒游。

广寒：即传说中的广寒宫。

峭蒨居

性之介，立为峭。文之藻，蔚为蒨。太冲诗意，良足会心。

石秀松蕤各出群，不同同处挹清芬。

太冲岂务多奇者，五字全括大块文。

大块：大自然，大地。《庄子·齐物论》：“夫大块噫气，其名为风。”成玄英疏：“大块者，造物之名，亦自然之称也。”

影山楼

面东为楼，杜陵句曰：“半陂以南纯浸山，动影窈窕冲融间。”斯楼有焉。

因迴为高结构清，层楼因得影山名。

窗中峰作波中态，上下明漪最有情。

披云径

奇石嶜岈回互，径出其中，烟云往来，披拂襟袖。

绿云丛翠径萦纡，面面深奇步步殊。

倩得仇英写生笔，定须为作采芝图。

仇英：中国明代画家，原籍江苏太仓，后移居苏州。擅画人物，尤长仕女，与沈周、文徵明、唐寅并称为“明四家”。

绮吟堂

机政之余，拈吟适兴，每遇佳景，不觉绮思浚发。

逢源左右足深资，适兴无非把笔时。
设使古人癖诚有，吟之一字我何辞。

韵石淙

曲涧奔泉，琤琮作金石声，韵出天然，是谓云山韶濩。

迸水拟拟下石矶，八音繁会太音稀。
辋川漫拟王家画，虞陛高怀舜手挥。

拟拟：象声词。唐 王建《霓裳词》之六："弦索拟拟隔彩云，五更初发一山闻。"

八音：我国古代对乐器的统称。《周礼 · 春官 · 太师》云："皆播之以八音，金、石、土、革、丝、木、匏、竹。"

太音：犹言雅音。清 曹一士《拟古》诗："元气裹六极，太音弥八荒。"

辋川：唐代诗人王维曾隐居辋川，并作《辋川集》。

启秀亭

山巅笠亭，孤标秀出，左顾飞瀑，右挹云林，尽得此间胜概。

诡石苍松扶翼然，氤氲朝暮幻云烟。
林光泉韵无非秀，都付山亭秀占全。

澹存斋

书室俯澄瀛，澹存因得名。
天光含上下，月影印亏盈。
坐处心同澈，披来志以明。

南华何用展，秋水面前呈。

题双鹤斋

翯翯松阴复竹边，双来疑是下青田。

参军赋句无须读，弄影奔机意总仙。

翯翯：洁白润泽。《诗·大雅·灵台》：“白鸟翯翯。”

参军：即鲍照。唐人或避武后讳而作“鲍昭”，南朝宋文学家，与北周庾信并称“鲍庾”。因曾任荆州刺史临海王刘子项军府参军，而被后人称为“鲍参军”。

乾隆二十三年

存素斋

溪堂架朴斫，丹雘不须涂。

抱朴漱芳润，体纯味道腴。

每参山水趣，那逐色声娱。

讵是耽清净，操存出治枢。

朴斫：砍斫，削治。喻不加修饰，朴素、朴质。

抱朴：道教术语，语出《老子》：“见素抱朴，少私寡欲。”意为怀抱纯朴，保守本真。

操存：执持心志，不使丧失。

乾隆二十四年

静嘉轩

冰镜是玻璃，雪融小径泥。
藻襟延款款，翰席乐折折。
近牖梅舒萼，沿堤柳放稊。
静嘉含妙处，今日识端倪。

稊：杨柳新长出的嫩芽。《易·大过》：“枯杨生稊。”

峭蒨居

雨后晴和碧藓滋，破颜桃朵笑嵚崎。
今年二月停行跸，欲阅园庭春所宜。

琢雪厂

潋水行石岩，亦藉自然势。
乃知非天成，人力艰位置。
刻削峭蒨间，潋滟湍流坠。
雪色与雪声，凭窗纳佳致。
追琢讵人工，易简原物备。
六花谁剪裁，害不视此义。

潋滟：指湍急的水流。

六花：雪花。雪花结晶六瓣，故名。唐贾岛《寄令狐綯相公》诗：“自著衣偏暖，谁忧雪六花。”

存素斋

方塘阶下即沧浪，帘卷疑垂一桁湘。
设使了知绘事后，便当直号起予商。

影山楼

潇洒山楼号影山，每来消得片时闲。
难拈七字征名象，为在虚无缥缈间。

缥缈：亦作“飘渺”。隐隐约约，若有若无的样子。

乾隆二十六年

再题廓然大公八景

双鹤斋

讵是寻常恋稻粱，仙禽雅合驻仙乡。
形容不拟轻为赋，明远佳辞已擅场。

规月桥

枕岸看如上下弦，影波原见一轮圆。
是为规月是真月，照彻三千与大千。

峭茜居

孰谓真山是假山，亦看峭茜亦孱颜。
设如放眼观环海，泰岱嵩高黍米间。

影山楼

楼俯清波波影山，文窗棐几称高闲。
是忧勤匪高闲者，只觉赧然于此间。

文窗：刻镂文彩的窗。唐 元稹《连昌宫词》：“舞榭攲倾基尚在，文窗窈窕纱犹绿。”

赧然：羞愧的样子。

披云径

霭霭英英曲径循，乍开当面耸嶙峋。
沾衣不识缘何故，长史清诗妙契神。

绮吟堂

美景良辰奚遣兴，铺笺点笔每敲吟。
是予结习非予善，要亦不因此放心。

韵石淙

石将水本寂然物，韵出无端两相遭。
一切有为法如是，心源定处不生涛。

启秀亭

水木澄华竹石清，于于屧步足怡情。
如从六艺嫩芳润，先获我心是士衡。

乾隆二十九年

再题廓然大公八景

双鹤斋

绿柳阴中鹤刷翎，月明疑是两仙停。
每从标榜窥深意，能和犹然愧法经。

规月桥

规成圆圆莫如月，月自先天规后天。
试看卧波分上下，却因半故体常全。

峭茜居

假山阅久讶真山，莫谓疑麠见布还。
古假唤真真唤假，更谁能置议其间。

麠：粗麻布。

影山楼

拾梯人似壶中步，卷幔楼原镜里披。
窈窕本悬石谷画，冲融合读杜陵诗。

冲融句：即杜甫诗："动影窈窕冲融间。"

披云径

诡石攒丛骞欲飞，又疑云片是耶非。
此中寻径入深处，安得濛濛不湿衣。

绮吟堂

成吟寓目只斯须，工拙何烦更计乎。

五字设当髭捻断，卢家笑欲作髡徒。

髭捻：即捻髭，捻弄髭须。多形容沉思吟哦之状。

卢家：泛指富裕之家。唐 沈佺期《独不见》诗：“卢家少妇郁金堂，海燕双栖玳瑁梁。”

髡徒：对僧人的蔑称。亦作“髠徒”。清 龚自珍《支那古德遗书序》：“儒流文士，乐其简便；不识字髡徒，习其狂猾。”

韵石淙

流泉石上似琴调，讵是寻常爨尾烧。

莫讶宫声非漏越，五弦当日叶箫韶。

爨尾烧：亦称爨下焦，即焦尾琴。借指高雅古曲。典出《后汉书》〈蔡邕列传下〉，吴人有烧桐以爨者，邕闻火烈之声，知其为良木，因请而裁为琴，果有美音。而其尾犹焦，故称。

漏越：声音浮散。

箫韶：舜乐名，亦指美妙的仙乐。

启秀亭

已觉芳茵衬步青，东风有脚善形形。

朝葩夕花行看启，解报先声是此亭。

乾隆三十四年

再题廓然大公八景

双鹤斋

空教辽海忆丹梯，柳下双行芳草萋。
设向古人求伯仲，应缘赋粟愧夷齐。

夷齐：伯夷和叔齐的并称。《史记·伯夷列传》：“伯夷、叔齐，孤竹君之二子也。父欲立叔齐，及父卒，叔齐让伯夷。伯夷曰：‘父命也。’遂逃去。叔齐亦不肯立而逃之。”唐 李白《梁园吟》：“持盐把酒但饮之，莫学夷齐事高洁。”

规月桥

跨水为桥如半璧，映波却似月规圆。
谢庄未足知全体，朏魄烦辞著赋篇。

谢庄：字希逸，南朝宋大臣，文学家。陈郡阳夏（今河南太康县）人。以《月赋》闻名。

朏魄：朏，新月开始有亮光。朏魄，此指月亮。

峭蒨居

峭如为性恒卓立，蒨以成文自异常。
设用皇山相比拟，应教下拜米襄阳。

米襄阳：即北宋书法家、画家米芾，湖北襄阳人，字元章，号襄阳居士。

影山楼

楼已依山山映楼，临湖又似镜中浮。
六如会一无余欠，莫向语言文字求。

六如：也称六喻。佛教以梦、幻、泡、影、露、电，喻世事空幻无常。

披云径

一片如从龙井移，滃然时向锐尖披。

湿衣不识缘底事，徐悟伯高曾有诗。

滃：涌起。欧阳修《丰乐亭记》：“中有清泉，滃然而仰出。”

绮吟堂

书堂虽不亟临凭，偶坐吟怀必勃兴。

口过四中居一事，戒斯实觉未之能。

韵石淙

水别高低必就下，导流叠石即成音。

谁知滭瀄间淙处，竟有成连云海心。

滭瀄：滭，同潗，古河名；瀄，水声。

启秀亭

假山也自有峰尖，四柱峰头窄不嫌。

咫尺会心宁在远，一花一木亦中拈。

乾隆三十六年

澹存斋

虽是群痈候向暄，芳菲景尚勒春园。

芸斋却识先天意，一卷羲经澹以存。

羲经：即《易经》，相传伏羲始作八卦，故名“羲经”。

乾隆三十九年

再题廓然大公八景

双鹤斋

古柳笼堂合抱围[①]，胎仙驻此欲忘飞。
昔诚是矣今何敢，对立居然二老归。

① 是处昔又名深柳读书堂。

胎仙：仙鹤。

规月桥

上下虚明全体披，分成玉玦合成规。
讶登岱顶临沧海，望月从看半出时。

峭蒨居

郁屈其间有路通，玉峰高并两玲珑。
介如谩议无知识，全体精神注太冲。

郁屈：屈曲貌。宋 苏轼《怀贤阁》诗：“西观五丈原，郁屈如长蛇。”

影山楼

山静由来不动移，浸将湖水漾明漪。
小楼讶似乾闼域，游戏其间弄影时。

乾闼：指海市蜃楼。

披云径

石如云片郁烟绵，亦有英英蔚与连。
便望铺空作霖雨，知时恺泽遍公田。

绮吟堂

绮言戒过未能吾，触目随缘笺辄铺。
要亦多从性情出，风云月露得曾无。

韵石淙

石本无声泉有韵，泉非迸石韵奚鸣。
世间万理堪因悟，不藉相资独岂成。

启秀亭

泉似云绅俯靡迤，峰如月胁辟玲珑。
小亭峰顶全挹秀，启沃因知造化功。

靡迤：绵长貌，连续不绝貌。宋 苏辙《洛阳李氏园池诗记》：“冈峦靡迤，四顾可挹。”

月胁：喻险奥的意境。

乾隆四十一年

再题廓然大公八景

双鹤斋

渐鸿那学用为仪，双立斋前古貌奇。
渴饮饥餐适其性，大公顺应想如斯。

渐鸿：谓鸿鹄飞翔从低到高，此处指仙鹤。宋 叶适《次韵韩仲止》："林迷久已随蛙鹿，盘止何曾有渐鸿。"

规月桥

波心横渡借桥连，本是如规学月圆。

漫议冰凝失其半，从偏原可识为全。

峭蒨居

窗含怪石耸嵚岑，久假如真岁月深。

因识东西洞庭者，元黄初判岂殊今。

嵚岑：高峻的山峰。清 成鹫《登太科峰顶》诗："爱山登陟不辞劳，直上嵚岑振敝袍。"

影山楼

谁云山静全无动，浸水含曦亦有时。

今日虚无看弄影，始知杜句未予欺。

披云径

涧户云封亦可欣，往来循径必披云。

然因人与安名耳，云者那知聚及分。

绮吟堂

结习谁能顿与忘，吟之一字我犹当。

却非绮耳惟朴耳，句出天真又岂妨。

韵石淙

石上流泉因有韵，可欣此韵是天然。

彼哉论曲丝竹肉，又岂能知大乐诠。

丝竹肉：古语“金不如丝，丝不如竹，竹不如肉”。意为打击乐不如弦乐，弦乐不如管乐，管乐不如声乐。肉，即没有乐器伴奏的清唱。

启秀亭

芽纽已看亭脚草，心香欲发缶头梅。

满园底藉纷红紫，好是东皇启秀哉。

东皇：指司春之神。

乾隆五十四年

再题廓然大公八景

双鹤斋

来翔去翥原无定，不只曰双却有名。

点笔宁须构深思，鲍昭赋曲尽其情。

规月桥

规月为桥象圆月，月之规又孰为之。

明殊冰水韬①和现②，却是横桥付不知。

① 暗于冰。

② 显于水。

峭蒨居

峭原石性峙如古，蒨以林言酣待春。

孟月冶姚还未邑，最佳趣乃在逡巡。

冶姚：即姚冶、妖艳。
鬯：通“畅”。茂盛、畅通意。

影山楼

小阁依岩岩浸水，一时静会得凭闲。
谩言山是真实体，凡有形胥影象间。

披云径

径宜曲折不宜宽，未可澹台一例观。
设曰英英披衬步，得于夏易得春难。

英英：轻盈明亮、光彩鲜明的样子。
衬步：即金莲衬步，对女子走路姿态的美称。

绮吟堂

为文四字恒申训[①]，即曰为诗亦岂殊。
书屋山庄额清绮，其间酌剂早殷吾[②]。

① 向因乡会试，文体多趋词藻，每以清真雅正四字训诫，衡文者严为鉴别。

② 屡题避暑山庄清绮书屋，颇悟诗法有云：“绮伤俗斯厌，清积健为雄。”两字味题额，诗诠括个中。又有云绮，或近乎丽济之清乃佳，盖亦酌剂得中之意，斯堂名曰“绮吟”，虑其近乎丽也，因拈此义示之。

韵石淙

泉非淙石难为韵，石不淙泉韵岂成。
万理一如斯可悟，而其得一在忘情。

启秀亭

启秀无非造化功，同春与物意冲融。

再三岂啻凡经几[①]，读易翻嫌不告蒙。

① 师者所以传道解惑，在学者亦当问之。弗知弗措，岂有因其再三之渎，而转不以告之理。予幼时执经问难，必求得其解而后已。若如《易》所言："渎则不告，是使之终于蒙也。"

乾隆五十六年

眺远亭

假山构小亭，选字称眺远。

园中山水趣，都呈目前宛。

然岂谓是哉，吾意别有缱。

四海民之情，万年计之本。

是遥信遥乎，一目那穷款。

而况指当前，泰山犹蔽眼。

斯不宜畅欤，深思识展转。

穷款：指书画家在其作品题款时，仅署姓名或仅钤一名章的款，称穷款。

乾隆五十九年

双鹤斋八景

廓然大公

五架书斋虚且朗，不教花树植前墀。

廓然明示大公意，我亦物来顺应之。

绮吟堂

潇落溪堂额绮吟，凭思未足称吾心。
诗仙曰李诗圣杜，两字何曾一句侵。

峭蒨居

西山怪石如湖石，堆作假山峭蒨深。
曲径偶然循屧步，田盘一例坐云林①。

① 盘山有云林石室，叠石为假山，与此颇相肖。

屧：行走。《南史·袁湛传》：“又尝步屧白杨郊野间。”

披云径

石径趣惟窈窕宜，入之深自得云披。
虚无和润探春处，恰喜其根有暗移。

韵石淙

初生春水力犹微，溶潏轻轻出石矶。
悟得为文原有法，不于激越在藏辉。

溶潏：水波动荡。宋玉《高唐赋》：“洪波淫淫之溶潏。”

启秀亭

四柱空空一小亭，幽寻至处暂清停。
两端底用劳劳叩，启秀分明抚始青。

影山楼

山上两层更有楼，欲将千里目中收。
并州奇想分明是，却笑未离影像求。

规月桥

入水桥墙接碧川[①]，上空规学月之圆[②]。
中宵映处端轮谓，得半终犹输得全。

① 循双鹤斋而西，跨湖为桥，以通往来。

② 桥形半规，映水宛如满月，若竟成圆规，则转不能通舟，是究得月之半，而未得月之全也。

嘉庆朝

嘉庆元年

廓然大公

寄畅风光仿八景，惠山雅致叠成图。
春舒柳眼青初展，雪积峰头玉尚敷。
石磴高低通曲涧，松坡平远接新芜。
游观几暇承恩旨，始识人间有阆壶。

寄畅：指无锡寄畅园。圆明园廓然大公景区，即乾隆时仿寄畅园而建。

惠山：指清漪园内惠山园。该园亦是乾隆时期仿寄畅园而建，嘉庆十六年重修后，改称“谐趣园”。

双鹤斋八景

廓然大公

轩庭明朗含诸景，虚受招延众善收。

坦荡天怀示无我，大公至正廓王猷。

绮吟堂

佳句还从佳境得，堂开绮丽耐清吟。

百花秀发含新润，雨足东皋慰寸心。

东皋：泛指田园、原野。三国魏 阮籍《辞蒋太尉辟命奏记》：“方将耕于东皋之阳，输黍稷之税，以避当涂者之路。”

峭蒨居

因山筑室景天成，拾级高低达户楹。

石磴纡回廊右转，松阴双鹤送清声。

披云径

寻胜探幽拂绿云，乍过竹外径斜分。

节临上巳风和畅，修禊清游忆右军。

修禊：古代民俗于农历三月上旬的巳日，到水边嬉戏，以祓除不祥，称为修禊。

右军：即东晋时著名书法家王羲之，因其曾任右军将军。

韵石淙

暗窦疏通引外湖，流泉溅石和笙竽。

清音静领心神逸，洗耳输他巢许徒。

巢许：是巢父和许由的并称。他们都是传说中的隐逸之士。

启秀亭

揽胜峰头建小亭，四山飞翠送来青。

开轩纳景空无物，静验流光迅不停。

影山楼

镜远终从形影求，还须更上一层楼。
西山襟带横云外，千里林峦座右投。

规月桥

过溪路近赤栏桥，月印清波景象超。
得半得全终是幻，好探胜赏及春饶。

嘉庆八年

四面云山亭子

山庄万岭环，云生遍溪涧。
夏秋每登临，真景目见惯。
御园亭额同，数尺叠石栈。
四面皆假山，山假云亦幻。
乃知真幻间，总于寸田办。
远观集清虚，无喜即无患。

嘉庆九年

四面云山亭子

山庄亭子凌斗枢，千岩万壑纷环扶。

御园假山俯洲渚，亭额虽同境界殊。
游心恬淡超物表，妄谈真幻徒自扰。
眼识生于方寸间，须弥非大芥非小。

斗枢：是北斗七星的第一星，名天枢。亦泛指北斗。唐 骆宾王《久戍边城有怀京邑》诗：“璧殿规宸象，金堤法斗枢。”

眼识：佛教语。谓眼睛对客观世界的认识。

嘉庆二十三年

双鹤斋

结构年深仿惠山，园名寄畅境幽闲。
曲蹊峭蒨松尤茂，小洞崎岖石不顽。
烟里波光漾浩渺，风前泉韵泻潺湲。
昨宵细雨添微润，仍盼甘霖救苦艰。

嘉庆二十四年

双鹤斋

书斋面芳溆，境仿惠山园。
奇石叠庭曲，飞梁跨水门。
竹松永苞茂，桃李偶纷繁。
华实理如是，观生抱化源。

道光朝

道光三年

双鹤斋

昔年双鹤唳平皋，留得佳名绚彩毫。
四面青峰含宿霭，一湾碧水送轻舠。
窗延夏景多新卉，松引南薰漾翠涛。
华表不知何日返，长鸣仙侣九霄翱。

平皋：水边平展之地。

华表：此处指华表校顶雕饰的白鹤，是归来的仙人在此作歌，以示吉祥。如杜甫有诗：“天寒白鹤归华表，日落青龙见水中。”

坐石临流

坐石临流，圆明园四十景之一，位于水木明瑟东南，澹泊宁静迤东。始建于雍正年间，其范围包括西北部坐石临流、西南部抱朴草堂、东北部舍卫城、东南部同乐园，及中部的买卖长街。

坐石临流，时称“流杯亭”，系仿兰渚山下曲水流觞，兰亭之意而建。抱朴草堂为六楹倒座殿，是乾隆仿建“避暑山庄”雍正狮子园之草堂，以示俭朴。与之相对，是南向的三楹殿，外悬“养和室”匾。

舍卫城为城池式寺庙，系仿古印度侨萨罗国都城的佛教建筑。前竖坊楔三，城关石刻雍正帝御书“舍卫城”匾。城关上有“多宝阁”三楹，内祀关帝，额曰“至神大勇”。山门内正殿为“寿国寿民”，额曰“心月妙相”；后为“仁慈殿”，额曰“具足圆成”；又后为“普福宫”，额曰“瑞应优云”；最北为方形城楼，名“最胜阁”，额曰“乾闼持轮”“祇林垂鬘”。

同乐园，是圆明园内的大戏园，主殿为前后楼各五楹，内外皆悬“同乐园”匾，中有穿堂楼三间，看戏时清帝与诸臣在楼下，皇太后与后妃在楼上。前有北向三层“清音阁”戏楼，上悬雍正帝御笔“景物常新”，联曰：“乐奏钧天玉管声中来凤舞，音宣广陌云璈韵里叶衢歌。”园东为“永日堂”，内有两座佛殿。作为御园帝后的主要娱乐场所，清帝每年均在这里举行大典，招待宗室重臣、蒙古王公，以及各国使臣等观戏宴饮。

买卖街则是由宫监们扮作商人，开市叫卖，以渲染升平景象，供帝后及百官们游玩享乐。

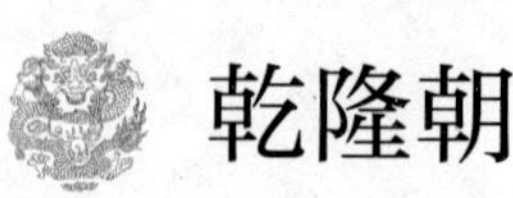

乾隆朝

乾隆九年

坐石临流

仄涧中瀑泉奔汇，奇石峭列，为坻为碕，为屿为奥。激波分注，潺潺鸣籁，可以漱齿，可以泛觞。作亭据胜处，泠然山水清音。东为同乐园。

白石清泉带碧萝，曲流贴贴泛金荷。
年年上巳寻欢处，便是当时晋永和。

上巳：旧俗以此日在水边洗濯污垢，祭祀祖先，亦称祓禊、修禊。魏晋以后把上巳节固定为三月三日，成为人们水边饮宴、郊外游春的节日。

晋永和：东晋 王羲之《兰亭序》："永和九年，岁在癸丑，暮春之初，会于会稽山阴之兰亭，修禊事也。"

乾隆三十二年

抱朴草堂

轩楹近觉压华庨，洁治书堂覆草茅。
欲拟幽人犹未得，敢言古帝恐成淆。
闲披芸简窗前朗，静听松风户外敲。
津逮漫言由李葛，仙家与我却无交。

庳：房屋高深的样子。

幽人：指隐士。

芸简：指书翰。元 张养浩《次马伯庸少监赠经筵官虞司业诗韵》："簪绅星聚掖垣西，芸简含光动列奎。"

再题抱朴草堂

洁治数间屋，匪华以朴胜。

曲篱堂后围，横溪阶下映。

插架富芸编，汲古颐神性。

清暇偶憩坐，窗明几亦净。

惜阴意有永，体物心无竞。

绮灯方在楹，微觉弗相称。

芸编：指书籍。芸，香草，置书页内可以辟蠹，故称。宋 陆游《夏日杂题》诗之五："天随手不去朱黄，辟蠹芸编细细香。"

洗心室

籞园偶尔学衡茅，佳致还同安乐巢。

几暇洗心退藏密，便因洁静玩羲爻。

籞：古帝王的禁苑。用竹等作围栏。

衡茅：衡门茅屋，简陋的居室。晋 陶潜《辛丑岁七月赴假还江陵夜行涂口》："养真衡茅下，庶以善自名。"

洗心：比喻除去恶念或杂念。《易·系辞上》："圣人以此洗心。"

羲爻：《易》卦的基本符号，相传为伏羲作，故名。唐 黄滔《贺杨侍郎启》："伏以羲爻不兆之文，何人复演！"

养和室

啬神非吾希，种秫非吾怡。
发而皆中节，闻之吾子思。
是必有所养，其和匪矜持。
不为内欲扰，不为外物移。
如元首万善，如春冠四时。
冲融去安排，位育庶可几。

啬神：爱惜精神。《太平广记》卷五五引前蜀杜光庭《仙传拾遗·寒山子》：“修生之道，除嗜去欲，啬神抱和，所以无累也。”

种秫：比喻自酿酒，形容自给自足。史载，陶渊明为彭泽令时，以俸田种秫，用于酿酒而求一醉。

抱朴草堂口号

笔砚精良乐一时，便教抒兴与摛词。
草堂抱朴名相称，所愧还淳身先之。

抱朴草堂

弥月愁望雨，草堂未一过。
润余叩门薜，生意满庭莎。
忧喜我无定，殷勤物共和。
拨笺试拈句，才觉兴来多。

门薜：薜，薜荔，木本植物。门薜，指为薜荔所缠绕的门户。喻隐者住所。

洗心室

今朝昨日改观眸，润濯园林绿似油。
乐不在斯原在彼，一天嘉澍洗心愁。

抱朴草堂

草堂构溪上，潇落真觉宜。
岂惟缀景然，茅茨繄我思。
望古治未逮，兴言空尔为。
架亦有诗书，几亦有琴棋。
缱彼穷檐民，圭窦安同斯。

茅茨：指简陋的居室。

圭窦：形状如圭的墙洞。指微贱之家的门户，借指寒微之家。《左传·襄公十年》："筚门圭窦之人，而皆陵其上，其难为上矣！"

乾隆三十三年

题抱朴草堂

讵云无画栋，偶尔爱茆茨。
借幂绿阴下，还临碧水涯。
稀来原似创，暂憩颇相宜。
黄屋非尧志，吾犹景仰斯。

茆："卝"的讹字。

黄屋：帝王所居宫室。《魏书·李彪传》："故夏禹卑宫室而恶衣服，殷汤寝黄屋而乘辂舆，此示俭于后王。"

抱朴草堂

溪环山复围，于中构草屋。
矮墙砌块石，曲径植修竹。
为屋亦弗多，其名曰抱朴。
既觉悦素心，更以畅遥目。
常携渊明诗，小坐便把读。

乾隆三十四年

抱朴草堂

草堂只两间，庭前森古树。
枯枝集寒鸦，倪迂笔不误。
且看画意张，聊待嘉荫布。
怡情讵华镫，悦心惟竹素。
谁谓御园中，而有茅檐趣。

倪迂：倪瓒，元代画家、诗人。

镫：通"灯"。《楚辞·招魂》："兰膏明烛，华镫错兮。"

乾隆三十五年

戏题抱朴草堂

素几明窗偶揽凭，草堂颇亦缀绫镫。
如从名实相衡量，半得相应半不应。

养和室

交养由来内外通，春和一室趣无穷。
便如九十韶光富，也在冲容酝酿中。

抱朴草堂

草堂枕清溪，舣舟一徙倚。
不惟谢雕斫，兼且卑阶戺。
明志以澹泊，沃心有书史。
书史非空言，鉴人还鉴己。
餍饫而优游，盖欲忘去矣。
亭台亦岂无，视总弗如此。

戺：台阶两旁所砌的斜石。

抱朴草堂

径入竹篱曲，堂逢茆舍开。
朴欣无与比，趣以不频来。

嘉荫当庭直，闲花傍砌偎。
几间供笔砚，得句便言回。

乾隆三十六年

抱朴草堂口号

草堂筑以念民穷，茅葺竹编宛朴风。
入屋原看陈绨几，恧思贫巷可能同。

绨几：铺上绨锦的几案，古为天子专用。《西京杂记》卷一：“汉制：天子玉几，冬则加绨锦其上，谓之绨几。”

养和室

阳瘅土膏方发脉，冻消春水欲生波。
园中芳信犹迟待，天地于斯亦养和。

乾隆三十七年

抱朴草堂

万境从心生，心亦借境托。
充詘缘朝市，寥落因林壑。
御园多亭台，草堂斯偶作。
谢彼夸丹青，爱兹饶淡泊。

抱朴惬素怀，可以读书乐。

充诎：亦作“充倔”，得意忘形貌。元 辛文房《唐才子传·元稹》：“人必劳饿空乏，而后无充诎之态。”

乾隆三十八年

抱朴草堂

矮屋竹篱处，茨茅阶土堂。
雅宜阅农务，不啻赏烟光。
水带门前曲，风来窗下凉。
惟应静者住，去矣万几忙。

茨茅：亦言“茅茨”，指简陋的居室。晋 袁宏《后汉纪·桓帝纪下》：“不慕荣宦，身安茅茨。”

不啻：不止，不仅仅。

乾隆三十九年

抱朴草堂

草堂称抱朴，白屋煦春和。
可共万民豫，惟虞六幕讹。
淳风那易返，藻句尚频哦。
缅想茅茨世，还应抱愧多。

乾隆四十一年

抱朴草堂

诛茅偶为室，抱朴久名予。
净几弗施绨，明窗称展书。
因思彼黎庶，可似此安居。
自返多惭愧，宁徒缀景虚。

抱朴草堂

草堂虽缀景，抱朴意犹深。
既念茅檐苦，敢忘阶土心。
绕门有流水，对户亦遥岑。
一卷唐诗在，浩然什合吟。

阶土：即“土阶茅茨”的缩写。茅草盖的房屋，泥土砌的台阶。形容房屋简陋，生活艰苦。明 唐顺之《答廖东云提学》：“山西古帝王之都，其人有茅茨土阶之风。”

乾隆四十六年

养和室

养和有二义，一曰养在己。
胸中十分春，是即其注矣。
一曰养在人，四海春台里。

风风雨雨间，化泽被远迩。

子曰和不同，斯之谓君子。

其养应如何？克己与复礼。

抱朴草堂

尧心曾是非黄屋，缀景茅茨构草堂。

爱此还淳真抱朴，胜他峻宇与雕墙。

乾隆四十七年

抱朴草堂自讼

茅茨古所尚，巍乎弗可暨。

今也大不然，徒以供景缀。

室同政岂同，言之增惕愧。

知而未能行，嗟乎愆益积。

乾隆四十八年

抱朴草堂

覆檐为草草铺庭，却待东风未放青。

莫谓草堂兹作古，狮园曾是肇前型[①]。

① 热河狮子园有草房，皇考示俭，深意也。兹圆明园抱朴草堂之构，实效法为之。

乾隆五十一年

抱朴草堂

草堂数典草房为[①]，彼实依山此傍池。
讵曰知仁企合德，亦云茅土不忘思。
茶梅芳浅春当孟，书史趣深几暇时。
节近上元悬彩炬，谓斯弗称略惭之。

① 抱朴草堂之构，以皇考热河狮子园有草房，因仿效为之，用昭示俭深意。

乾隆五十三年

抱朴草堂

园中缀景无弗用，几架草堂不妨有。
俗士侈以为出尘，狷人重以为享帚。
二者于我都莫涉，临溪隙地作因偶。
宁希东鲁为学遁，亦岂浣花安困守。
遐哉黄屋非尧心，中心藏之知愧否。

狷人：洁身自好、性情耿直、拘谨无为之人。

东鲁：指春秋鲁国。《文选·孔稚珪·北山移文》：“世有周子，隽俗之士，既文且博，亦玄亦史。然而学遁东鲁，习隐南郭。”

浣花：即浣花溪。宋 陆游《岁晚诗》：“浣花道上人谁识，华表千年老令威。”

乾隆五十四年

养和室口号

一室冲融号养和，窗前春物未婆娑。
诸凡未发先为蓄，吾亦于斯所得多。

乾隆五十九年

养和堂

书室朴而雅，径佳委曲通。
古梅峙一缶，南枝意已融。
是诚养和乎，吾意与之同。
万民登春台，宁无一困穷。

嘉庆朝

嘉庆元年

坐石临流

修禊清游晋永和，仿成亭子俯平坡。
山屏镂刻图全展，石柱周环帖遍罗。

曲水纡回通别渚，茂林幽邃荫崇阿。
岂同觞咏怀今昔，几暇肩舆偶一过。

抱朴草堂

竹篱茆舍傍河滨，缀景还思化美淳。
远树云稀澄岭外，平湖风漾壂溪垠。
政求朴素民难格，心抱惭惶雨未匀。
宵旰靡宁殷沛澍，虑辜膏泽渥三春。

抱朴草堂

草堂临河干，竹篱相环绕。
平林叶已稀，窗影殊觉少。
尚素屏繁华，不喜珠玉扰。
黄屋非尧心，尊闻勉继绍。

抱朴草堂

草堂不雕饰，抱朴额檐楣。
自得溪山秀，非图宫室卑。
还淳岂泥古，从俗亦因时。
示俭寓守约，持盈后代知。

嘉庆三年

抱朴草堂

临汀建草堂，不雕欣朴素。
隔岸见稻畦，田家风景具。
今岁又冀丰，春夏连甘澍。
深宫念穷阎，知艰国本固。
肯构警寸衷，还淳意斯寓。

抱朴草堂

草堂临水欣清洁，抱朴颜楣念化淳。
崇俭去奢斯足用，循名责实在知人。
惭无德政遵前典，愧鲜嘉言训莠民。
得暇偶来非问景，凝眸望蜀尚频频。

凝眸望蜀句：此指嘉庆帝心念征剿川陕等地白莲教起义事。

嘉庆七年

抱朴草堂

临水草堂最清洁，芳春丽景正纷敷。
雏莺啼树断还续，嫩藓缘坡有若无。
簇簇新芜欣发育，溶溶浅浪乐涵濡。
檐题抱朴存精义，欲使淳风播海隅。

嘉庆十一年

抱朴草堂

心非黄屋念茅茨，数架草堂碧水湄。
欲使民风返淳朴，雕梁画栋又奚为。

纸窗藤榻欣清雅，静览田家风味宜。
渚畔停桡偶临憩，半瓯芳茗一章诗。

同乐园

乾隆朝

乾隆五十六年

同乐园得句

月余萦念一朝舒[①]，同乐顾名幸不虚。
岂以笙歌为共众，亦惟稼穑是廑予。
树生花讶春昌矣，麦吐芽欣泽沃如。
傍晚飘萧势未止，罢镫何碍节之初[②]。

① 昨年腊月初二日雪，至今月余矣。

② 至晚雪势尚未止，因恐外藩、外国人或湿衣履，遂命众不必伺候。元宵节前，以优遇雪泽而停烟火，亦佳话也。

嘉庆朝

嘉庆元年

永日堂

佛日光华浮尘屏，湛然圆镜须弥顶。

高高宗动列宿悬，极乐安隐瞻胜境。
八功德水漾莲池，心香意叶堪引领。
至诚瞻礼两足尊，寸衷虔祝春晖永。

八功德水：佛教语，谓西方极乐世界浴池中具有八种功德之水，即：甘、冷、软、轻、清净、不臭、不损喉，不伤腹。

春晖：旧时比喻父母的养育之恩。

嘉庆二年

新正同乐园

藩部朝正王会开，承欢行庆乐春台。
暖敷卉木光风转，泽洽田畴瑞雪培。
聆训铭心主诚敬①，祈天孚愿息氛埃②。
箫韶迭奏升平曲，化被三苗圣武恢③。

① 皇父晨夕训政，事无巨细，执两用中，惟诚则明，敬胜迪吉。予祗承之下，永识弗谖。

② 湖北教匪窜入黄柏山中，官军四面围合，已成釜底游魂。惟吁昊恩助顺，迅奏廓清尔。

③ 湖南逆苗平定后，官军徇阅各苗寨，宣示威德。群苗皆望风归顺，歌舞欢欣。因清还界址，优与抚恤。从此各安生业，边圉永靖矣。

嘉庆三年

新正同乐园叠丁巳韵

紫软扶舆宝阁开，氤氲佳气绕层台。

宗支深沐帝恩洽，藩部同蒙圣泽培[①]。
星拱北辰昭会极，风行西蜀靖征埃。
庆丰图启酬嘉节，后乐先忧至教恢。

① 年例，正月十三日起，在御园之同乐园，酬节宗室王公及外藩蒙古王公、台吉、额驸、属国陪臣，俱命入坐，赐食锡赉。骈蕃圣恩沦浃者，六十余年矣。

紫轪：帝王所乘的车子。《文选 · 谢朓 · 始出尚书省》："青精翼紫轪，黄旗映朱邸。"李善注："天子之车以紫为盖，故曰紫轪。"

永日堂口号

春晖拓景夏方长，煦妪永依佛日光。
焜耀天中全朗照，波旬销铄殄凶狂。

春晖：春天温暖的阳光。
煦妪：抚育、长养。
波旬：印度佛教中所说的魔王，又称魔罗。

嘉庆七年

同乐园口号

春台舒长养，乐与万民同。
寰宇诚蕃庶，先忧廑寸衷。

嘉庆八年

同乐园茶宴诸王、大学士及内廷翰林，用平定三省教匪联句，复成诗二首

三年望捷未联吟，七载方酬望捷心。
窜蜀顽民皆扫荡，在天圣日式昭临。
敬承遗训鸿猷展，永靖邪氛恺泽深。
悲忆违和凭几盼，拈毫纪事泪霑襟①。

① 自教匪滋事，皇考筹笔焦劳，心殷奏绩。迨至违和之际，犹成盼捷诗章。予敬承遗训，夙夜筹几，刻以早竣大功，稍酬在天之志。去腊，幸蒇斯事。兹于新正幸同乐园，与诸王、廷臣敷席联吟。不敢自谓能成先志，惟感考慈默佑之恩，拈笔成章，倍深怆慕。

始于楚地蔓于川，荼毒黔黎已七年。
钱敛根基群狗盗，教名弥勒野狐禅。
雪敷青甸生嘉谷，孽净潢池刬白莲。
幸沐天恩全底定，持盈保泰勉仔肩。

潢池："潢池弄兵"的缩写。旧时对农民起义的蔑称，亦指发动兵变。
刬：旧同"铲"，铲除、剿灭的意思。
白莲：借指白莲教农民起义军。

嘉庆十七年

初春同乐园

御园循例事，行庆应年丰。

琼叠花幡焕，瑶辉灯砌融。
润敷畿甸洽，乐恺庶民同。
白雪宣韶律，阳春候畅充。

道光朝

道光三年

同乐园侍皇太后膳

春光先到御园中，侍辇初临晓日融。
层阁交辉调律吕，最欣长此奉慈宫。

新绿盈池雪积山，今春气暖喜承颜。
天家衍庆无疆寿，不羡蓬莱水石寰。

水石：犹泉石。多指清丽胜景。

舍卫城

乾隆二十五年

题湛然室

结宇非山嵕，亦复离水裔。
灌木蓊蔚间，拂檐足葱翠。
湛然之谓何，循名可晰义。
譬彼方寸镜，其照乃无际。
室中无长物，矫情我弗贵。
澄兹空洞缘，受彼万物备。

嵕：数峰并峙的山。

悦霁亭

屡阴复屡晴，秋意殊未定。
我实愿时旸，因之虑怲怲。
今朝乃大霁，碧宇徂云净。
得亭便名之，东坡以为镜。

怲怲：忧愁的样子。《诗·小雅·頍弁》：“未见君子，忧心怲怲。”

乾隆二十六年

悦霁亭

春末夏初歌悦霁，十年一遇信艰逢。
良辰美景能无乐，戒满㧑谦益有颙。

㧑：谦逊。王俭《褚渊碑文》：“功成弗有，固秉㧑挹。”
颙：温和肃敬的样子。《易・观》：“有孚颙若。”虞注：“君德有威容貌。”

悦霁亭

辍翳澄氛顷刻间，碧天如洗倚青山。
恰宜悦霁亭中坐，数日愁消片晌闲。

悦霁亭即景

一岁常一度，此亭坐片时。
中元节至矣，霁色恰当之。
迥洗天心朗，晶悬日面披。
今朝真即景，所悦在旸宜。

乾隆二十七年

悦霁亭放歌　六月初六日

四日快晴始慰然，昨夜骤霖复怅惘。
讵予无屋足避漏，心切小民怨咨想。

今朝此亭信可悦，大霁虚明怡万象。
旋愁旋喜毋固必，或者予衷失涵养。
观过知仁缘廑农，自解自怜自偶赏。

湛然室口号

如镜空明如水澈，物形不示照随来。
谩言假藉虚题额，此室何曾定见赅。

赅：包括、完备。

乾隆二十九年

湛然室

色斯有际空无际，内外虚明洞湛然。
此室问宜谁作伴，手拈花者坐金仙。

金仙：道教仙的最高境界，亦代指佛教的最高果位。

悦霁亭

又是中元节，兼逢快霁时。
有风皆送爽，无物不含怡。
黍陇农驱雀，兰蹊仆发辎[①]。
前题一再读，睫眼两年驰。

① 将幸避暑山庄，是日已发辎重前行。

乾隆三十二年

悦霁亭

小亭梵宫侧，悦霁向名之。
复尔中元节，恰当晴景披。
阅年松押攜，瀼露卉葳蕤。
目与心清朗，欣于此一时。

押攜：重接貌。
瀼：指露水多。

乾隆三十五年

悦霁亭口号

风吹云片去无余，砌曝曦光溽毕除。
秋草秋花那悦彼，农勤农苦略纾予。

乾隆三十六年

悦霁亭

云净寥天片不留，晴风送爽度梧楸。
问予悦霁缘何悦，都为三农可卜秋。

乾隆四十一年

湛然室

书室额湛然，无非取即景。
我意弗在斯，每因以自警。
湛者澄之谓，私欲首当屏。
湛者寂之谓，好恶犹应省。
内以养心田，外以持政柄。
无为而有为，讵云耽闲静。

乾隆四十四年

悦霁亭

暮春及首夏，时雨复时晴。
二麦可称稔，黍禾亦遍耕。
五月弗藉霖，农谚还堪征[①]。
然惟今岁耳，那忘往岁情。
此际方望泽，何暇登此亭。
悦霁真悦霁，艰遇慰益增。
而吾愿进之，书云戒满盈。

① 农谚云："有钱难买五月旱。"以利于晒麦也。今岁节气早，此时麦已登场，晴雨虽俱无碍。然尚系五月晴霁，更相宜耳，

乾隆五十二年

湛然室

十日前冰沼，一时波湛然。
因之俯澄澈，遂与悟流迁。
岂只分当惜，可知照匪缘。
偶斯相会合，何必论媸妍。

媸妍：媸指丑陋，妍指美丽。唐 张彦远《法书要录·梁中书侍郎虞龢论书表》：“题勒美恶，指示媸妍。点画之情，昭若发蒙。”

嘉庆朝

嘉庆元年

湛然室口号

寂静天君自湛然，达观万物动如烟。
退藏于密日三省，惕若终朝务体乾。

退藏于密：后退藏于秘密之处，不露行迹。语出《易经》：“圣人以此洗心，退藏于密，吉凶与民同患。”

舍卫城

黄金布满地，蔓陀香气清。

极乐须弥界，中有舍卫城。
光华常不夜，寂寞忘世情。
一心证忍辱，智果能圆成。
入门即实际，切戒我慢生。

曼陀：花名。传说为佛说法时，天雨之花，即曼陀罗，可为饰品。明 唐顺之《雪诗和苏韵》：“葱岭未消阿耨水，珠林忽散曼陀花。”

湛然室

观心若明镜，磨炼现清光。
天君永安泰，宥密慎退藏。
物来随所照，湛然形像彰。
内省苟无怍，外诱诚未妨。
气志惧汩没，惕哉为君王。

宥密：寸心仁厚宁静。

无怍：惭愧。

汩没：沉沦。唐 李咸用《秋夕书怀寄所知》诗：“三岛路遥身汩没，九天风急羽差池。”

嘉庆二年

舍卫城瞻礼

极乐道场谁得到，佛城即此可瞻依。
色声相泯宗风阐，欢喜心钦爱日晖。
见月空中真本幻，拈花镜里是仍非。

虔祈奋迅狮王力，迅伏邪氛正教归。

湛然室

曲折缘廊丈室开，湛然原自本根来。
天心月皎光华现，水面风披波浪催。
照物因形悬宝鉴，集虚观我蕴灵台。
察情顺应无成见，洗涤琢磨性海培。

嘉庆三年

湛然室

明镜消尘印万有，湛然澄澈烛群情。
见原未见因心见，生本无生逐想生。
动处如观云屡变，静时默念月长清。
识空一切斯能贯，虚集灵台志气平。

舍卫城瞻礼

法王筵宇仿西方，绀盖珠旛七宝装。
半偈总包福靡际，瓣香永祝寿无疆。
虔祈雪沛良田润，亟愿魔消慧日光。
震旦雷音启群蛰，昭苏六道感恩滂。

珠旛："旛"同"幡"，旗帜。此为以珍珠装饰的旗。

六道：佛教用语，即世间众生因造作善不善诸业而有业报，此业报有六个去处，被称为六道，即：天道、人道、畜牲道、阿修罗道、饿鬼道、地狱道。

湛然室口号

水中捞月原无影，镜里拈花未有香。
方寸诚能常湛湛，照空五蕴现清凉。

五蕴：佛教用语，指色、受、想、行、识五种。佛教认为：世间一切事物均由五蕴和合而成，人的生命亦如此。

嘉庆十六年

仲春湛然室

室近祇园佛阁连，芳春淑景倍暄妍。
物烟旋绕时纷若，我镜琢磨常湛然。
稽古治今自澄澈，存神养性屏萦牵。
内修尺宅臻纯粹，千里枢机一念宣。

湛然室

抱蜀临九围，居高万姓仰。
欲令治理敷，先勉寸衷养。
心源常湛然，屏除诸妄想。
致诚物尽孚，力勤业自广。
达观古圣王，法言理不爽。

宝鉴洞隐微，充实光辉朗。

嘉庆十九年

湛然室

万几日理勿萦牵，静养寸心常湛然。
性体四知世情达，事经百炼镜光圆。
公私辨别志斯正，人我消除念不偏。
负扆切思敷教化，照临天下凛仔肩。

四知：此处指佛教四知，即天知、地知、人知、己知。

曲院风荷

曲院风荷，圆明园四十景之一。位于后湖与福海之间，坐石临流东南，是一处模仿西湖同名景观的风景园林。始建年代不详，乾隆九年（1744）纳入圆明园四十景图。《日下旧闻考》谓：“曲院风荷”主殿五楹南向，其西佛楼为“洛伽胜境”。殿南跨池东西，有桥九孔，坊楔二，西为“金鳌”，东为“玉蝀”。金鳌西南河外有东向三楹屋宇，名“四围佳丽”，玉蝀东有亭名“饮练长虹”。又东南渡桥，折而北设城关，为“宁和镇”（道光初年因避讳改称春和镇）。诸额皆乾隆帝御书。其东南即通往升平署之东楼门。曲院风荷西侧河外，还有一处“村庄房”，亦称渔家乐。

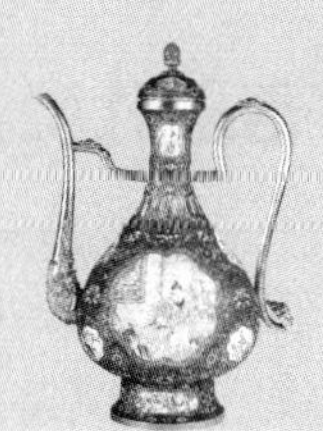

乾隆朝

乾隆九年

曲院风荷

西湖曲院，为宋时酒务地，荷花最多，是有曲院风荷之名。兹处红衣印波，长虹摇影，风景相似，故以其名名之。

香远风清谁解图，亭亭花底睡双凫。
停桡堤畔饶真赏，那数余杭西子湖。

香远句：北宋周敦颐著《爱莲说》，内有：“出淤泥而不染，濯清涟而不妖……香远益清，亭亭净植。”时画家赵昌绘有《菡萏图》，被世人认为：“此画标韵清远，能识此意耳。”

嘉庆朝

嘉庆元年

落迦胜境

显迹传东土，如来平等观。

西方常住锡，南海永安澜。

法律三车演，庄严七宝攒。

长称圣人寿，普被福田宽。

三车：佛教语，喻三乘。谓以羊车喻声闻乘（小乘）；以鹿车喻缘觉乘（中乘）；以牛车喻菩萨乘（大乘）。语出《法华经·譬喻品》。

七宝：又称七珍。在佛经中，不同经书所译七宝不尽相同。其中法华经所说七宝是金、银、琉璃、砗磲、玛瑙、珍珠、玫瑰。

福田：佛教以为供养布施，行善修德，能受福报，犹如播种田亩，有秋收之利，故称。

嘉庆三年

落迦胜境

南海落迦示灵迹，现身说法警痴蒙。

百千万劫难遭遇，五十三参孰异同。

甘露洒来弥世界，杨枝挥处遍虚空。

大慈应拔泥犁业，早靖邪魔迅奏功。

落迦：即那落迦，梵语音译，意地狱。

五十三参：《华严经·入法界品》中载，善财童子曾参访五十三位善知识，故谓五十三参。又比喻虚心求教，不辞辛苦。

泥犁：梵语，意译为地狱。

落伽胜境

奚必灵山独海南，随缘应感任来参。

色声闻见难详察，土木形骸漫讨探。

过去事思终是梦，广长舌本系空谈。
何如进步功夫到，一月光辉印万潭。

广长舌：指佛的舌头。据说佛舌广而长，覆面至发际，故名。后喻以能言善辩。

嘉庆七年

落伽胜境

海南卓锡畅宗风，应感随声示现同。
人我尽包四生转，慈悲原在一心通。
六时钟磬真仍幻，三月莺花色即空。
若向个中寻住脚，痴人说梦总愚蒙。

四生：佛教分世界众生为四大类，即胎生，如人畜；卵生，如禽鸟；湿生，如某些昆虫；化生，如诸天与地狱及劫初众生。

六时：即晨朝、日中、日没（以上三时为昼）、初夜、中夜、后夜（以上三时为夜）。此六时分别又作平旦、日正中、日入、人定、夜半、鸡鸣。

洞天深处

洞天深处，圆明园四十景之一。位于福缘门内，勤政亲贤迤东。始建于雍正朝，是一处以皇子书房和住所为主体的风景区。《日下旧闻考》谓：洞天深处在如意馆西稍南，额为乾隆帝御书。前宇乃诸皇子所居，为四所。东西二街，南北一街。前为福缘门，四所之西为诸皇子肄业之所。前为“前垂天贶”，中为“中天景物”，后为“后天不老”，额皆雍正帝御书。“三天”书房迤东跨院，设孔子神龛，上有御笔匾额“斯文在兹”，联曰“道统集成归至德，圣功养正仰微言。”皆乾隆帝御书。该区东北部小院内，有正房五间，额曰“如意馆”，即清宫画院所在。西洋画师郎世宁、王致诚及众多清廷画师均曾供职于此，乾隆皇帝亦曾多次到馆游观。

乾隆朝

乾隆九年

洞天深处

缘溪而东，径曲折如蚁盘。短椽陋室，于奥为宜。杂植卉木，纷红骇绿，幽岩石厂，别有天地非人间。少南即前垂天贶，皇考御题，予兄弟旧时读书舍也。

幽兰泛重阿，乔柯幕憩榭。
牝壑既虚寂，细瀑时淙泻。
瑟瑟竹籁秋，亭亭松月夜。
对此少淹留，安知岁月流。
愿为君子儒，不作逍遥游。

幕：覆盖，遮蔽。

牝壑：山丘的幽深处。

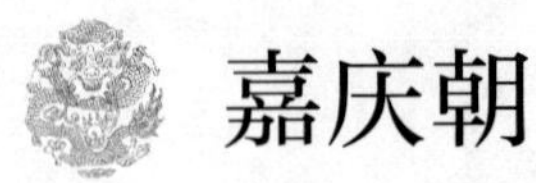

嘉庆朝

嘉庆二年

至后天不老书房作

昔日弦歌地，重来已隔年。
随兄怀雅训，勖弟勉成贤。
师友三天聚[1]，儿孙五代全。
都蒙皇父泽，惇叙国恩绵。

① 御园皇子读书处，前层檐额曰“前垂天贶”，中层额曰“中天景物”，后层额曰“后天不老”。谓之三天，盖即本此也。

道光朝

道光三年

新正至上书房瞻礼至圣先师述志

不到书斋三阅岁，新春瞻礼感初临。
图书依旧看连屋，几砚如初漫惬心。
此日敕几宵旰切，当年函丈岁时深。
择师涵养恩难述，谟典精微勉寸忱[1]。

① 朕在上书房三十余年，无日不与诗书相砥砺，盖我先皇择师涵养之恩，至深

且切也。本年新正十七日，重履书斋，瞻礼先师。既殷聪听之怀，益凛心传之正焉。

函丈：《礼记·曲礼上》："席间函丈。"意为老师讲席与学生座席之间，要留出一丈的空地。后以函丈作为对老师的尊称。

道光五年

新正至上书房述志

书斋讲肄味堪寻，考训师传受益深。
慎厥身毋忘素习，勤乎学莫负初心。
存诚庶免虚无累，克俭其容物欲侵。
愿我后人常凛是，兢兢述志起予忱。

秋日至上书房较射忆昔有作

书斋一别几春秋，举目堪思往事悠。
经史精微心永慕，星霜迁易岁如流。
乘时较射仍连中，抚景成吟漫小留。
忆昔居今悟消长，凛承大业慎身修。

紫碧山房

紫碧山房，居园内西北隅，俗称寒山，为“山起西北”之首。该区始建于雍正年间，乾隆二十五年（1760）前后，曾大规模改建。改建后的宫门，西北向有三间内宫门，外悬雍正帝御书“紫碧山房”匾，宫门西南有敞厅三间，名“含余清”，亦称“外宫门”。东南有八方亭，名曰“翼翠”。亭东为倒座殿“丰乐轩”，外悬雍正帝御书“丰乐轩”匾，亭北有“纳翠轩”，轩东北山涧中有船型建筑，名“石帆室”。室之东山岗上，有上下各三层的“景晖楼”，楼南有雍正帝题额“学圃”。宫门内前殿三楹，外悬乾隆帝御书“横云堂”匾。堂后是五间正殿“乐在人和”，前悬乾隆帝御书“乐在人和”匾，内挂雍正帝御书“紫碧山房”匾。横云堂西池上有“澄素楼”，池北有四方亭，名曰“引溪”。正殿东北山岗间，依次散布有“霁华楼”“坐霄汉”“六方亭”。在该区东南角，另有八方大亭一座，外悬乾隆御书“顺木天”额。

紫碧山房一景，系乾隆帝第二次南巡后，略仿苏州西南赵宧光“寒山别墅”的意境增建而成。故其有诗言：“山房卜筑已多年，云构恒瞻圣藻悬。赵家粉本饶仙趣，陶氏清辞无俗缘。”咸丰十年（1860），圆明园罹劫后，幸存内宫门、乐在人和殿及顺木天亭，并有首领太监等坐更看守。后复毁于八国联军战乱。

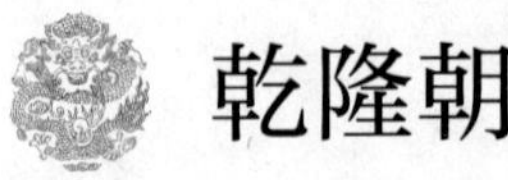

乾隆朝

乾隆二十六年

题横云堂

穿池出余土，为山凡几篑。
事半得倍功，轩堂因迴置。
虽无九仞高，颇有横云致。
西峰近在望，映带岚霭气。
即惬昭旷观，兼饶窈窕意。
八伯彼休进，肤寸吾恒思。
崇朝为春霖，利农斯上瑞。

昭旷：犹言开朗豁达。
八伯：古代官名，分掌四方诸侯。
肤寸：古代长度单位，一指宽为寸，四指宽为肤，喻指极小或极少。
崇朝：即终朝，从天亮到早饭时，犹言一个早晨。亦指一整天。
上瑞：上等的吉利。

石帆室

峰如倒插室如浮，便拟称帆恰当不。
忆似田盘精舍里，石林云海泛虚舟。

翼翠亭

园林无真山，假山古即真。
是处颇峭蒨，老松况作鳞。
一笠栖其上，翼然俯嶙峋。
翠雨落天花，不藉天女纷。
意在山水间，罣缅欧阳文。

峭蒨：挺拔青葱的样子。

紫碧山房题句

山房卜筑已多年，云构恒瞻圣藻悬。
卓尔仰怀仁者乐，佳哉常契画中禅。
赵家粉本饶仙趣，陶氏清辞无俗缘。
最爱夕阳西下际，鹤林高致会当前。

卜筑：择地建筑宅屋，常用以咏建宅幽隐之地。

赵家句：紫碧山房一景，为乾隆帝二次南巡后，仿苏州西南赵宧光“寒山别墅”而建。

含清阁

石洞出窅寥，水阁俯空澄。
云浆餐沆瀣，风物披华清。
会心岂必远，咫尺期蓬瀛。
羡门如可友，吾弗藉文成。

窅窱：幽深貌，亦指幽深的山谷。

蓬瀛：神话传说中蓬莱、瀛洲二神山的合称，常用以泛指仙境。

羡门：一作羡门高，为古代传说中的仙人，后用作咏求仙之典。

纳翠轩得句

十笏不为仄，诸峰无尽奇。
窗棱惟秀色，画格是神姿。
蔕葪夫何有，郁葱常若斯。
设将拟芥子，纳千百须弥。

蔕葪：犹“蔕芥”，鲠刺，比喻心怀嫌隙或不快。

芥子、须弥：芥子指芥菜子，须弥为古代印度传说中的大山。佛家用语，指微小的芥子能容纳巨大的须弥山，比喻大小可相容。

题丰乐轩

文轩额取郭槖传，学圃因之亦课田。
欲阜吾民无别术，虔恭一意为祈年。

郭槖传：唐代文学家柳宗元《种树郭槖驼传》中有“其乡曰丰乐乡”句。

石帆室

宁须五两始飘扬，容裔摩空几幅张。
讵必赋吴将志越，已看引汉更牵湘。
惊涛骇浪曾何有，抹月批风是所常。
无恙回悬云海阔，只疑牛渚泛仙航。

五两：古代测风器。用鸡毛五两结在高杆顶上，观测风向与风力，常用于军营中。

容裔：随风飘动貌。

牛渚：牛渚山，今安徽马鞍山长江东岸，临江突出处有采石矶。为著名登临之地。

仙航：仙人乘坐的船。

纳翠轩口号

假山植真树，当春亦向荣。
何必分宾主，都来强与名。

含清阁

湛华饶水木，挹韵在琴书。
径曲致因静，檐虚趣转舒。
春秋足风月，飞跃有鸢鱼。
纵异伯夷道，偶凭亦起予。

伯夷：伯夷与叔齐是商末孤竹君的两个儿子，因耻食周粟，饿死于首阳山。故旧时将其作为抱节守志的典范。

横云堂

向日横云出想像，今朝真个是横云。
宁云峦岫高陵表，几觉衣襟合莫分。
时露曦光旋叆叇，微飘雨点更氤氲。
无厌又冀优霑霈，观过吾缘望岁殷。

恋岫：语出陶潜《归去来兮辞》“云无心以出岫，鸟倦飞而知还”句，岫即指山洞或山峰。

叆叇：形容云彩很厚的样子。

景晖楼

因迥得高楼，疏前纳远畴。

木天思柳著[①]，学圃缅樊诹。

揽景既无尽，延晖每为留。

创名非屡易，漫拟诮昭州。

① 是处艺果种蔬，亭曰“顺木天”，圃曰“学圃”。

木天：紫碧山房东侧的学圃中，原建有八角亭一座，名“顺木天”，语出柳宗元《种树郭橐驼传》“能顺木之天，以致其性焉尔”。

横云堂放歌

今岁书堂初断手，颜以横云因兴偶。

却是往往叶嘉占，盛名难副兹诚副。

入夏云生每作风，已恐春膏或孤负。

昨夜浓阴喜达晨，急澍徐霏彻夕久。

横云今日信横云，配藜荟蔚滃户牖。

八伯兴歌迹漫希，一犁透润泽诚厚。

断手：完毕，完成。唐 杜甫《寄题江外草堂》：“经营上元始，断手宝应年。”

配藜：分散貌。

荟蔚：形容云雾弥漫。

八伯：即八伯歌，意为赞美圣人的高尚品德。

澄素楼作

层屋镜中央，石桥接径长。

春秋风月趣，上下水天光。

澄到尘无处，素先绘有常。

不忘参理性，揽景定何妨。

题霁华楼

初收宿雨霁华披，近远峰峦濯翠姿。

却似高楼解著语，壁间宜有喜晴诗。

乾隆二十七年

霁华楼

傍晚快晴定，山楼登霁华。

鱼鳞消薄霭，鸦背焰轻霞。

稍释愁霖叹，敢言即景嘉。

浃旬希例此，庶慰上农家。

鱼鳞、鸦背：均形容云彩。

浃旬：即一旬，十天。

乾隆二十八年

横云堂即事

今春每不盼云生，却是山堂每副名。
恰正片时凭牖坐，又看几缕拂檐横。
有姿自尔卷舒态，无定从来好恶情。
顾我于斯何系意，恐妨沮洳误新耕。

沮洳：低湿之地，泥沼。

乾隆二十九年

紫碧山房

因迥为高本不艰，远奇近概献谁悭。
康功北郭桑麻里，爽气西山襟袖间。
诗意乘空每有会，画家缩地此为闲。
是真佳处宜常坐，坐便思回奈少闲。

康功：指平整道路之事。康即四通八达的大路。
北郭：城邑北部之外城，亦指城外北郊。

横云堂

春港回烟舫，云堂凭雨窗。
满空皆润逼，无处觅尘降。

那数襄阳画，疑收湘浦篷。

飒声兼素色，定岂碍拟拟。

襄阳画：即北宋书法家、画家米芾的画作。米芾祖籍太原，迁襄阳，世称米襄阳。

篷：帆也。

横云堂

讵因堂迥号横云，霁日高峰孰与分。

还是英英就舍宇，常教溚溚润�院枌。

宁欣叆叇宜题句，希酿雵零大利耘。

惟是祈农勤实政，那如汉帝诩云云。

英英：光彩鲜明的样子。

溚溚：阴云凝滞。

叆叇：昏暗貌。

雵零：雵，细雨。零，雨貌。

霁华楼

天朗云收火迫秋，快晴因陟霁华楼。

远山青翠近呈照，迥宇空澄低若浮。

霞影轻宜入荷沼，露珠瀼喜浥禾畴。

舒眉宁为欣揽景，今岁农劳庶可酬。

禾畴：种植禾谷的田野。

乾隆三十一年

横云堂放歌

假山故无九仞高，名曰横云想像耳。
偶然写雾出楹时，寻思亦或有其理。
太古以来人与物，问谁不为名所使。
于中善恶及尔我，争较锱铢实甚矣。
浮云去来无系萦，堂之人害不观此。

九仞：六十三尺，或说为七十二尺，常用以形容极高或极深。

写雾出楹：写雾，流动的雾；写，通“泻”。楹即厅堂前边的柱子。

锱铢：旧制锱为一两的四分之一，铢为一两的二十四分之一。比喻极其微小的数量。

石帆室

万石磊嵚崎，小斋倚石为。
飞来若无定，浮去竟何之。
讵藉风添力，端因雪有姿。
如询停舣处，只在白云涯。

嵚崎：高峻貌，小而高的山。

题霁华楼

一年不数登，登在快晴凭。
夏霁今朝又，云华空宇仍。

就闲方递信，罢溽恰相应。

绿蔚黍田茂，即看铜雀征。

铜雀：铜制的乌雀。古歌云："长安城西有双阙，上有双铜雀，一鸣五谷成，再鸣五谷熟。"故有铜雀应丰年之说。

乾隆三十二年

题横云堂

迩日每作云，云作随风散。

今晓势尤浓，无风旋亦泮。

情知候犹早，渴岁由来惯。

理政逮巳牌，山堂游伴奂。

空澄仰太虚，远宇余几片。

安用此横为，惜心付柔翰。

巳牌：上午九时至十一时。

柔翰：毛笔的代称。柔意谓其质软。

石帆室

堆石翩如风帆浮，三间室亦似虚舟。

会心此即蓬莱岛，何必裹粮更往求。

丰乐轩

北村缀景有田园，学圃兼将学稼论。

望矣因之号丰乐，诚然实不易由言。

纳翠轩

假山窗外展，真翠室中含。
那辨谁宾主，是云得一三。
有枝皆滴露，无障不生岚。
佳景常抛置，从容雨后探。

乾隆三十四年

横云堂

假山艰致靄氤氲，今日横云果是云。
不异香山昨来景，爱看座底雨丝棼。

霁华楼

快雨常教继快晴，楼窗霁映远山横。
清风百里吹华黍，纵目能无一畅情。

华黍：形容五谷丰登的升平景象。

石帆室

叠石成假山，林立若帆挂。
以赠米襄阳，应知不胜拜。

付之云海中，常住斯为快。

那计风顺逆，无虑涛滂湃。

名实底须分，徒劳增蔕芥。

米襄阳：即米芾，因是襄阳人，故有是称。

蔕芥：犹“蒂芥”，细小的梗塞物，比喻心里的嫌隙。

翼翠亭

若飞檐翼虚而敞，过雨林姿生翠攒。

色相设从禽谱觅，不为凰即定为鸾。

乾隆三十八年

翼翠亭

笠亭十笏据嵚崎，翠羃菁葱上下枝。

若论翼然如翥势，飞来青鸟自西池。

翥：振翼而上，高飞，“龙翔凤翥”。

西池：相传谓西王母所居瑶池的异称。

乾隆四十年

丰乐轩口号

向远开轩号丰乐，较晴量雨共三农。

每来此便增惭愧，只为十年九鲜逢。

乾隆四十二年

丰乐轩

昨秋各省丰者多，近始京畿达远省。
况是弄田灌溉勤，自宜仓箱堆积整。
十岁中鲜四五遇，丰则丰矣乐艰骋。
缱彼胼手胝足民，虽亦逢稔称厚幸。
官租私债仍当还，几曾温饱亲受领。
敬体前题识农艰[①]，惟有祈年志虔永。

① 轩额乃皇考御书也。

乾隆四十七年

横云堂

诗客咏耸青，画家喜留白。
均示横云意，寓意于无迹。
兹堂据山腰，山云友莫逆。
有时写栋楹，何妨润几席。
为雨固其佳，即雪亦诚益。

纳翠轩口号

轩称纳翠翠犹迟，林树依然突兀枝。
竭尔循名似孤负，寻思弗久亦其时。

翼翠亭

小亭翼若藉林扶，春稚油然叶尚无。

旋视檐前驹影过，了知罨翠只须臾。

罨：覆盖，掩盖。

乾隆五十年

题丰乐轩

御园隙地多弄田，轩名丰乐祈农寓。

去岁北省率有秋，弄田益庆仓箱裕。

然而斯庆岂易得，十岁难逢五六遇。

人益滋而谷益贵，歉必增价丰如故[①]。

谷贵诸物胥价贵，往往十年倍其数。

持盈保泰实艰哉，长此安穷吾益惧。

① 承平生齿日繁，谷价日贵，而百物亦因之日昂，间遇歉岁，必至增价。及丰收而价仍不减，实事势相因，难以就平也。

横云堂

假山能几仞，讵有干霄状。

山堂名横云，亦惟出想像。

然既得其名，副实宁容旷。

凭窗见西山，荟蔚峰头望。

蒸雨信其灵，凝雪亦云当。

干霄：高入云霄。

翼翠亭

突兀枯枝少叶攒，寒林画展李成寒[①]。

孤亭隐隐如相谓，夏月闲来试一看。

① 内府有李成寒林图，向曾题句云：那借丹青绚，犹看柯干攒。正与此景逼肖。

乾隆五十一年

纳翠轩口号

春初林木未芳荣，偶坐宁无默引情。

方寸之中翠原纳，思量轩未负其名。

乾隆五十二年

丰乐轩

小轩题丰乐，久矣焕奎文[①]。

园中辟弄田，课量观耕耘。

祈岁祝丰乐，丰乐岂易云。

九州伙三农，胥愿登高囷。

乐少忧实多，家法遵惟勤。

① 是轩，皇考所题额。

囷：古代一种圆形的谷仓。

翼翠亭

亭云翼翠翠犹待，翠自名亭亭不孤。
风月四时无尽藏，菀枯较量若为乎。

横云堂

堂标山之迴，因以名横云。
堂自无拣择，人则有区分。
其滞厌乎夏，其兴希乎春。
兹当其希时，横楹实可欣。
宁渠助景嘉，为霖利耕耘。

石帆室

室以石为基，其式乃如舫。
因之名石帆，无过出想像。
帆挂宜布席，凿石那命匠。
梯几聊纵目，湖舟过无恙。
是岂有殊哉，一会泯万状。

乾隆五十三年

纳翠轩口号

轩外杨枝才染黄，评量名实未相当。
显诸仁本藏诸用，绎义原符纳者藏。

乾隆五十四年

石帆室

垒石为假山，岁久假即真。
槎枒树作古，崿嶰巘吐云。
幻如石海铺，问谁能泛艑。
竖峰即其帆，不借风力循。

槎枒：树木枝杈歧出貌。
崿嶰：山形。
巘：大山上的小山。《诗·大雅·公刘》："陟则在巘。"

乾隆五十五年

澄素楼

澄素固在溪，而楼适溪上。
溪澄楼亦澄，曰二原一样。
然人弗拾级，孰能知其状。

得一则含三，天成坦荡荡。

万理顺其然，夫岂劳施张。

施张：施行。

乾隆五十六年

题丰乐轩

两言丰乐耀奎文[①]，明示应于稼穑勤。

无逸所其周训凛，懋迁作乂稷谟闻。

藉因较量旸和雨，讵祇凭观耕与耘。

九宇一庭非近远，祈年多惕敢云云。

① 轩名为皇考御书。

无逸：不要贪图安逸。周公作《无逸》："呜呼，君子所，其无逸。先知稼穑之艰难，乃逸，则知小人之依。"

懋迁：贸易，交换。语出《尚书·益稷》："懋迁有无化居"，意为劝告天下，交易其所居积。

霁华楼

春园桃李未芳菲，堤柳盆梅露意微。

舒叠恰欣逢霁景，物华天宝运神机。

乾隆五十七年

翼翠亭口号

千林突兀未含青，那得蓊蒙翠翼亭。
却看如斯突兀者，翠中来也不曾停。

蓊蒙：浓郁。

横云堂放言

横云自以高得名，而我每来不同情。
望雨时至心为喜，畏雨时至心为怦。
雨乎云乎岂知此，无心出岫写我楹。
即今亟望霑霈之，优雪怦然朝暮恒。

情萦安得望，畏喜怦齐置。却与云同一，不系来和征。是谓放言：中清与中权，我非处士，其可乎哉？惟勉洪范九畴，三忧以待，三年归政心无营。

中清：谓符合洁身之道。

中权：指挥决策之权，有主帅掌之，故代称主帅。

九畴：《洪范》九畴，即五行、五事、八政、五纪、皇级、三德、稽疑、庶征、五福、六极。泛指治理天下之大法。

三忧：三种可忧之事。即不知，知而不学，学而不行。

无营：无所谋求。

乾隆五十八年

纳翠轩

文轩疏且敞，佳景纳无遗。
然值春方孟，千林翠未披。
顾名似略孤，其副亦有时。
因而生别会，趣佳在先期。
及至当目前，熟见复何奇。
寄语欲速人，诸宜絜矩思。

景晖楼

冬景过寒夏景烈，惟欣春景霭和晖。
安尧温舜有如此，四表三苗无不归。

四表：四方。

三苗：古代民族之名，与尧、舜都有过抗争。

嘉庆朝

嘉庆元年

丰乐轩

稻畦百顷寓观农，透润春膏霡霂浓。
无逸知艰勤穑本，有年报赛力田逢。
登丰愿共吾民乐，抚字心惟古训从。
宵旰孜孜遵典则，淳风于变庆时雍。

霡霂：指小雨。
时雍：指时世太平。

紫碧山房歌

御园西北山势雄，回蹊叠石磴道崇。
高岩低涧相映带，曲廊幽室连珠栊。
峰顶翼然一亭子，旷览周原开百里。
灵境题额仰宪皇，智水仁山本至理。
登临几暇非遨游，待泽情殷阅绿畴。
举头只有天在上，愿鉴微忱宵旰忧。

磴道：登山的石径。
珠栊：珠饰的窗棂。

丰乐轩观稻

百顷水田农寓目，轩题丰乐顾名惭。
敷春恺泽诚深透，入夏时霖欠渥甘。
灌注清波盈近埊，微茫薄霭散遥岚。
寸心忧惧恐成旱，亟望恩膏应节覃。

丰乐轩歌

直省俱庆丰收乐，百谷用成泽溥博。
圣人至諴格上苍，雨旸肃乂尽时若[1]。
初承训政大有年，益儆益惧心恭虔。
稼穑艰难国之本，三复豳风无逸篇。
文轩副名诚堪喜，登咸绥屡连岁美。
为民足食愿非奢，敬俟天恩凛顾諟。

① 今年雨旸时若，遍庆丰收。据各处报，九分以上至十分者，直隶等九省，余亦俱在七八分以上，洵称大有。既感昊恩，益深寅畏。

溥博：周遍广远。

豳风：《诗经·国风》之一，反映西周时期，农奴一年四季的辛勤劳动与艰苦生活。

无逸：语出《尚书·周书》。周公旦归政于成王时，恐其安于享乐，乃作此篇以谆谆告诫之。

顾諟：指敬奉天命。

丰乐轩

国本首重农，授时正东作。
去岁蒙锡丰，大有庶姓乐。

临轩阅田功，穑事知其略。
宪庙始辟兹，洞悉民艰灼[1]。
皇父绍德言，久道调六幕。
小子凛敬承，临深戒履薄。
安民先岁登，雨旸遍时若。
趋庭聆训深，兢业慎付托。
愿敷海宇中，绥屡庆溥博。
文轩不负名，丰收暨南漠。

① 轩在紫碧山房东南隅，为皇祖世宗宪皇帝所构辟。命名之义，廑切民依，无逸知艰，训垂万祀。

雨旸时若：旸指出太阳、天晴，若谓顺从，喻雨晴适时，气候调和。

嘉庆二年

石帆室

石舫翼然碧溪浒，筑成船室具帆橹。
凭窗延览镜清澄，未许鸣桡过前浦。
光含天水图画披，浴鹭浮鸥自转移。
磐石根基任诚重，济川作楫还系思。

紫碧山房歌

清跸初从塞外来，饱看山色胜景该。
御园佳至秋益好，山房登陟图画开。

石径窈窕历九仞，峰回路转幽洞进。
拾级岂觉筋力疲，遂得小亭坐高峻。
稻田百顷围苑墙，今年又喜收仓箱。
最欣直省皆稔获，西成万宝咸登场。
凭高一揽天宇阔，日皎风清兴轩豁。
峰峦映带境益虚，明霞几缕遥林末。
系心楚蜀有余氛，绥靖仍须整六军。
伫看捷书即日达，兵销偃武群欢欣。

嘉庆三年

丰乐轩敬志

东郊初举趾，心愿副轩名。
丰乐同丰泽[①]，力田必力耕。
观农遵祖制，省岁体皇诚。
深念民劳甚，穑功不易成。

① 丰乐轩，在御园紫碧山房东南，皇父题额。丰泽园则在西苑，圣祖仁皇帝所建，皇祖世宗宪皇帝每岁耕耤于此。演耕，本朝家法，重农宝谷，裕丰足民之道。随时随地，无不以此为急先务也。

举趾：举足而耕也。

学圃

为学知不足，古籍宜时亲。
莅政必探本，法言守先民。

要道传精一，君德止于仁。
九有皆胞与，推诚接臣邻。
就将勉践行，风俗思化淳。
所慰邪略戢，尤愿靖蜀尘。
调御愧乏术，品类难陶甄。
修己安百姓，孔训宜遵循。

调御：降伏。此指镇压川陕等地白莲教大起义。
陶甄：比喻陶冶、教化。

含余清

密林景葱郁，隔牖含清光。
春色十分足，爱此永昼长。
隐几玩禊帖，偶临一两章。
兰亭仿沂水，舞雩乐徜徉。
追慕境难涉，勤政方不遑。

禊帖：即王羲之《兰亭集序帖》之别称，因此帖为修禊日而作，因名。
舞雩：古代祈雨之祭名曰“雩祭”，在雩祭中举行的乐舞称舞雩。

丰乐轩歌

年丰农稔调六幕，允赖雨旸锡时若。
较量终岁独劳心，圣人先忧得后乐。
御园隙地辟稻畦，稼穑知艰观力作。
凭轩快睹畎亩连，寓目全殊花柳络。

宪皇题楣示后昆，意实深而利实博。
养民择要首重农，饱暖乂安鲜劫掠。
嘉禾植必稂莠除，泽布殊方鼓橐籥。
即欣邪靖大武赢，绥屡定功咏桓酌。

橐籥：古代鼓风吹火用的器具。

紫碧山房歌

御园西北峙层峰，回环形势岩岫重。
来游恰趁黄花节，纵目平野涵秋容。
明霞荟蔚天光皓，近远田畴登万宝。
慰心农稔庶民安，亟愿西蜀成功早。

黄花节：指重阳节。

学圃

为学植心田，古训期有获。
淑性阅简编，行政遵往籍。
就将自髫年，诵读勤讲席。
得暇尚探寻，主善须时积。
研炼戒荒芜，犹长日加益。

心田：佛教用语，即心。谓心藏善恶种子，随缘滋长，如田地生长五谷荑稗，故称。

丰乐轩歌

直省各报岁有秋，闾阎比栉同丰收。
归来塞上遍延瞩，沿途屯积多稼稠。
允赖圣皇调六幕，诚召庥和锡时若。
溺己溺而饥己饥，忧其忧斯乐其乐。
趋庭父训日敬承，爱民勤政钦服膺。
顾瞻轩额心略慰，荷天之宠仍兢兢。

学圃

蔬圃树平畴，浇灌需时雨。
学圃在吾心，有获惟稽古。
寸田勤就将，广益新知补。
义种而礼耕，培植功须努。
取用佐邦家，堪为治道辅。
怠惰则荒芜，膏腴成斥卤。

膏腴：形容土地肥沃。
斥卤：无法耕种的盐碱地。

含余清观菊

菊芳向冷节，傲霜绽东篱。
山房遍分植，素艳座右披。
三余领清趣，幽芳含静姿。
自具冰雪质，岂共蜂蝶嬉。

彭泽投夙好，兴寄归去辞。
南窗欣对晤，不觉温暾移。

三余：东汉明帝时，大司农董遇曾言：“冬者岁之余，夜者日之余，阴雨者时之余也。”后因以“三余”泛指空闲时间。

彭泽：指东晋文学家陶潜。陶潜曾为彭泽县令，作有《归去来兮辞》。

暾：指初升的太阳。《楚辞·九歌·东君》：“暾将出兮东方。”

嘉庆十二年

紫碧山房远眺

假山枕园墙，石磴盘百尺。
拾级绝壁登，北岭列遥碧。
绵亘接居庸，雄厚结地脉。
屏嶂抱帝京，胜概天工辟。
忆昔明社墟，宣[①]大[②]来李逆。
大清巩皇图，守成凛不易。

① 化。

② 同。

明社：指明朝。社即社稷，旧时作为国家的代称。

李逆：指明末农民起义领袖李自成。

皇图：封建王朝的版图，代指疆土。

嘉庆十三年

丰乐轩

御极抚兆民，年丰诚至乐。
阳和溥郊原，田功始东作。
轩前辟陌阡，旸雨验时若。
民艰务周知，辛勤事耕凿。
花柳漫寻芳，佳景付岩壑。
惟祈昊眷敷，绥屡调六幕。

陌阡：田间纵横交错的小路。陌指东西小路，阡指南北小路。

紫碧山房北望即景

文石叠峭蒨，复磴连回廊。
几转遂造极，数仞出苑墙。
水田开百顷，静挹穲稏香。
澄波注沟浍，分润惠泽洋。
林外起晚炊，村墅依营房。
直北列峻岭，翠壁排天阊。
胜国陵寝在，樵采仍禁防。
曲直昭万世，皇清大德彰。

文石：文石陛的省称，用文石砌成的宫廷台阶。亦指有纹理的石头。
穲稏：稻子。韦庄《稻田》诗：“绿波春浪满前陂，极目连云穲稏肥。”
沟浍：泛指田间水道，浍指田间水渠、排水道。
胜国：已亡之国。此指明朝。

嘉庆十五年

紫碧山房远望

玲峰文石势嶕峣，拾级登临眼界超。
百顷稻畦茂新颖，一行柳陌漾长条。
旗营民墅连青甸，叠嶂层峦峙碧霄。
天寿陵园禁樵采，大清厚德迈前朝。

碧霄：代称碧天。
天寿：明朝十三陵区禁地所在地，名曰天寿山。

嘉庆十八年

丰乐轩

新畬数顷地，观候坐西轩。
可验农功作，丰年乐事繁。

雨泽既深敷，乘时群力作。
愿同众农民，共待丰登乐。

稼穑重民依，农时不可违。
去冬雪既足，兆稔始王畿。

王畿：指帝都。

国宝谷为先，箕畴八政传。

方春广种植，奢望屡丰年。

八政：古代指国家施政的八个方面。《尚书·洪范》所指为食、货、祀、司空、司徒、司寇、宾、师。

嘉庆十九年

丰乐轩

稻田数顷御园中，旸雨筹量较歉丰。
获麦登禾诚宿愿，从来敦俗首农功。

除贼移兵四省延，恐违农候倍颠连。
望丰今岁殊常岁，庶免残黎沟壑填。

残黎：疲敝的民众。

紫碧山房

御园西北隅，为山叠盘石。
嵚嵜磴道连，苍苔古涧积。
北望接居庸，众岭绚紫碧。
摩空排千峰，昔传中外隔。
我朝统寰区，广远超史策。
地险未可凭，守德勉朝夕。

寰区：寰宇、天下。

山房远眺

文石崎岖缓步登，山房小憩畅临凭。
西连苑囿湖滨接，北峙峰峦云外凝。
广甸含青田茂密，雄关叠翠嶂崚嶒。
我朝仁厚超前代，永禁樵苏护旧陵。

旧陵：此指明代十三陵。

山房晴望

飒爽西风万里晴，山房坐挹众峰清。
遥空朗彻云霞净，广甸丰收禾黍盈。
京邑逢年慰农愿，塞垣罢狝顺舆情。
惕思去岁事如梦，化俗先由一念诚。

塞垣句：因去年九月，天理教徒攻入紫禁城事，帝暂停木兰秋狝。

山房晚秋

叠石成假山，崎岖磐石磴。
缓步陟嶕峣，岩斋开曲径。
小窗容膝安，秋原百里凭。
北岭列翠屏，晴旭光辉莹。
白云峰顶生，丹枫壁前凝。
恍如坐霞标[①]，遥空引清兴。

① 山庄殿名。

丰乐轩歌

上帝好生周六幕，渺躬嗣统承付托。
误用庸臣积怠疲，酿成犯阙之巨恶。
天诛立降迅荡除，穴鼠城狐净铲削。
三省黎庶罹牵缠，老弱相率转沟壑。
稂莠既扫良善安，从此优游事耕凿。
尽力畎亩不违时，京圻齐豫皆有获。
邪氛洗涤正气舒，寒暑雨旸普时若。
寸诚钦感昊慈深，永锡丰年遍康乐。

酿成句：指嘉庆十八年九月天理教教众进攻紫禁城一事。

嘉庆二十年

山房远望

叠石成峰出苑墙，负暄南牖坐山房。
日澄遥岭宵逾碧，风卷平林叶尽黄。
设卫三营无旷土，逢年万户有余粮。
时和俗美消邪沴，义路礼门立大防。

邪沴：犹妖氛。喻寇乱。

嘉庆二十二年

澄素楼远望

小楼石洞右，凭槛望西山。
村外排青嶂，峰头袅翠鬟。
试耕园户队，习射羽林班。
教养无非事，力勤警怠顽①。

① 楼在御园西北隅，俯临稻畦，暇时来观稼穑。近于十九年，命内务府添建营房，训练士卒，亦兵农不可偏废之意耳。

嘉庆二十三年

澄素楼春望

小楼杰出苑墙西，远近川原绿欲齐。
山黛溟濛笼古寺，湖光澄洁拍长堤。
垂杨梳线拖青缕，芳草铺茵展碧荑。
坐览春霄值佳日，无涯韶景绘晴霓。

澄素楼远望

登楼游目景澄明，首夏清和庶汇荣。
麦陇高低连百顷，兵房环拱列三营。
青含远墅北山迥，碧接遥空西岭横。
亟愿协时敷渥泽，英英渐觉岫云生。

英英：美好的样子。

嘉庆二十四年

澄素楼远望

小楼杰出近园墙，一带清溪绕远庄。
北岭巍峨青髻迴，西山夭矫翠屏长。
扶疏嫩柳环平墅，界画新畬连野塘。
遥望静宜如户外，芳春佳景乐繁昌。

静宜：即香山静宜园。

嘉庆二十五年

澄素楼

拾级上层楼，春郊韶景悠。
线青新柳曳，眉翠远山浮。
小溆波初活，平畴麦始抽。
阳和盎品物，仁政及时修。

盎：充盈貌。
品物：犹万物。

道光朝

道光三年

泛舟由北远山村至紫碧山房作

今晨更喜十分晴，放棹平湖万象清。
几转碧溪最深处，田家风景系予情。

日午停桡曲涧滨，高低文石势嶙峋。
试登层阁舒遐瞩，廑念畿南失业民。

道光四年

紫碧山房

春寒池冻未全开，问讯山房缓步来。
柳岸无尘含积润，烟汀坼甲辨荒莱。
崚嶒石磴通危阁，淡寂松扉倚曲隈。
半启朱棂宜眺望，人民和乐思深哉[①]。

① 殿额曰“乐在人和”。

山楼秋望

禾已登场麦已萌，今秋农事庆西成。
平林叶落金风爽，远岫云开玉宇清。

绕砌都无蛩夜语，凭栏只见雁南征。
更希应候潇潇雨，举目时殷望岁情。

紫碧山房

高楼问景正初冬，古柏修篁翠几重。
林染霜容碧兼紫，山分云影淡和浓。
嵚岖诡石窗前映，曲折寒泉涧底淙。
入望静宜开妙境，烟扉萝径想游踪。

嵚岖：形容高峻。

道光五年

紫碧山房

山楼春霁景清澄，绕树攀藤拾级登。
幻化云容看叠叠，青苍峰影望层层。
绿阴暗啭金莺舌，新水平添玉稻塍。
纵目晴空无点翳，凌虚危槛喜堪凭。

道光八年

山楼春望

御园西北有高楼，楼上风光万象悠。

坐爱松阴青映户，行看麦色绿盈畴。
香山振辔期心赏，福海扬舲每目游。
九十韶春供眺览，烟岚雾屿槛前收。

九十韶春：九十，指春季三个月。此指春天的美好光景，语出南唐 陈陶《春归去》：“九十春光在何处？古人今人留不住。”

咸丰朝

咸丰五年

九日紫碧山房用杜甫诗韵得二律

楼高始觉太虚宽，无限诗情结古欢。
此日登临供点笔，何人酩酊倩扶冠。
千峰耸翠澄秋宇，一雁遥空送早寒。
处处茅檐真乐意，豳风图画坐中看。

酩酊：形容醉得迷迷糊糊的样子。

雅集山庄礼数宽，惊人老句寄遥欢。
凭将往代忠兼讽，好励今时衣与冠。
玉岭鸦翻余落日，纸窗虫啭透轻寒。
归桡沿路撷芳便，篱菊高低镜里看。

鸦翻：鸦鸟翻飞。唐 陶岘《西塞山下回舟作》：“鸦翻枫叶夕阳动，鹭立芦花秋水明。”

紫碧山房敬依皇考诗元韵

林烘薄日午云开，问景山房喜又来。
聊慰登丰足仓廪，更欣树植剪蒿莱。
三营拱卫依山麓，万木萧条绕岸隈。
我欲四时供眺览，不教秋色独佳哉。

汇万总春之庙

汇万总春之庙，俗称“花神庙”，始建于乾隆朝早期，其后时有添建。该区位于濂溪乐处南岸，为一寺庙型园林，供帝后拈香礼拜。入山门正殿五楹，内悬“蕃育群芳”匾。殿后东北方有“披襟楼”，外悬“涵虚朗鉴”匾，内额“香远益清”。楼西为“乐天和”，又西为“味真书屋”。书屋迤西，面北临池有一敞厅，曰“池水共心月同明”，河池西岸有重檐四方亭，外悬“朝日晖”匾。涵虚朗鉴楼东北近岸池中，有一船式建筑，额曰“宝莲航”。上述匾额皆乾隆帝御书。

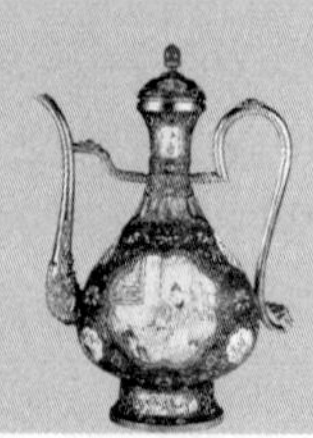

乾隆朝

乾隆二十六年

鉴光楼

拾梯似开奁，俯窗如拂鉴。
在器斯已大，在塘讵云欠。
澄渟半亩贮，无藉风漪潋。
衣冠正有余，须眉照不厌。
于水喻何妨，于民凛敢泛。

衣冠句：此处借水为镜，重温唐太宗语："以铜为镜，可以正衣冠，以史为镜，可以知兴替，以人为镜，可以明得失。"

泛：通"覂"，倾覆。

乾隆三十五年

披襟楼

池上楼还陟上层，披襟佳景得相应。
宁惟纵日了无碍，颇觉开怀与共澄。
弃暇雅欣伴芸帙，当春亦自缀华灯。

何须冰水闲衡校，总在光明镜里凭。

芸帙：犹芸编，泛指书籍。

华灯：制作华美的灯烛或灯烛台架。

披襟楼

几架书楼傍碧池，远观近俯总相宜。

飒然风至披襟处，宋玉微言有所思。

宋玉：字子渊，战国后期楚国著名的辞赋家，相传为屈原的学生，曾任顷襄王的文学侍从。

味真书屋

曲转回廊处，明窗净几陈。

琴尊亦弗藉，翰墨雅宜亲。

汲古以时懋，居今勉日新。

诗书有真味，知味定何人。

琴尊：亦作“琴樽”，琴与酒樽，喻指文人雅士的悠闲生活。

懋：勉力，激励。

日新：天天更新，“汤之盘铭曰：苟日新，日日新，又日新”。

乾隆三十八年

披襟楼

书楼临晴空，四邻骋望通。

披襟向所颜，寥廓豁心胸。
我怀入秋月，我袖延春风。
然而不在斯，后乐先忧中。
虑惟周万民，尊敢恃九重。
宋祖门洞开，意实与彼同。

寥廓：形容空旷高远。

乾隆三十九年

味真书屋

邺侯三万卷夸富，四库而今望若洋。
试问屋中味真者，真知其味在何章。

邺侯：唐代李泌封邺侯，家富藏书。后用为称美他人藏书众多之典。

乾隆四十一年

味真书屋

仁见谓之仁，知见谓之知。
一隅随所目，全体莫不备。
羲象示大旨，易简标纯粹。
日用弗知者，鲜或识其味。
予故曰味真，盖亦具深意。

言念作君师，曰岂能无愧。

羲象：羲，即羲经，别名《易经》《周易》。象，《周易》中概括一卦之辞。

易简：平易简约。《易 · 系辞上》：“易则易知，简则易从……易简而天下之理得矣。”

披襟楼

拾级披薰天籁翻，飒然清听意为轩。
雄雌蓦尔相衡处，讽谏敢忘宋玉言。

乾隆四十七年

味真书屋

书史有真味，此人所共知。
然味不在彼，在我宜思之。
味更有臧否，其能辨者谁。
辨矣复在行，法戒分毫厘。
得臧味乃真，吾今亦含饴。

臧否：臧，善、好。否，坏、恶。即好坏，得失。

披襟楼

艺祖洞开门，甚协布公理。
是楼曰披襟，盖亦寓其旨。
襟怀本廓然，披露无隐尔。

愿与天下共，而况在朝士。

舜犹虑后言，吾敢不惧此。

设曰受清风，藐乎其小矣。

艺祖：历代太祖或高祖的通称，多称一朝的开国帝王。

朝士：指朝廷之士，泛称中央官员。

乾隆五十年

味真书屋

书屋额味真，味固在书史。

然而书史味，得真者鲜耳。

或言性命学，程朱漫比拟。

或夸经济才，巧宦失根柢。

或炫诗赋雄，徒骛其言绮。

是皆非真味，循人而昧己。

然则如之何，去伪斯佳矣。

披襟楼自警

开诚心以布公为，能此莫如虞舜时。

犹有面从后言者，披襟岂可易言之。

面从后言：当面顺从，背后有意见，说坏话。《尚书·益稷》载“予违汝弼，汝尢面从，退有后言”。

乾隆五十一年

披襟楼

书楼足骋目，遂以号披襟。
良辰一拾级，因之别会心。
骋目亦何要，会心在自斟。
心必有所怀，怀具襟之深。
披襟对万物，廓然大公临。
艺祖洞开门，先得此意谌。

乾隆五十二年

味真书屋口号

书屋分明额味真，知真味者信谁人。
新春即景于何是，一字无他曰在仁。

乾隆五十三年

披襟楼

偶登披襟楼，因思披襟义。
人各有襟怀，蕴中各深閟。
对面千里如，倾吐实艰示。
必也廓然公，兼之坦若意。

胥忘物我心，乃契光霁致。

设云畅远观，未悉颜额志。

闷：掩蔽，慎重。

廓然：阻滞尽除貌。明 高启《评史六篇 · 李泌》："谗疑之迹，廓然而云销，涣然而冰释。"

乾隆五十七年

披襟楼

高楼拾级一披襟，嫩暖薄寒实称心。

却忆雌雄讽宋玉，庶人难共惕犹深。

味真书屋

书屋称味真，味真讵易语。

奚只工点窜，实贵絜规矩。

行苟勿合言，虚车饰徒汝。

龆龄至耄耋，岂非日里许。

真味真得乎，自嘲识愧所。

点窜：修整字句，润饰。

龆龄：七八岁，童年时代。

耄耋：泛指八九十岁的老人。

嘉庆朝

嘉庆三年

汇万总春之庙

庙制仿西湖，云楣天藻敷。
长欣春浩荡，永沐泽涵濡。
应候光风转，含滋好雨符。
东皇施妙术，锦绣满京都。

天藻：指天子的文字、文章。
东皇：司春之神。

宝莲航　石舫名

凿石造舟倚河滨，象形奚必帆樯备。
宛同鹢首欲凌波，艮止坎流具精义。
凭虚倚槛水天遥，鸥鹭自浮鱼自戏。
萍踪漫拟任漂摇，如磐石安膺重寄。

鹢首：古代一种豪华的楼船，船首部装饰有鹢鸟的图像。又称“青雀舫”。
艮止坎流：艮在八卦中象征山，坎象征水，即山水之意。

嘉庆六年

宝莲航　石舫名

凿石成舟倚岸湄，临窗延揽净涟漪。
未能破浪溪光漾，只觉浮波树影移。
艮止居安具深意，坎盈不息系遐思。
虽常巩固萍踪寄，念偶忘危危即随。

艮止：谓行止适时。明 黄绾《明道编》：“《易》之微言，莫要于艮止；《书》之要旨，莫大于执中。”

文源阁

文源阁，居水木明瑟西北，上下各六楹，为御园皇家藏书楼。始建于乾隆三十九年，系在原雍正“四达亭”基址上，仿宁波范氏天一阁而建。外悬“文源阁”匾，内额“汲古观澜”，联曰：“因溯委以会心，是处原泉来活水；即登高而游目，当前奥突对玲峰。”阁前月台上有铜鹿、铜鼎各一对。月台前方池中有巨型湖石，名曰“玲峰”。池南山石间东西对称有二方亭，名曰“趣亭”“月台”。阁东为碑亭，亭内石碑刻有乾隆帝御书《文源阁记》，阁西北柳荫间有汉白玉石坊“柳浪闻莺”。该阁建成之初，即收贮康熙《古今图书集成》一部，凡一万卷，旋贮《钦定四库全书》36000余册。上述匾联均为乾隆帝御书。

 乾隆朝

乾隆二十八年

柳浪闻莺

十景西湖名早传，御园柳浪亦称旃。
栗留几啭无端听，讶似清波门那边。

旃：文言助词，相当于“之”或“之焉”。“天其殃之也，其将聚而歼旃。”
栗留：即“黄栗留”的省称，即黄莺。

乾隆四十年

题文源阁

因辑《四库全书》，预构阁为庋贮之所。其式一仿浙江范氏之天一阁。阁凡三：在大内者，曰文渊；在避暑山庄者，曰文津；兹在御园者，曰文源。既蒇工，赋诗以落之。其详见于阁记。

四库搜罗书浩繁，构成层阁待诸园。
伋言凡事豫则立，谢赋沿波讨以源。
泉写细渠落沼渚，林依曲径护庭门。
宁图美景增游赏，见道因文个里存。

个里：这里，此中。

玲峰歌

将谓湖石洞庭产，孰知北地多无限。
万钟异石大房山，有奇必偶斯为伴。
天地生物弗拘墟，龙井吴山率常见[①]。
米未能致今致之，青芝岫屏湖裔馆[②]。
彼劳奇文徒问答[③]，物遇其时当自显。
兹峰有过无不及，名曰玲实称岂舛。
伊家颠叟上皇山，亦既艳称百夫辇。
致此用力虽倍蓰，赍来宁费修书柬。
略发内帑给雇值，肯教张事恣朱勔。
大孔小穴尽灵透，凸突凹窾仍巉嶱。
春风秋月几阅历，海水桑田任迁转。
故土那忆埋黄沙，素质奚碍皴苍藓。
峰峙我文源阁，育秀通虚映万卷。
万卷征实难更仆，特宜黄石觌面展。
又如逸兴到栖霞[④]，日面月面应谁辨。
每来汲古遣几余，讵同二米为高简。
欣于斯即惭于斯，悦目怡情究非善。

① 叶。二处亦多玲珑怪石，岂皆取自太湖耶？

② 米石，弃良乡县多年。因运至于昆明湖之乐寿堂，名之曰青芝岫，向有诗。

③ 米万钟既得异石于大房山，束牲载书以告。甬东薛冈见之，复代石报米书二书。当时传诵，以为韵事。详见《春明梦余录》。

④ 栖霞有玲峰池。

万钟：与下“米”，均指明太仆寺少卿米万钟。米嗜奇石，善书画，尤善画石。

房山：县名，现为区，在北京西南部，邻接河北省，特产汉白玉等。

拘墟：亦作“拘虚”，常比喻见闻狭隘。此指不拘地方。

伊家句：伊家，指人称代词他。颠叟，癫狂的老翁，此为乾隆帝自嘲。皇山，皇家花园。

倍蓰：倍指一倍，蓰谓五倍。喻数倍。

内帑：指皇帝、皇室的私财、私产。

朱勔：北宋末年“六贼”之一，苏州人，交结蔡京、童贯，冒军功为官。徽宗喜爱花石，其于平江设应奉局，搜罗花石，运往东京，号为“花石纲”。

巉嶀：通“蹇产”，形容山势屈曲不平的样子。

二米：指北宋书画家米芾和明代书画家米万钟。二人均爱石成癖。

乾隆四十一年

题文源阁

四库犹辽待，图书今古披。[①]

缥缃馥新岁，前后绕清池。

触目资深造，澄怀得妙思。

文源端在此，讵谓骋妍辞。

① 我皇祖《古今图书集成》，凡一万卷。虽无《永乐大典》之多，而考核精当，不似彼限韵割裂。因于文渊、文源、文津三阁，各贮一部，以旧有之书已庋之厨矣。

再作玲峰歌

青芝岫及此玲峰，二物均西山神产。

前后以徐胥致之，束牲告讵劳书简。[①]

芝岫乐寿[②]树塞门，玲峰文源[③]峙溪坝。

岫横峰竖各适用，造物生材宁可舛。

体大器博复玲珑，八十一穴过犹远。④
取自祟冈历平野，原匪不胫实车转。
岂其出于不测渊，岂毁桥梁凿城阐。
所幸在兹愧在兹，作歌箴过非颂善。

① 米万钟得异石于大房山，束牲载书以告。薛冈见之，因代石报米书。《春明梦余录》载其事。

② 堂名，在万寿山昆明湖壖。

③ 阁名，御园新建，以待贮四库全书。

④ 见米芾《皇山帖》。

束牲：指将用作牺牲的动物捆绑起来，或杀，或不杀。

壖：宫殿庙宇外或河边的空地。

城阐：犹城门。

月台

天一取阁式，文津实先构①。
月台及西山，米帖符邂逅。
此即肖文津，诡石堆奇岫。
亦复有月台，只欠西山觏。
然月自升东，山有无奚疚。
淰淰丽新春，朗朗辉诸宿。
相映古人书，胁窟谁曾透。

① 命仿浙江范氏天一阁之制，先于避暑山庄构文津阁，次乃构文渊阁，于此月台，则又仿文津而为之也。

米帖：北宋著名书法家米芾嗜石成癖。其书法后人称为米帖，十分珍贵。

淰淰：散乱不定貌。唐杜甫《放船》："江市戎戎暗，山云淰淰寒。"

趣亭口号

缀景文津毕肖诸，山亭四柱最延虚。
若论真趣于何是，相对阁中万卷书。

乾隆四十六年

题文源阁

政简灯宵尚首正，巡檐芸阁一怡情。
几年阙咏非无事，[1]四库全书犹待成。
宽以日时因体大，严其鱼鲁欲求精。
讨源内圣外王学，两未臻焉惭愧生。

① 阁成于乙未，丙申亦曾题句。自丁酉至去岁，总未临咏，忽忽五年矣。

芸阁：古代藏书之所，即秘书省。
鱼鲁：同“鲁鱼”，借指文字在传抄、刊印中的错误或错讹。

乾隆四十七年

文源阁

四库钞誊将逮纪，文渊蒇事幸堪论[1]。
再斯略易此为继，成亦可期始实繁[2]。
却笑博那能强识，由来要不在多言。
昌黎原道从头读，应识文源即道源。

① 编录《四库全书》，自癸巳年迄今将及一纪，文渊阁所弆一部，兹始告竣弆阁矣。

② 文渊阁所弆全部三万六千册已成，以纂辑不易，兹第二、三、四部则照纂辑已成者，钞录较易，询之馆臣，称均陆续开工，各已缮就万册以上云。

纪：古时以十二年为一纪。

昌黎：即唐代文学家、思想家韩愈，祖籍昌黎，世称韩昌黎。曾有古文杰作《原道》。

趣亭

点缀假山构趣亭，竖峰戌削坦溪泠。

试言趣者应何在，抑在史乎抑在经。

戌削：形容高耸特立之貌。

月台

月台东向得于先，初度冰轮倍觉妍。

设以襄阳帖相较，枪毫尚自逊其颠。

冰轮：诗文中常用来指代月亮。

襄阳帖：即指北宋书法家米芾帖。米芾，字元章，襄阳人。

乾隆四十八年

题文源阁

文渊昨岁庆筵行，文溯因巡亦促成[1]。

拟可明年束阁蒇，况当熟路驾车轻。

眷书存目区分核，侧语艳词摈斥并。

惭我万几鲜余暇，亦安能此日研精。

① 昨岁，《四库全书》第一分完竣，适春仲经筵礼成，于文渊阁锡宴赏赉有差，以落其成。其二分书照式誊写，易于蒇事，因命馆臣上紧督办，送至盛京文溯阁庋藏，亦于今春告竣。至三分书应弆此文源阁者，又可接续缮办，明春想亦可蒇事。

眷书存目：眷书，照原书抄写。存目，保留书目。清代纂修《四库全书》时，将不符合封建正统思想及被认为没有价值的书籍，均不入四库。其中一部分则保留书名，略附提要，称为存目。

趣亭

对阁孤亭栖碧螺，流泉涧底进盈科。

流时弗冻渟时冻，此趣天然可会么。

月台

效米襄阳作月台，石栏方坻驾崔嵬。

即今海涌上元月，笑我何曾一陟来。

崔嵬：高耸而参差不齐的样子，形容山势高峻险恶。

乾隆四十九年

题文源阁叠去岁诗韵

六度南巡庆典行，归来高阁弆书成。

儒臣劼毖勤如约[①]，文教敷宣事匪轻。

历岁十余工不易[②]，返躬枕葄愧犹并。

兹三万六千册内，一语为君难最精。

① 辛丑岁，第一分《四库全书》告成，贮文渊阁。后馆臣等请勒限三年，赶办全竣。嗣于壬寅年，第二分盛京文溯阁书成。癸卯年，第三分文源阁书成，现在装潢陈设。其第四分热河文津阁之书，亦可于今冬全完。

② 自癸巳春开馆，至今甲辰，凡十二年。

劼毖：谨慎。

枕葄：指陷溺于图书资料中。

乾隆五十年

题文源阁

昨岁书成楠架陈，题分四色一时新[①]。

雨霉风晾敕苑吏，继晷如期嘉翰臣[②]。

褒博三仓较彼富，精英二酉胜其醇。

独予自觉恧然者，枕葄何曾日以亲。

① 自唐列经史子集四库，兹全书即用其例，而册面各分册装潢，经史子集四部各依春夏秋冬四色。荟要亦如之，以法四序，且便检阅。

②《四库全书》自癸巳春开馆，至辛丑岁第一分书成，贮文渊阁。后馆臣等请勒限三年，赶办全竣，随于壬寅年第二分书成，送盛京文溯阁。癸卯年第三分书成，弆此御园之文源阁。至第四分书应送热河文津阁者，亦于昨甲辰岁内办理完竣。总裁、纂修、校阅诸臣，尚能如限赶办，不致稽迟。

继晷：晷指日影，即白天，比喻夜以继日地工作。

三仓：古字书名。汉初，合李斯《仓颉篇》、赵高《爰历篇》和胡毋敬《博学篇》为一书，称“三仓”。魏晋时，李斯《仓颉篇》与扬雄《训纂篇》、贾鲂《滂喜篇》合为一部，亦称“三仓”。

二酉：指湖南的大酉、小酉二山。相传小酉山洞中有书千卷，秦人曾隐学于此。后以此指藏书丰富。

趣亭

层阁前头叠石嵔，小亭如笠架岩开。
梅心柳眼无非趣，得趣仍于书里来。

嵔：高峻貌。

月台

缀景月台效米为，几曾攀陟屡登之。
若论三五烟花夕，恐彼颠翁未肯斯。

米：指北宋书法家、画家米芾。因其个性怪异，举止癫狂，人送外号“米颠”。

乾隆五十一年

题文源阁

前年四库庋全蒇，几暇来斯每阅翻。
史铸经镕信关行，子含集咀亦资言。
要于切己临民会，岂系通今博古繁。
浩博文源诚鲜逮，我先勤我治之源。

趣亭

春水泠泠韵泌泉，春云蔼蔼蔚轻烟。
试询底是元之趣，阁上羲经提以全。

月台

阁侧假山号月台，玲珑石上据葳蒐。

团团真是明如镜，照彻古今只此哉。

乾隆五十二年

题文源阁

文源夫岂异文渊，作记中曾义备宣[①]。

斯则御园觉日近，来当春孟赏天然。

三通逮葳催教葳，四库云全略未全[②]。

咨尔儒臣慎膏晷，莫频鱼鲁混芸编。

①《四库全书》分弆四阁，皆冠以文，而渊、源、津、溯皆从水以立义者，取范氏天一阁之为。盖文源即文渊，即如海渊也。众水各有源，而同归于海，似海为其尾而非源，不知尾闾何泄，则仍运而为源。原始返终，大易所以示其端也。津则穷源之径而溯之，溯也津也，实亦逮源之渊也。水之体用如是，文之体用亦如是。详见前记。

②《四库全书》均已校录完竣，弆置阁中。惟续修之通典、通志、通考之类未葳者，现在督令馆臣迅速集事，以成美备。

趣亭

文阁前头列假山，碨磄石底冻泉潺。

耳聆目睇都成趣，适我新正一晌闲。

碨磄：奇怪的石头。

月台

西则趣亭东月台，奇情各占俯崔嵬。
上元灯火辉不夜，助景宁须藉此来。

乾隆五十三年

题文源阁

缥缃四色弆虽蒇[①]，雠校由来不厌详[②]。
累牍联编原每舛，统观分阅再教蘉。
薄行赏罚宁为刻[③]，垂示古今期致臧。
纵曰斯之未能信，较于大典已称良[④]。

① 缮写文渊、文源、文津、文溯四阁全书告蒇，因以青赤白黑四色分别装潢经史子集，插架排签，固称书城钜观。然既已珍储册府，若非校雠精审，何以嘉惠来兹。

② 每分书缮成后，即设立分校、总校专司校对。惟是载籍浩繁，未必俱能悉心从事。去秋驻跸避暑山庄，已命皇子及扈从诸臣将文津阁之书校阅三分之一，并令在京之皇子大臣派大小臣工二百余员，将文渊、文源二阁之书全数详阅。据总司其事之大臣汇奏，各书中讹错者，果尚联编累牍，则此番之重命校阅，固不厌其详也。

③ 礼部尚书纪昀向充总纂，此次所校出讹舛之处，伊固不能辞咎，但念书已告成，姑宽吏议，只罚令赔写示惩，并率领未经校出之分校、总校前往山庄，将文津阁未校书籍再加详阅，将来再有疏漏之分校、总校，罚往盛京重校文溯阁之书。其非当时原经手之大臣官员现充详校者，俱分别赏赉文绮有差。若纪昀既受厚恩，原校均邀议叙，此时不加重谴，仅予薄罚，当亦俯首无辞耳。

④《永乐大典》中亦多秘籍，然依韵分函，贪多滥取，已为踳杂不伦，而书成又未详校，岂足昭示艺林。兹重校全书，改正者不可枚举。虽未敢信其一无讹错，但较之于彼，亦犹称为善本。

蘉：勉力、努力。

趣亭

假山点缀小亭幽，散步崎岖趣每投。
试问在斯还在彼，对书楼趣较兹悠。

月台

小筑平台嵥嶫间，每延壁满与钩弯。
西楼灯火厌繁盛，未及冰光清且闲。

嵥嶫：山高峻的样子。

西楼：指山高水长楼，亦称引见楼。

乾隆五十四年

文源阁得句

四库崇文建御园，行春初祉例诗言。
外王惟勖心无逸，内圣犹惭学有源。
经与史诚资法鉴，子和集亦助搊论。
设云守约应何是，成性存存道义门。

搊：古同“搜”。

乾隆五十五年

文源阁题句

校雠三载粗功蒇[①]，曾巩黄香较彼精。
亦已小惩祛捷径[②]，居然大备获书城。
公天下岂目资视，愧古圣惟己力行。
六十过方荟四库，幸哉举事竟看成[③]。

① 缮写《四库全书》，卷帙浩繁，不能保无讹错，初不意连编累牍，竟至不可枚举。丁未，驻跸避暑山庄，命皇子及扈从诸臣重校文津阁之书，命在京皇子大臣派大小臣工二百余员，重校文渊、文源二阁之书。年来，复令总纂纪昀带令原校官节次赴山庄，将文津阁之书补校完竣。从前上紧缮钞，固不免于疏漏，经此番详加校勘，当亦可称善本矣。

② 四库书成后，在馆诸臣莫不幸邀优叙。此次罚令总纂纪昀缮写应行赔补之书，提调陆费墀仅予革职，罚令装潢文汇、文宗、文澜三阁之书。又令文渊、文源二阁之原校官，至山庄重校文津阁书籍，将来即令文津阁之原校官，往盛京重校文溯阁书籍。似此不加重谴，仅示薄惩，在予固不为已甚，而捷径之戒，诸臣自应共知儆惕。

③ 予六十岁后，始于癸巳年命纂辑《四库全书》，略嫌迟缓。然至甲辰，方阅十载，已即告蒇。数年来，又复重加校竣，体大物博，竟获观成，可知事在人为耳。

曾巩：字子固，“唐宋八大家”之一。幼时即饱读诗书，后由欧阳修举荐到京师当馆阁校勘、集贤校理。

黄香：字文彊，东汉江夏安陆人，博学能文，有“天下无双”之称。后常用以比拟富于文才之朝官。

乾隆五十六年

题文源阁

御园高阁居中地，时节因缘理有存[①]。

可识一心万事主，要当内敬外施敦。

经纶今乃溯由古，亨利贞惟贯以元。

每岁春临必题句，于文惭未会其源。

① 此地居御园之中，旧称四达亭。今略增葺，为文源阁，藏弆《四库全书》，遂成福地，信有时会也。

经纶：本义为整理过的蚕丝。此处比喻规划、管理政治的才能。

亨利贞元：《周易·乾卦》有云：元亨利贞。“亨”指成长；“利”指成熟；“贞”指消亡；“元”则为大，为始。

乾隆五十七年

题文源阁

高阁文源例有诗，窗明几净晓春时。

富如渊海惟宗正，昭若日星在去私。

一再校雠谓鲜舛[①]，几番披帙尚多疑。

譬尘扫尽明仍扫，学行须知亦似兹。

① 初辑《四库全书》，设立分校、覆校，立法原属周备。嗣于山庄偶经翻阅文津阁之书，见其讹舛尚多，因再命在京之皇子大臣等，复派员将文渊、文源二阁书详加校勘，并罚令从前未经校出之员，以次递校文津、文溯阁之书。逮今盖三次，似此详审，讹舛自当较少，然犹未能即信再无舛也。

乾隆五十八年

题文源阁

罢宴兼停灯火繁[①]，消烦小憩合文源。

得闲于是惬清思，不见何当信谀言[②]。

春夏秋冬罗四库，鲁鱼亥豕核三番[③]。

虽然程督弗遗力，扫尽尘宁免尚存。

① 月食，礼宜罢宴。而连日节宴，灯火频繁，今日偶停，转得清闲之趣。

② 宋神宗时，司天奏：四月朔日，当食。神宗自三月即避殿减膳，降天下罪囚一等。至是日，云阴不见食，王安石等进贺，以为圣德所感云云。向批《通鉴辑览》，盖曾鄙其贡谀。此次月食，卯初一刻六分初亏，辰正初刻一分复圆，至卯正一刻十四分月已入地平，即不见食，此亦可以谀词称贺乎？

③《四库全书》原设之分校、总校等，若果当日尽心校对，何至错误连篇累牍。丁未夏，驻跸山庄，偶阅文津阁书，见其错误甚多，即命皇子及扈从诸臣先加校阅，并令在京之皇子大臣，派大小臣工二百余员，详校文渊、文源二阁之书。次年，令原充总纂尚书纪昀率同从前疏漏之总校、分校，以次递校文津、文溯二阁之书。前年，又因看出错误，罚令纪昀等将四阁书重加校对。前后盖已校核三次，可谓不遗余力，在诸臣先后优叙，罚令重校，亦无可置喙称屈，而四阁之书，庶可称善本矣。

鲁鱼亥豕：泛指因传抄或刊刻而造成的文字错讹。

程督：对赋税、劳役、学课等的监督。此处代指《四库全书》编纂的具体主持者。

趣亭

阁峙文源历久时，小亭对面翼嵚崎。

羡他饱饫诗书趣，恒以无言自领之。

月台

假山高下叠峰爱，左首平台正向东。

却以园西宴灯火[①]，孤他佳句米南宫。

① 御园之西为山高水长，每年上元节于此陈火戏。

嵏：高大聚集的山。

米南宫：即米芾。宋徽宗赵佶召为书画博士，官至礼部员外郎，人称“米南宫”。

乾隆五十九年

题文源阁

文源喻以水其源，一二二而一理原。
有本盈科是之取，居今稽古岂为烦。
书臻乙卯恰胥遍①，吟待丙辰合罢言②。
言易行难成语在，自知愧耳寸心存。

① 每岁春日来此，俱有题句，皆以次书悬阁中，计至明年乙卯，壁间题咏恰遍。

② 丙辰归政之后，即偶莅斯阁，拟亦不再题句矣。

乾隆六十年

题文源阁

举事原过六十时①，天恩竟得早成之。
由来体大物博者，何幸枕经葄史斯。
核勘劝惩亦既备②，鲁鱼亥豕岂无遗。
明年归政应娱老，言简心闲合罢诗③。

① 癸巳年，始命纂辑《四库全书》，时予已六十三岁，方谓举事稍迟，观成不易。乃阅十年至甲辰岁，竟得次第蒇事，分度四阁。今告成之后，不觉又阅十年，仰沐天恩，实深感惕。

② 丁未，驻跸避暑山庄，翻阅文津阁书籍，见讹误甚多，即命皇子及扈从诸臣

先校阅三分之一，并派在京之皇子及大小臣工，详校文渊、文源二阁之书。次年，罚令未能校出之总校、分校，命原纂官率同以次递勘文津、文溯二阁之书。嗣后，又因看出讹误，令纪昀等详加勘对，先后校核已经三次。在诸臣先邀优叙，罚令重校，劝惩之道，无不由其自取。但校书如扫落叶，今虽已覆勘精详，犹未能信其竟无讹误也。

③ 每年节后至文源阁，辄有题句。明年丙辰归政后莅此，亦可无事吟咏矣。

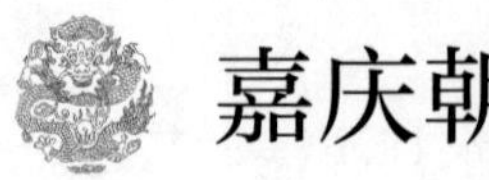

嘉庆朝

嘉庆元年

题文源阁叠去岁乙卯诗韵【乾】

廿五难期八六时，何期昊贶竟符之。
既然勤倦诸应简[①]，所幸康强尚若斯。
羲卦箕畴吟已备[②]，爱民训子念无遗[③]。
迩来心绪翻增闷，望捷徒成七字诗[④]。

① 去岁乙卯新正题此阁，有“明年归政应娱老，言简心闲合罢诗”之句。

② 自戊申岁始，每年上元灯词八章，依次嵌一卦名，六十四卦名中，平声二十一皆押为韵，仄声四十三则于诗中见本字。至上年乙卯，而易卦适备。又自辛亥岁始，以洪范之九五福为题，分年联句，亦至乙卯，阅五年而五福俱全。

③ 上年各省秋收丰稔，是以新正无可加赈之处。惟去岁闽省漳泉一带微歉，米价稍昂，虽早经降旨蠲免，并优赏口粮，以资接济，不致失所。此时无需再行展赈，而心殷民食，仍不能不为之缱念也。

④ 今岁元正以来，诸巨典以次庆成，仰沐昊恩，雨雪时旸，农祥早兆。而外藩各国来朝，具见升平之盛，且精神强固、起居康适，允宜悦志怡情，以酬庆节。惟因盼望捷音，为之萦念不置，聊以解闷拈毫，想此时擒渠蒇绩之奏，已在途中。惟望旦夕遄至，以慰悬切，是以虽陈节事，心实不怡耳。

廿五句：乾隆二十五岁即位，曾祷告上天，若能在位六十年，即传位嗣子。嘉庆元年时，其寿八十六岁。

昊贶：上天的赐予。

文源阁

天一水生地六成，阁符尺度意良精。
屏山层叠窗中列，镜水潆洄阶下呈。
巍焕三辰标钜式，收藏二酉总虚名。
知津宜向渊源溯，四海同文奉大清。

文源阁

觉世因文显，牖民必立言。
宏经涉津逮，建阁始渊源。
古籍排东壁，奎光烛御园。
圣人隆制作，册府亿年存。

牖民：“牖”古通“诱”。诱导人民。

嘉庆二年

题文源阁再叠去岁诗韵【乾】

初几[①]康熙同岁时[②]，居今两岁乃过之。
幸依皇祖训无忝[③]，总赖穹苍恩有斯。
实愧不当己[④]逢此，试稽如是古谁遗。

平苗刚得功全奏，待捷犹然闷纪诗[⑤]。

① 去声，同“冀”。

② 予即位之初，虔告昊穹，若能在位六十年，即当传玺子皇帝，不敢如皇祖六十一年，以次增纪。今不但初愿克符，且又过两载。嗣后岁时庆衍，仰叨天祖眷诒，益深寅荷。

③ 予自幼荷蒙皇祖深恩诲育，感不能忘。是以御宇六十余年以来，夙夜孜孜自勉，惟恐有负皇祖彝训。今幸得无忝前谟，弥增兢惕。

④ 上声，人我之己。

⑤ 筹办苗疆军务，首尾二年，兹刚蒇绩，而剿捕邪教逆首刘之协、姚之富等尚待生擒捷报，仍不能不为之缱闷耳。

题文源阁

义从天一制精良，阁式钦瞻御记详[①]。

重道右文怀往哲，缉熙宥密迪前光。

圣贤心法渊源贯，古昔嘉言册府藏。

奎壁腾辉烛奕祀，胜朝大典漫铺张[②]。

① 阁式仿浙中范氏天一阁制为之，详见皇父《文渊阁记》。

② 明成祖修《永乐大典》，分韵排纂，既非体制，芜冗踳驳，并少翦裁。因当时徒骛夸多，且开馆之意在以右文饰其惭德，未暇致详。皇父特命儒臣重加检校，择其精粹者，或全部，或散篇，悉与著录，汇入《四库全书》。全书之例，凡释道二家及谲觚侧艳，严为芟剔。既醇且备，弗滥而遗，洵集古今册府之大成也。

右文：崇尚文治。

奎壁：二十八宿中奎宿与壁宿的并称。旧谓二宿主文运，故常用以比喻文苑。

文源阁

四库藏高阁，千秋焕圣文。

渊源疏本脉，津汇遂支分。

贲若成函贮，艰哉扫叶勤。

披寻探学海，精一凛尊闻。

贲：装饰得很美。

扫叶：喻校勘书籍。

嘉庆三年

文源阁

举事观成愿每遂，书藏七阁实繁多。

充楹快睹万函富，扫叶还虞数字讹。

文盛乐逢今炳焕，学疏愧预昔编摩[1]。

奎章载道牖民俗，敬体心传册府罗。

① 予向年曾奉旨同诸兄分校《四库全书》。

嘉庆六年

文源阁

范氏创天一，阁式洵精祥。

恰值右文世，四库腾奎光。

特命依法建，庋贮群缣缃。

御园适中地，得源名足偿。

充栋瞻富有，玉笈联芬芳。

经史子集备，道德仁义彰。

披览超二酉，师法愧百王。

缅训懋无逸，稽古尊典章。

奎光：比喻文运昌盛。

玉笈：饰玉之书函，用以贮藏珍贵书籍。

百王：指历代帝王。

文源阁

朱甍碧瓦护缥缃，远迈名山二酉藏。

天藻辉煌垂世久，御园杰峙溯源长。

执经缅忆趋庭训，典学时殷为政章。

开卷探寻诚有益，单心师古迪前光。

朱甍碧瓦：甍指屋脊，形容古代建筑琉璃瓦屋顶的绚丽美观。

单心：孤忠之心。

嘉庆八年

文源阁

文之源即治之源，先圣心传要道存。

细绎探寻多妙趣，沉潜玩味守名言。

全书插架芸香馥，层阁凌空丽日暄。

遗训钦承被四表，诞敷正教重根原。

四表：四方极远之地，亦泛指天下。

文源阁

荟萃精华四库收，欲探文海问源头。
三皇道启千秋鉴，万卷书藏百尺楼。
希圣缉熙勤效法，传心宥密敬推求。
自惭浅薄望洋浩，强勉观摩德业修。

文源阁观书成什

几暇来看四库书，还如旧日味三余[①]。
一源自此分支派，万卷奚能免鲁鱼。
修己治人道全备，枕经葄史效非虚。
观成七阁垂悠久，富有珍藏迈石渠。

① 味余书室，予潜邸旧额。

石渠：即“石渠阁”，西汉皇室藏书之处，在未央宫殿北。

嘉庆九年

题文源阁

右文重道超千古，七阁藏书实大观。
训诰典谟史子集，渊源津溯汇宗澜。
天章敬缮重排架[①]，奎壁腾辉永护栏。
自愧望洋质鲁钝，尊闻强勉寸衷殚。

① 我皇考尧文巍焕，炳若日星，纬史经经，超轶万古。曾于乾隆癸巳年，命儒臣编辑四方经进之书，荟为经史子集四库，缃帙牙签，浩如烟海。爰仿浙东鄞县范

氏天一阁之制，度架分弆。先于禁城文华殿之后成文渊阁，旋即圆明园建文源，避暑山庄建文津，盛京建文溯，每部计三万六千册。以江浙为人文渊薮，因命复缮三分，嘉惠士林。分建三阁，镇江金山曰文宗，扬州曰文汇，浙江曰文澜，共成七阁。自古藏书之富，虽宛委琅嬛，未足比似。予望洋自愧，强勉尊闻，谨将圣制诗文之未经汇入四库者，诗五集，文三集，诗文余集，及曾经睿鉴之《八旗通志》，命修书处臣工缮写校理，排入七处阁中，集成大观，诞敷文教。兹题文源阁，谨志梗概如此。

天章：帝王的文章。

文源阁观书敬志

圣皇首出治民生，七阁藏书集大成。
谁见鸿文珍二酉，好探秘府趁三庚。
味腴咀嚼涵佳妙，溯本渊源养洁清。
师古几余勤典学，尊闻紬绎勉存诚[①]。

① 学于古训乃有获，惟学逊志务时，敏念终始，典于学说命三称学，而继之以监于先王成宪，其永无愆。古圣王求多闻，以时建事，孳孳于学如此。我皇考圣由天纵，学本生知，犹复汲汲于前猷往训，以崇道德之原。建立七阁，集成四库，开千古文治之盛，即汇千古学海之归。予小子监于成宪，勉强尊闻，敢不进德修业而存于诚耶?

三庚：古语“夏至三庚便入伏”。此处指时已入伏了。

嘉庆十年

文源阁

四库珍藏贮七阁，御园建极立文源。
充楹遍列缣缃富，插架分排卷帙繁。

菲史达观良法备，枕经探奥善谟存。

趋庭诗礼怀当日，强勉绍闻衣德言。

文源阁

阁建御园中，规模叶栋隆。

亿年钦圣治，八表庆文同。

璇象星环北，仙源溯自东。

今秋瞻杰阁，辽沈鬯皇风[①]。

① 皇考创建四阁，为藏弆《四库全书》之所，如宫内之文渊，御园之文源，以及热河之文津，皆取学海渊源津逮之义。至盛京藏书之阁，则曰文溯。诚以皇涧过涧，为帝业所肇基，而文治蔚兴，必上溯陪都根本。即日銮辂东巡，仰瞻杰阁，益钦皇风丕鬯，薄海同文，其来有自云。

八表：又称八荒。指极远的地方。

鬯：同“畅”。

嘉庆十一年

文源阁

右文稽古溯渊源，载道传心重本根。

充栋图书辉上苑，趋庭诗礼感慈恩。

六经包括典谟诰，三立昭垂功德言。

自愧测蠡窥学海，几余时敏勉探论。

测蠡：“以蠡测海”的略语。指用瓢来测量海水，比喻用浅陋的见识来揣测。

嘉庆十二年

文源阁

右文钦圣化，四库聚楼端。
稽古传心接，治民蒙业安。
奎光丽层阙，宸翰耀回栏。
永念趋庭训，缉熙诚意殚。

文源阁敬志

圣治光昭弥宇宙，鸿文四库亿龄钦。
化成久道绥遐迩，庭训敬承凛寸心[①]。

① 我皇考承天佑命，久道化成，际重熙累洽之庥，致同轨同文之治，而崇儒重道，稽古右文。于乾隆三十九年甲午，辑《四库全书》，以十年之程，缮成三万六千册者，四部分贮四阁。又于全书中，抡其尤要者，先缮荟要二部，一藏大内御花园之摛藻堂，一藏御园之味腴书室。至四阁之建，则当缮书之时，先筹贮书之所。因取浙中范氏天一阁图式，规其大略，于文华殿后建文渊阁，于御园建文源阁，于避暑山庄建文津阁，于盛京建文溯阁，各著以记，析为渊为源为津为溯之义于篇中。又念内府禁苑，秘籍珍储，皆非士林所得共睹，而东南为人文渊薮，乃特发帑金，广募书佣，缮成全书三部。命于扬州建文汇阁，金山建文宗阁，浙江建文澜阁，分往收贮。许士子之愿读未见书者，听其就近抄阅。全书缮本呈览时，每进日不下数百册。维时予在书房读书，曾蒙皇考命，预校勘。迨丙辰大廷授玺，训政三年，于敬天勤民、用人行政之大经大法，及一切纲条张弛，无不谆谆面命，而于敷文成化、迪德诚民之道，深致意焉。予敬聆默识，不敢遗忘。今虽日理万几，偶有余闲，未尝不披览古籍，体验治功。盖亦深体于圣制文所云“枕经葄史，镜己牖民，后世子孙，奉为家法”之彝训也。亿龄钦守，因咏斯阁而详志之。

嘉庆十三年

文源阁

经文罗四库，杰阁丽星垣。
稽古临民则，传心图治源。
进修探典籍，强勉溯羲轩。
庄敬勤寻绎，常存道义门。

羲轩：中国神话中始祖伏羲氏和轩辕氏（黄帝）的并称。

嘉庆十四年

文源阁

杰阁凌霄汉，文光烛斗奎。
芸编蕴王道，松栋焕天题。
四库治功备，六经典要稽。
已臻知命纪，愧未见端倪。

松栋：指华美的屋宇。

知命：即五十而知天命。嘉庆帝生于乾隆二十五年（1760），嘉庆十四年（1809），其已近五十周岁。

嘉庆十六年

文源阁

七阁观成叶栋隆，文源高峙御园中。
趋庭闻训勉承继，入室问津未扩充。
学业殚心政典括，治功竭力古今同。
于昭圣化敷区夏，久道安民亹渺躬。

区夏：诸夏之地，指中国。

文源阁

天一义精奥，藏书充栋繁。
右文多美富，图治有渊源。
为政观前鉴，临民味圣言。
研磨匡不逮，探讨性存存。

嘉庆十八年

文源阁

观察人文化天下，凌空层阁矞云扶。
光昭圣治垂悠久，于穆淳风播海隅。

矞云：即庆云，彩色瑞云。
于穆：对美好的赞叹。

右文莅政育黎元，二典三谟大本原。
由义居仁事功备，勤求诚法念常存。

嘉庆十九年

文源阁

四库积层阁，于昭圣治昌。
渺躬惭梼昧，邪教肆披猖。
省咎增寅畏，正心肃典常。
力勤补过失，黾勉迪前光。

梼昧：愚昧。
寅畏：恭敬戒惧。

文源阁

右文垂至道，圣化感人深。
经世福原厚，顽民孽自寻。
正源勤遍浚，邪说岂能侵。
四库浩渊海，敷宣勉素忱。

嘉庆二十年

文源阁

经书幼时习，七阁遍临观。

载道精华萃，传心继述难。
源澄众流洁，教正庶民安。
求治缣缃备，望洋学海宽。

嘉庆二十一年

文源阁敬题

天文贯四库，治道具真源。
祖述典谟笈，探寻道义门。

圣功溥坤极，御记烛星垣。
景仰窥精奥，殚心求本源。

嘉庆二十二年

文源阁

敷文垂久道，册府治功源。
四库罗珍笈，一心绍德言。
传家志毋怠，肯构念长存。
庭训时寻绎，临民知本原。

嘉庆二十三年

文源阁

嘉言罗四库，文者治之源。
紬绎典谟要，探寻卷帙繁。
后王行必效，先圣道弥尊。
不息勤宣布，庶几风俗敦。

后王：君王。

嘉庆二十四年

文源阁

圣治右文久道昭，御园层阁丽星杓。
溯源学海寻沿远，津逮书城受益饶。
二酉收藏一隅积，三辰巍焕万年标。
全唐疏论续陈案，取法谠言勉旰宵。

星杓：指北斗的玉衡、开阳、摇光三星。也称斗杓、斗柄。
谠言：正直的言论。

文源阁

四库书成岁月久，从来修业必知津。
寻源先自典谟始，游艺仍由册府亲。

七阁宏规虽遍览，六经奥义未能循。

全唐文集续陈案，偶见一斑勉日新。

知津：本义为知道过河的渡口，喻指认识路途、懂得办事的门道。津指渡口。

文源阁记

藏书之家颇多，而必以浙之范氏天一阁为巨擘。因辑《四库全书》，命取其阁式，以构庋贮之所。既图以来，乃知其阁建自明嘉靖末，至于今二百一十余年，虽时修葺而未曾改移。阁之间数及梁柱宽长尺寸皆有精义，盖取天一生水、地六成之之意。于是就御园中隙地，一仿其制为之，名之曰“文源阁”。而为之记曰：文之时义大矣哉，以经世，以载道，以立言，以牖民。自开辟以至于今，所谓天之未丧斯文也。以水喻之，则经者文之源也，史者文之流也，子者文之支也，集者文之派也。派也，支也，流也，皆自源而分；集也，子也，史也，皆自经而出。故吾于贮四库之书首重者经，而以水喻文，愿溯其源，且数典天一之阁，亦庶几不大相径庭也夫！

若帆之阁

若帆之阁，亦称耕云堂，位于北远山村东北，圆明园大北门之内。始建于乾隆二十九年（1764），是一处倚山面溪的景观园林。主殿若帆之阁为三楹方形二层楼阁，外悬“若帆之阁”匾。下层额曰“御风泠然”，上额曰“平临天镜”。阁西北相连有“安止楼”。阁西南有四方亭，半入溪中，名“碧澜亭”。阁东假山之上有“耕云堂”，为清帝登高观望园外农耕之处。堂南有“爽籁居”，堂东有“湛虚翠轩”。轩前东偏为石桥，桥之两侧分别镌刻有“漾月”“漪澜”。湛虚翠轩以东数十武有“关帝庙”，西院山门石刻“武圣祠”额，院内正殿供奉关帝神像，外悬“威灵护佑”匾，内额“至大至刚”。此庙向有太监充僧人上殿念经，道光十九年（1839）裁撤。诸匾额皆乾隆帝御书。咸丰十年（1860）圆明园罹劫后，耕云堂一景尚存，后毁于八国联军之乱。

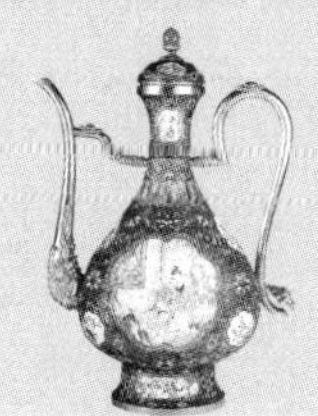

乾隆朝

乾隆二十九年

爽籁居

筑园年历半百余，乔木得地枝扶疏。
就树构屋不数架，团团嘉荫含山居。
九夏飒然无暑到，惟饶凉籁飘襟裾。
树古因之屋亦古，其居使然闻子舆。
进此宁弗更有事，进德修业交殷予。

九夏：夏季，夏天。晋 陶潜《荣木》诗序：“日月推迁，已复九夏。”

子舆：此处应指曾子，名参，字子舆。春秋末年鲁国人，中国古代著名的思想家。

耕云堂

书堂枕碧川，川水灌鳞田。
目廑耕耘苦，心祈稼穑虔。
益筹旸与雨，那共胝和胼。
莫更屏风画，前呈七月篇。

七月：《国风 · 豳风 · 七月》是《诗经》中的一首诗。诗中反映了周代早期的农业生产与农民生活。

若帆之阁

高阁平陵水之裔，动影漪摇网轩字。

若帆题额真若帆，下浸烟波上云气。

讵因风势为转旋，常与月轮共光霁。

恰忆浮玉坐江楼，孰主孰宾孰同异。

然予絜矩在羲经，时乘六龙御天际。

网轩：装饰有网状雕刻的门窗。

羲经：即《易经》。相传伏羲始作八卦，故名“羲经”。

六龙：天子车驾为六马，马八尺称龙。此代指天子车驾。

碧澜亭

池亭绨几对南薰，轻拂波光练影分。

今日几闲宜底事，便当异水一成文。

南薰：从南面刮来的风。

异水：奇特的水流。指风景独特。

题湛虚翠轩

四面窗棂弗纸糊，网轩了可隔翔乌。

光明通彻内还外，顾盼真教有若无。

却暑袖招凉籁拂，延清襟惹绿阴铺。

一泓碧水阶前俯，心所澄然得似乎。

若帆之阁

高阁临水名若帆，若帆妙义多包函。
驹影之时阅以四，如环之运参以三。
清风明月食无尽，舟行岸转疑有兼。
而我取喻十思疏，更因切切畏民碞。
设其肆志弗顾虑，挂席过驶危或阽。
今朝西北来习习，正宜快霁因农忺。

驹影：日影。清 倪濂《客中除夕次结苍韵》：“驹影难留住，惊看岁又更。”

如环：月影、月亮。

十思疏：即《谏太宗十思疏》，是魏徵写给唐太宗的奏章，意在劝谏其居安思危，戒奢以俭。

碞：山石之貌，引申为险恶。

挂席：扬帆意。

忺：高兴、适意。

乾隆三十年

耕云堂

几架书堂俯水田，雨旸幸协稻芊芊。
三庚屈指西成远，未敢先时庆有年。

三庚：中国农历中划定三伏天开始的标准，“夏至三庚便入伏”。

乾隆三十一年

碧澜亭

新水生波漾碧澜，轻鲦来往喜池宽。
即斯与物皆春意，何必投竿倚石栏。

乾隆三十三年

题耕云堂

自春徂夏旸雨时，陆田溪町胥兴犁。
山堂今日真副望，绿云近远芃萋萋。
麦收后当布晚种，目前渥泽盼及期。
远天礶磹雷声发，艰致大霈霏细丝。
陇蜀之情人尽有，觉我独甚还自嗤。

礶磹：电光、闪电。

乾隆三十五年

耕云堂

山堂近北墙，俯视见墙外。
墙外复何有，水田横一带。
绿云蔚芃芃，怒长雨既霈。

耕耘忙农夫，胼胝力诚惫。
所以廑祈年，斯实苦之最。

乾隆三十六年

若帆之阁

几日暄和冰已开，层楼倒影水之隈。
鸣榔到讶谁宾主，不帆静宜此憩陪。
大地一舟讵斯也，东风五两谢他哉。
黄龙青雀如相问，破浪曾无费往来。

鸣榔：敲击船舷使作声，用以惊鱼，使入网中。或为歌声之节。
五两：古时候测风的用具。用五两鸡毛制成，故名。
黄龙青雀：即指装饰着黄龙、青雀头形的大船。

爽籁居

乔木之间开朴室，虽饶细籁弗欣闻。
初春况不资延爽，莫漫东风吹去云。

耕云堂

山堂倚苑墙，墙外溪畴广。
冻酥水满町，宛若江乡况。
浸秧时尚早，耕云只想像。
却见鳞塍上，伛偻有用耩[①]。

自是种麦人，力田致堪奖。

因之益望雪，临风意惝恍。

① 北方以锄划地而耕，谓之耩。

惝恍：惆怅，失意，伤感。《楚辞·远游》：“步徙倚而遥思兮，怊惝恍而乖怀。”

乾隆三十八年

耕云堂

假山巅筑室，墙外见溪田。

时雨既常遇，耕云实有缘。

飏风隮荟蔚，映日霭芊眠。

略慰勤农意，未秋敢曰然。

荟蔚：草木繁盛貌。宋 李格非《洛阳名园记·水北胡氏园》：“林木荟蔚，烟云掩映。”

芊眠：茂盛状。唐 李绅《寒松赋》：“其贞枝肃矗，直干芊眠，倚层峦则捎云蔽景，据幽涧则蓄雾藏烟。”

若帆之阁

长溪漾绿水，近岸飞层楼，自远视之如舣舟。

坐来忽亦疑乘浮，树学挂布出檐头。

分明五两饱以遒，若帆之名此有由。

仿佛蓬莱二岛游，安期羡门非所求。

十思疏中举古语，触目喻言惕心所。

蓬莱三岛：即蓬莱三仙山，我国古代神话传说中的蓬莱、方丈、瀛洲三仙山。

安期羡门：安期，即安期生，人称千岁翁，是秦汉时传说中的仙人。羡门也是传说中的仙人名。

乾隆四十年

若帆之阁

水裔高楼拟若帆，飘飖疑在银渚上。
漫嗤五两艰顺风，有顺当思逆难向。
即今湖河一片冰，黄龙青雀都收舫。
仿佛层甍似有言，赢斯四季恒无恙。

水裔：水边。

层甍：指高楼的屋脊。《文选·江淹·杂体诗三十首》："水鹤巢层甍，山云润柱础。"

乾隆四十二年

若帆之阁

高阁筑溪上，因之号若帆。
虽云出想像，体物意不凡。
乃兹俯凝冻，顾名称似嫌。
既而輾然笑，拘泥诚何堪。
即彼藏坞舟，宁弗成虚谈。

輾：笑的样子。

乾隆五十四年

耕云堂

山堂冠岭出墙头，雨笠云锄一望收。
四海三登同此愿，自知此愿实难酬。

乾隆五十五年

碧澜亭

昨腊立今春，孟末如仲早。
向阳冰渐融，碧漾微澜好。
入目喜新赏，人情藉可晓。
然而未之思，一瞬驹影渺。
谁能驻此影，金刚六如讨。

六如：也称六喻。佛教以梦、幻、泡、影、露、电，喻世事之空幻无常。

乾隆五十八年

若帆之阁

或称舟作庐，或号室为舫。
名象有何真，比喻遂无量。
试思称谓始，夫谁为定相。

溪阁额若帆，平临碧波漾。
有风亦弗动，无风原一样。
是诚息安排，齐物庄生状。

齐物：《庄子》书中有“齐物论”，阐述万事万物永远是变化的，人们对事物的认识本无确定不移的标准。

乾隆五十九年

耕云堂

山堂临园墙，墙外田近阅。
弄田园中多，莫如此亲切。
园中属官物，墙外私垦别。
当官与治私，尽力殊勤拙。
何事不穷理，亦弗苛察屑。
耕云见始春，因之生慰悦。

墙内公田不如墙外私田耕垦之善，此亦人情，非可以法制禁令治之也。孟子所云：公事毕，然后敢治私事，乃言其理，而殊不近情。至如《穀梁传》所云：私田稼不善，则非吏，公田稼不善，则非民，可见公私田原有善不善之分。予以为断无非吏之事，若以此非民，无乃苛乎井田之法。八家同治公田，心力安能齐壹，故自周时已废不行，况后世必坏沟洫，堙疆理。夺民世业以为公田，此断难行者。而瞀儒动言复古，深可哂鄙，因诗成引申识之。

乾隆六十年

碧澜亭口号

虚为水即实为冰，虚实何尝有定称。
输与空空四柱者，水冰虚实听其仍。

嘉庆朝

嘉庆元年

耕云堂

飞阁连山倚北垣，回廊石磴接庭轩。
溪边弱缕垂新柳，林外轻烟出远村。
已庆仲春甘泽沃，待看长夏大田蕃。
耕云犁雨农家乐，景绘豳风雅致存。

耕云堂

丰年心祝力田逢，悦目非缘景物供。
麦陇双岐斯表瑞，稻畦百顷寓观农。
塍边嘉实盈新谷，月下清声正晚舂。
深感西成书大有，寸忱敬授益寅恭。

寅恭：恭敬。宋 范仲淹《谢转礼部侍郎表》：“臣敢不夕惕三省，寅恭一心，进则尽忧国忧民之诚，退则处乐天乐道之分！”

嘉庆二年

耕云堂

恰值新耕候，春膏尚欠滋。
田功方望润，民力恐难施。
调幕愧无术，霏甘未有期。
堂名惭负景，省岁益焦思。

嘉庆三年

耕云堂

帝念民依重，御园辟稻田。
耕云种初布，犁雨润新连。
验候接春夏，观农度陌阡。
艰难先稼穑，至教永钦传。

陌阡：泛指田间小路。

嘉庆七年

耕云堂远眺

春阴景容与，平野印虚堂。
北山送遥翠，高槛出苑墙。
柳陌罨静黛，掩映翻云光。
新畴含宿润，力穑候正长。
夏秋协晴雨，多稼丰千仓。
民足心始慰，斯愿何时偿。

若帆之阁题句

石磴互盘曲，登临俯碧流。
层轩出林表，杰阁倚墙头。
遥挹千峰峻，平开百顷稠。
观农仰先志，邦本重田畴。

宿润连阡陌，春深物候嘉。
对山如对画，看麦胜看花。
绿罨蹊边柳，红皴岭外霞。
静观心益远，盼捷望天涯。

耕云堂

稻畦百顷对山堂，柳岸风来夏亦凉。
省稼精心启后世，劭农诚意念前章。

耕云犁雨微忱切，获麦收禾众愿偿。

三辅屯膏实予咎，仰瞻霄汉祗惭惶。

三辅：又称“三秦”，此指京畿地区。

耕云堂

倚山建层阁，凭槛看田功。

东作耕耘起，西成收获同。

深叨今岁稔，幸较去年丰。

农事心差慰，军情尚廑衷。

东作：泛指农事。

嘉庆八年

耕云堂春望

山堂据苑墙，平眺收远景。

玉屏西北开，银葩遍峰岭。

微茫林霭凝，隐现明霞影。

积润盈陌阡，嘉谷望秀颖。

犁雨复耕云，力作事千顷。

农功始于春，三时盼方永。

暮春耕云堂

春闰已过届三月，阳和普洽畅群生。
雪优畿甸宜新种，土润陌阡利始耕。
汀柳含青丝袅细，山桃吐艳蕊舒荣。
关心力作农功苦，直到秋深穑事成。

耕云堂观稻

山堂枕苑墙，南薰送新爽。
纱疏欣洞开，凝眺眼界广。
稻畦若僧衣，生意兆丰穰。
农事重夏耘，乘时遂长养。
所愿协太和，安民息扰攘。
年登比户对，庶几慰素想。

长养：生长、养育之意。

嘉庆九年

耕云堂远望

山堂枕苑墙，虚窗豁远目。
直北列千峰，荟蔚兴云族。
恰值新耕时，霏甘庶民福。
经岁总筹农，序和生百谷。

稻畦界僧衣，水车翻轣辘。

曲折注别蹊，桃坞香风馥。

清景宛江乡，旧游驹隙逐。

吾乐在年丰，肖翘遍亭育。

荟蔚：云雾弥漫貌。《诗·曹风·候人》：“荟兮蔚兮，南山朝隮。”

轣辘：象声词，形容车轮或其他器物滚动的声音。

肖翘：细小能飞的生物。《庄子·胠箧》：“惴耎之虫，肖翘之物，莫不失其性。”

耕云堂

堂俯平皋十亩宽，水田穲稏漾微澜。

锄禾布谷农时要，犁雨耕云民力殚。

何暇亭台耽玩赏，先知稼穑最艰难。

心希直省多丰稔，岁美方期庶姓安[①]。

① 先知稼穑，古训所崇。而寰宇至广，旸雨之时不同，耕耨之期不一。一人运至，诚于宵旰，以期薄海告丰。愿大望奢，敢云克副。惟孜孜不敢稍懈勤民之念，庶邀天鉴而锡康年也。

耕云堂

澄沽清溪送小舟，石栏弭棹试登楼。

枫屏叠叠窗前列，苇岸萧萧槛外浮。

岚影微茫开远嶂，雁声嘹唳度前洲。

丰收畿甸农民庆，勤苦三时幸有秋。

弭棹：停泊船只。

嘉庆十年

自花港观鱼放舟至耕云堂

柳展长条桃灼华，川湄岩角灿明霞。
扁舟试放溪亭北，恍似寻芳溯若耶。

川湄：河边。

山村水郭一溪通，飞阁连延磴道崇。
候应仲春农事始，畦塍缓步验田功。

耕云堂

飞廊高下接山堂，解缆溪头度石梁。
翠滴遥天开北嶂，碧涵清浪净南塘。
栏前暖旭移花影，柳外轻飔送稻香。
畿甸欣逢农事美，难期远省普丰穰。

暖旭：早晨温暖的阳光。

耕云堂观稻

山堂俯览水田宽，嘉稻翻风秀颖攒。
春泽及时稔可兆，夏耘应候力初殚。
祈天符愿雨旸协，省岁萦怀稼穑难。
几暇观农验丰歉，岂同问景镇凭栏。

嘉庆十一年

耕云堂

四围阡陌绕山堂，欲验农时辨歉康。
最喜年前雪深透，遍敷新麦接平冈。

凭槛畅观原野阔，北峰隐约吐英英。
继滋更愿施膏泽，益助耕耘百谷荣。

嘉庆十二年

由北远山村泛舟至耕云堂观水田成什

清溪曲折泛轻航，岸沚汀兰互绚芳。
林幄蝉声如和答，水村农事正匆忙。
三耘冒暑诚非易，百谷登场候最长。
欲识田功岂学稼，豳风雅绘在山堂。

岸芷汀兰：岸：河岸。芷：白芷，一种香草。汀：水边平地。兰：一种香草。语出北宋 范仲淹《岳阳楼记》：“岸芷汀兰，郁郁青青。”

嘉庆十五年

北远山村泛舟至耕云堂即景成什

几转溪湾到水门，扁舟缓度北山村。

烟笼柳岸汀洲暗，风拂稻畦穲稏翻。

亦有浴波遍鹅鸭，岂同留客足鸡豚。

田家景物御园备，探讨民艰重本原。

天宇空明

天宇空明，居圆明园东北隅，始建于乾隆五年（1740）。主殿五楹，前后带廊，外悬“天宇空明”匾，内额“湛然清虚”。殿前临河有重檐四方亭。后殿亦五楹，外悬“澄景堂”匾。堂东别院为“清旷楼”，上下各七楹，内额“烟云舒卷”“随安室”；西为“华照楼”，楼后即“怡情邱壑”。诸额皆乾隆帝御书。此景北临御园大墙，登楼北望，稻田村野犹在眼前。

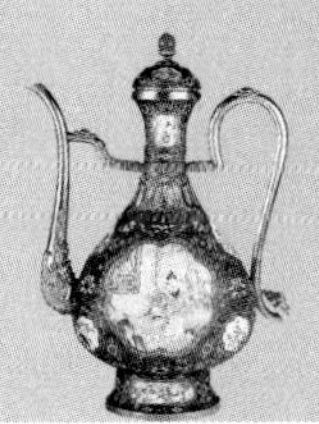

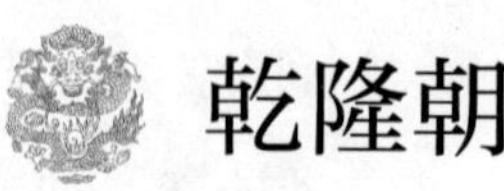

乾隆朝

乾隆三十一年

清旷楼咏竹

猗猗种竹满前庭，清矣其间旷意形。
秋月入时留碎白，春风拂处动浮青。
俯临常似披图画，得契宛堪悦性灵。
虽是齐檐卒艰致[1]，爱他仙籁飒宜听。

① 北方竹无高至二丈者，不能与楼檐齐也。

猗猗：柔美、美好貌。

澄景堂

四时景有嬗，八牖纳无央。
讵在烟花赏，惟饶翰墨香。
入微得理趣，澄尽识真常。
逐处寻题咏，缘因取义长。

嬗：更替，蜕变。

华照楼

双桐院里两层楼，一片湖漪半座收。
流丽云霞常映带，徘徊风月足勾留。
无华了识不由素，有照偏欣都入幽。
设问迩来即景句，披宜澄朗霁光浮。

乾隆三十二年

清旷楼

拾级高楼旷且清，非夸画栋与雕甍。
石墙以外见墟里，为忆民艰及物情。

墟里：村落。唐 王维《辋川闲居赠裴秀才迪》诗：“渡头余落日，墟里上孤烟。”

澄景堂

试言澄景趣，只觉趣偏长。
聒耳无丝竹，怡情有缥缃。
新诗五七体，古帖两三行。
更散庭前步，天空水一方。

题澄景堂

轩窗得暇便来凭，触目玉壶一片冰。

有趣图书千古调，无边风月四围胜。

略耽静乐即时惕，敢忘忧勤与日增。

因识每孤佳景处，只缘心绪未能澄。

四围：四面环绕，四周。元 王实甫《西厢记》第四本："四围山色中，一鞭残照里。"

清旷楼咏竹四首

晴竹

晴阑聊抚渭川猗，飒沓前墀过雨时。

弄影疏疏新沐叶，含飔洒洒欲扬枝。

檀栾态作鸾翘舞，潇朗音疑凤管吹。

最爱微风摇动处，纵纵犹有露珠垂。

檀栾：秀美貌。诗文中多用以形容竹。唐 王睿《竹》诗："成韵含风已萧瑟，媚涟凝渌更檀栾。"

纵纵：纷错貌。唐 陆龟蒙《忆袭美洞庭观步奉和次韵》："闻君游静境，雅具更纵纵。竹伞遮云径，藤鞋踏藓矼。"

雨竹

为看介节种筼筜，喜雨宜烟性所常。

濯叶移根犹在伏，滴声入律只含商。

雅因漱趾生方茂，便是垂头意自强。

底更倩他文与可，屏风展出画潇湘。

筼筜：生长在水边的大竹子。

文与可：即文同，字与可，北宋著名文学家、书画家。宋 苏轼《文与可画筼筜谷偃竹记》："故画竹，必先得成竹于胸中。"

风竹

宜晴宜雨更宜风，响作枝头内外空。
自有师涓识角徵，那从宋玉辨雌雄。
开窗恰似来君子，扫径何须命侍童。
设使无端谓之笑，不为韩愈定卢仝。

师涓：我国春秋时期卫国著名音乐家，以善弹琴而著称。

宋玉：又名子渊，崇尚老庄，战国时鄢（今湖北宜城）人，文学家。中国古代四大美男之一。

韩愈：字退之，河南河阳人。唐代杰出的文学家、思想家。

卢仝：唐代诗人，工诗精文，不愿仕进。性格狷介类孟郊，雄豪之气近韩愈。

月竹

墙头初碾玉轮过，便觉寒光逸趣多。
碎影作声尚骚屑，暗丛得照亦婆娑。
将疏复密无恒态，似正还斜莫辨科。
真是水中浮藻荇，承天妙喻有东坡。

骚屑：风声。唐 高适《酬李少府》诗：“来雁无尽时，边风正骚屑。”

乾隆四十七年

澄景堂

结则为冰融则水，水与冰皆具照理。
水邻虚而冰邻实，玻璃虚斯铜实矣。
二物胥可以为镜，了当以彼喻乎此。

堂临冻沼鱼未负，得照于实非虚拟。

要在澄乃鉴方平，吾于鉴人会其旨。

鉴人：知人，察人。

旨：意义，目的。

清旷楼

清实浊之医，旷乃塞之对。

浊则其智塞，只以私横内。

内外互相资，心境堪神会。

是楼曰清旷，清矣旷仍快。

一举而两得，克己要为最。

乾隆五十年

澄景堂即目

即目无须娄举冰，当前景物莫非澄。

韶方酿乃迟姚冶[①]，茂未酣犹待发兴[②]。

分付时光底为速，评量春意渐而增。

宣毫江砚懋勤候，辞不涉华亦尚能。

① 景。

② 物。

娄：通“屡”。

姚冶：妖艳。

懋勤：即懋勤殿，清帝在宫中读书、学习的地方。此处指御园中皇帝的书房。

清旷楼

旷是楼中体，清乃楼中用。
清而无旷枯，旷而无清纵。
相需相得彰，体用戒偏重。
讵只一楼哉，絜矩万理中。

絜矩：絜是量具，矩是画方形的用具，引申为法度。儒家以絜矩来象征道德上的规范。

乾隆五十二年

澄景堂

溪堂近水裔，澄景俯清泌。
以限于气候，冰时似艰致。
然冰岂非水，凝融略差异。
融则澄形露，凝则澄意閟。
取意略其形，是谓第一义。

泌：细水流。
閟：闭门，引申为止息。

清旷楼

清或弗资旷，旷则无不清。
与物鲜蔽遮[①]，顺应胥公明[②]。

斯楼有合斯，所以额檐楹。
讵惟玩景然，施政以为程。
设曰请进之，克己义最精。

① 旷也。
② 清也。

乾隆五十五年

华照楼

华诚属于物，照本在乎楼。
二非一何立，主标宾自投。
讵惟供目给，实不出心谋。
寄语正心者，诸凡理可求。

正心：公正无私之心，是儒家提倡的一种修养方法。

乾隆五十七年

题清旷楼

楼阁频教选字题，寓怀触目致非齐。
讵惟揽景耽闲赏，亦曰因心喻敬跻。
清则无私近仁矣，旷斯有受廓公兮。
长吟岂学程朱语，质以程朱却可稽。

廓公：即廓然大公，指心地开阔，大公无私。

质：验证。引申为就正、评断。

程朱：程，指北宋二程（颢、颐）；朱，指南宋朱熹。均为程朱理学的代表人物。

稽：考核。

嘉庆朝

嘉庆元年

天宇空明　福海北岸殿名

好雨新晴天宇清，蔚蓝澄澈印空明。
波光百顷槛前接，山色千重云外横。
是处亭台皆胜赏，知时卉木尽敷荣。
良辰恰应花朝候，游览还殷省岁情。

花朝：俗称“花神节”“百花生日”，一般于农历二月十二或二月十五举行。节日期间，人们结伴到郊外游览赏花，称为“踏青”，姑娘们剪五色彩纸粘在花枝上，称为“赏红”。

清旷楼晴眺

仰眺碧宇清，俯览青郊旷。
登楼心神怡，润景入遥望。
冷节初应时，喜见升平状。
陇首叱犊过，林际炊烟漾。

柳丝染轻黄，摇曳纸鸢放。
村农事新耕，荷锸争相向。
及兹好雨敷，力田众欢畅。
承训重爱民，敬诚感鸿贶。
兆丰四海安，念征钦太上。

冷节：即寒食节，在清明前一日。
征：远行。本年三月初六日，帝侍太上皇谒东、西陵。
太上：至高无上之意。此指太上皇乾隆。

清旷楼远眺

胜景雅宜秋，寻诗更上楼。
金风千树杪，白日万峰头。
叠叠丹枫岸，萧萧红蓼洲。
所欣农事毕，赛社庆丰收。

赛社：我国古代的遗俗，源于周代十二月的蜡祭。人们在农事结束后，陈列酒食祭祀田神，并相互饮酒作乐。

天宇空明

纤云尽卷响调刁，爽豁高空净泬寥。
霜满危崖林寂寂，烟开极浦草萧萧。
水凝淡绿层波皱，柳结轻黄明岁条。
更上山楼舒远目，雁飞天末影迢迢。

调刁：即调调刁刁，动摇貌。亦形容风声。

沆寥：亦作“泬漻”。清朗空旷貌。《楚辞·九辩》：“泬寥兮天高而气清。”
极浦：遥远的水滨。

清旷楼

冬初景清旷，望远上高楼。
春麦欣才茁，秋禾喜尽收。
遥峰红叶下，极浦白云浮。
深慰田功毕，篝车庆满畴。

篝车：水车。

嘉庆二年

登清旷楼即目

试上层楼舒远目，春光艳冶却如秋。
烘霞日暖遥天接，拂柳风微广陌浮。
几坞绯桃绕篱角，三篙碧浪叠溪头。
无边丽景何心玩，身似飘飘独浴鸥。

澄景堂

琉璃浸潭影，纳景多清澄。
虚堂延物外，湛若玉壶冰。
宵中悬皎镜，素彩云际升。
洞明屏障蔽，大公祛爱憎。

磨炼在内省，返观德弗胜。

无偏遵王道，至训堪服膺。

服膺：牢牢记在心里，衷心信服。《礼记·中庸》："得一善，则拳拳服膺而弗失之矣。"

清旷楼晴眺

序届重阳未雨风，无边霁色朗长空。

楼头高爽山浮碧，林际斒斓叶变红。

接渚飞鸿知候冷，连村打谷识年丰。

悦心清旷暮秋节，还愿消除伏莽戎。

重阳：即农历九月初九重阳节，又称"登高节"。

伏莽：军队埋伏在草莽中。亦指潜藏的寇盗。此指川、楚、陕等地的农民起义军。

清旷楼远眺

高秋景清旷，楼额喜相宜。

眺览村墟接，登临图画披。

赛神连曲巷，打谷遍疏篱。

收稼功初毕，索绹候及期。

山容开远雾，林影动寒曦。

绿柳萧条见，丹枫灿烂施。

观农悯勤苦，省岁尚丰绥。

尤愿消蜂虿，佳音即日驰[①]。

① 本年，各直省奏报，收成合算在上中稔之间，尚为得岁。贵州狆苗滋扰，经勒保等捣虚批郄，将首逆韦朝元、王囊仙、王抱羊三犯，节次或俘或馘，扫穴焚巢，无一漏网。其册亨、永丰，并已收复全境，荡平蒇功，诚为完善。至川楚邪匪，蜂屯乌合，窜伏不常。巢穴既多，径途歧出，辄致窜逸逋诛。现经各路将领分投剿办。引睇西南，克期竣绩，于诸臣有厚望焉。

索绹：制绳索。《诗·豳风·七月》：“昼尔于茅，宵尔索绹。”郑玄笺：“夜作绞索，以待时用。”

蜂虿：比喻恶人或敌人。南朝梁 刘勰《文心雕龙·檄移》：“摧压鲸鲵，抵落蜂虿。”此处指川、楚白莲教等农民起义军。

嘉庆三年

清旷楼远眺

高楼出苑墙，郊原欣目睹。
田畴始农耕，叱犊犁翻土。
万汇遍昭苏，春景看和煦。
沿堤新绿敷，风前柳线舞。
迟迟旭光融，映麦芽初吐。
总沐大造恩，群生尽蕃庑。

大造：此指天地，大自然。南朝宋 谢灵运《宋武帝诔》：“业盛曩代，惠侔大造，泽及四海，功格八表。”

蕃庑：草木茂盛意。汉 张衡《东京赋》：“草木蕃庑，鸟兽阜滋。”

天宇空明

序临秋杪儿宜霁，雾敛西峰尽放晴。
风过闲庭增飒爽，日辉高宇倍晶莹。

嘉禾全获上丰庆，劲旅云屯余孽惊。
延览慰心欣称景，太空澄澈远崖清。

登清旷楼即景

试上层楼作大观，无边清旷太虚宽。
草枯霜紧雕翻翅，山远风高雁刷翰。
林际渐看叶疏影，川湄又觉水消澜。
最欣多稼连村积，满目丰盈意为欢。

嘉庆六年

清旷楼

宛转廊相接，含薰翠欲流。
乍看五亩竹，试上一层楼。
穡事平畴盛，蝉音远树浮。
凭栏得清赏，旷览兴偏幽。

天宇空明

面水层轩纳远风，镜光澄澈印遥空。
波翻叠叠湘帘翠，浪漾溶溶午槛红。
清景必从虚处会，闲情都向静时融。
万几无暇寻佳胜，军务筹量凛寸衷。

湘帘：用湘妃竹做的帘子。宋 范成大《夜宴曲》诗：“明琼翠带湘帘斑，风帏绣浪千飞鸾。”

嘉庆九年

天宇空明

霜飔飒爽日晶莹，延赏书斋景副名。
砌下砖移野马影，崖边林透远鸿声。
芸窗点笔新诗就，枫壁凝眸妙绘呈。
慰我衷怀别有会，上苍遍锡好西成。

野马：指尘埃。唐 韩偓《安贫》诗：“窗里日光飞野马，案头筠管长蒲卢。”

嘉庆十年

天宇空明

初秋灏气澄天宇，一色蔚蓝远峤清。
翠幄萧森铺密荫，碧筠繁茂袅长茎。
荷芬缓度风遥送，蝉韵徐聆候渐更。
皎旭腾辉欣畅霁，时和潦净利行程。

碧筠：即绿筠，绿竹。

嘉庆十一年

天宇空明

临水轩庭洁，南薰入座清。
天光涵淡荡，云影印空明。
妙绘证时景，古书验世情。
襟怀期正大，主敬御群生。

南薰：从南面刮来的风。

嘉庆十二年

天宇空明

高宇澄清色蔚蓝，天中嘉泽未敷覃。
一奁浅浪浮南浦，几叠闲云出北岚。
翠罨回廊竹影密，碧翻曲渚镜光涵。
拈吟习字政余课，暂遣愁衷待霈甘。

清旷楼

高楼纳景枕园墙，一带苍岩古绘张。
槛外千章绕杨柳，阶前五亩茂篔筜。
披薰帘幕暑炎涤，沐泽田畴禾黍穰。
神旷景清偶延瞩，悦心惟愿屡和康。

嘉庆十五年

清旷楼咏竹

阶前五亩竹，佳荫满中庭。
带雨润高节，临风漾素馨。
碧筠浮冉冉，粉箨立亭亭。
晤对思君子，清音心静聆。

粉箨：竹笋的外壳。唐 李商隐《自喜》诗：“绿筠遗粉箨，红药绽香苞。”

嘉庆十七年

登清旷楼即目

竹外高楼倚苑墙，风清旭朗碧天长。
依崖淡雅林无叶，绕砌纷敷菊有香。
霞衬远郊连岭岫，霜澄秋水净池塘。
凭栏极目畅怀抱，纳稼村村积圃场。

澄景堂

卉木敛华藻，万物成于冬。
贯时色不改，劲直唯柏松。
行健体清洁，戒耽世味浓。
高堂对澄景，皎旭辉云容。

崖灿明霞绮，庭积落叶重。

转睫日长至，贞元顺序逢。

贯：连续，累。《礼记·礼器》：“贯四时而不改柯易叶。”

长至：冬至。唐 白居易《冬至宿杨梅馆》诗：“十一月中长至夜，三千里外远行人。”

贞元：古代以元亨利贞喻春夏秋冬，故贞元也借指时令的周而复始。

天宇空明

清澄天宇小春初，极目空明灏景舒。

旭灿岭霞绘屏嶂，风摇林叶舞庭除。

云开万里欣无碍，谷积千村庆有余。

候届于茅遍乘屋，涤场度岁乐乡闾。

庭除：庭阶，庭院。晋 曹摅《思友人》诗：“密云翳阳景，霖潦淹庭除。”

于茅：语出《国风·豳风·七月》：“昼尔于茅，宵尔索綯。亟其乘屋，其始播百谷。”意为白天割茅草，夜晚打绳子，赶紧修盖房屋。

涤场：清扫场地，意为农事结束。

嘉庆十八年

清旷楼春望

竹密隐层楼，布陟舒遥望。

春昼渐展舒，润景倍清旷。

北岭连居庸，插云列屏障。

村墅蔼韶光，始青乐咸畅。

滋洽畎亩深，举趾地脉壮。

平芜接远汀，映日碧痕漾。

平芜：草木丛生的平旷原野。南朝梁 江淹《去故乡赋》：“穷阴匝海，平芜带天。”

澄景堂

春仲多佳日，堂前午景澄。

风和众林静，旭丽九霄凝。

砌竹舒青筱，堤杨袅绿缯。

莎裀铺槛外，嫩翠润苔承。

青筱：小竹子。

清旷楼

寻幽穿竹院，更上一层楼。

林黛檐端合，岚光座右收。

绿波百顷叠，翠缕万条柔。

韶景清而旷，芳郊豁远眸。

清旷楼春望

御苑清和上巳初，登楼旷览目欣舒。

碧横烟岫连边塞，绿蘸晴川接太虚。

柳漾新条笼倩陌，桃敷蹊艳灿村居。

春光暄蔼郊原敞，遥盼甘膏洽宄徐。

上巳：古代节日名称。曹魏以后，定为每年三月三日。届时人们在水边洗濯污垢，祭祀祖先，叫作祓禊、修禊。后来成为人们水边饮宴、郊外游春的节日。

甘膏：甘雨，及时雨。唐 李商隐《所居永乐县久旱县宰祈祷得雨因赋》诗："甘膏滴滴是精诚，昼夜如丝一尺盈。"

兖徐：兖州、徐州，泛指黄淮地区。

清旷楼远望

竹里层楼倚苑墙，轻风荐爽漾垂杨。
甘霖优渥晴尤好，高宇蔚蓝一色长。

月纪孟秋旸雨调，盼殷春夏昼连宵。
千畦嘉稻浡然长，京邑西成可冀饶。

岱岳敷滋利转漕，豫疆沐泽感崧高。
独怜甸服南三府，百万黎民旱暵遭[①]。

① 日前，连番大雨，秋田芃茂，正宜曝以晴暄。今天气澄鲜，日光晶朗，于禾稼大有裨益。本年望雨之处，山东先得渥泽，农功有赖。而河水充盈，漕运所关尤巨。豫省于前日奏至，计通省得雨，虽有先后不同，然已普沾深透。惟畿南三府，降旨驰询，尚未见覆奏之至。兹登楼眺远，实为殷念不置。

登清旷楼即景

竹外层楼枕北垣，临窗豁目俯周原。
高杨万缕萦长陌，嘉稻千畦绕御园。
关岭亭邮从古设，明陵松柏至今存。
我朝厚德超前代，史册披寻孰并论。

嘉庆十九年

澄景堂

霁景平开花溆前，霄澄风静仲春天。
萦怀良吏移民俗，慰念甘膏洽甫田。
政体多艰无暇豫，人情见利即牵缠。
浑流就下嗟愚蠢，砥柱狂澜在用贤。

豫：欢喜，快乐。

清旷楼

韶华诚美富，趁暇偶登楼。
花柳虽如绘，溪崖漫悦眸。
言从虚己受，政以实心求。
清问戒闲旷，仰酬帝眷优。

登清旷楼春望

竹径碧阴修，望春更上楼。
青铺草毯薄，绿染柳丝柔。
山影窗中列，波光檐外浮。
农夫初举趾，从此服田畴。

澄景堂

甘膏浃洽物华增，淑景熙怡眼界澄。

日煦桃蹊红灼灼，风摇柳渚碧层层。
一奁暖浪槛前漾，几片晴云崖角腾。
静憩书堂遇佳日，卷阿胜境畅临凭。

浃洽：普遍沾润。

熙怡：兴盛，喜悦。

卷阿胜境：卷阿，周朝时著名的游览胜地。乾隆十九年，在避暑山庄德汇门内建有卷阿胜境殿。此处将澄景堂比作卷阿胜境。

清旷楼遣闷作

日勤庶政切咨诹，雨后园亭作雅游。
偶趁晴和暂乘舫，试摅心郁更登楼。
民安教正清时协，水净山明旷览收。
拈句休论工与拙，促成四韵紫毫投。

紫毫：毛笔，笔锋系野山兔项背之毫制成，因色呈黑紫而得名，其硬度超过羊毫。

澄景堂

永夏消烦暑，新秋景益澄。
波光清若镜，云气薄如缯。
山远霞辉灿，霄空旭彩凝。
时旸合农候，万宝兆丰登。

万宝：犹万物。

登清旷楼即目书怀

竹径午阴凉，拾级层楼上。
临窗俯绿皋，百里舒遥望。
天迥无片云，清景益高旷。
秋日悬泬寥，黛螺滴峰嶂。
息民典偶停，身闲心不畅。
失教多匪徒，省躬倍怅快。

黛螺：比喻翠绿的山峰。
怅快：失意，不痛快。

澄景堂

霄敛秋霞景益澄，堂开川上畅临凭。
风拖细浪绮罗叠，旭映遥林锦绣凝。
丹壁辉煌连雁塞，黄云堆积满鳞塍。
盈眸万宝充畿甸，幸沐时和农事登。

清旷楼

九秋霄汉倍澄清，坐览郊原颢景明。
远峤凌虚连北塞，近村纳稼遍西成。
慰衷畿甸田诚获，缱念兴桓典未行。
耽逸厌劳恐政玩，从来警怠在承平。

缱念：纠缠萦绕，固结不解。

澄景堂

书堂虚朗畅临凭，云净旭辉秋宇澄。
篱下黄花如绮叠，林间红叶若霞蒸。
荷浮晚渚余香远，蛩语空阶细韵凝。
时届授衣勤庶政，劳心渐觉鬓霜增。

授衣：谓制备寒衣。古代以九月为授衣之时。《诗·豳风·七月》："七月流火，九月授衣。"

嘉庆二十年

澄景堂

御园多胜境，首夏景尤澄。
细柳柔丝袅，清漪薄縠凝。
斜连花径复，平接竹楼层。
倚槛舒吟眺，褰衣缓步登。

褰：撩起。

清旷楼远望

北山千百叠，尽纳八窗中。
青嶂遮遥塞，翠屏峙太空。
居庸形峭拔，天寿势隆崇。
守卫禁樵牧，深仁古罕同。

天寿：山名。在今北京昌平区北，明代十三个皇帝的陵墓建于此。

嘉庆二十一年

澄景堂

初开冰沼放兰桡，渐觉芳春景物饶。
玉积平畴连宿润，黄拖嫩柳织新条。
波澄曲渚飏轻縠，霞衬遥林展薄绡。
韶序中和欣骀荡，劭农敬望雨旸调。

兰桡：小舟的美称。

嘉庆二十二年

澄景堂

料峭东风酿薄寒，堂延澄景偶游观。
虚明镜影辉前浦，灿烂霞光趁远峦。
筛旭长松铺茂密，吟飔修竹舞檀栾。
中和时序气舒畅，颐志存神随处安。

檀栾：秀美貌。诗文中多用以形容竹。唐 王叡《竹》诗：“成韵含风已萧瑟，媚涟凝渌更檀栾。”

嘉庆二十三年

澄景堂

堂开临碧沼，验候正清和。
红药千葩灿，绿杨万缕拖。
絮飞时上下，花舞乍婆娑。
盼泽衷弥切，久看云气过。

清和：天气清明和暖。三国魏 曹丕《槐赋》："天清和而湿润，气恬淡以安治。"

嘉庆二十四年

澄景堂

花汀放棹碧溪隈，堂挹虚明澄景开。
林荫含晖照亭榭，波光倒影印楼台。
石屏峭蒨围红药，竹径篃森罨绿苔。
更上北楼舒远目，翠崖云外列崔嵬。

红药：芍药花。

崔嵬：本指有石的土山，后泛指高山。唐 孙鲂《湖上望庐山》诗："辍棹南湖首重回，笑青吟翠向崔嵬。"

嘉庆二十五年

澄景堂

首夏清和候，书堂景最澄。

绿波轻縠展，红药锦霞凝。

舞絮飘何速，飞英弱不胜。

竹畦青筱密，槐砌碧阴层。

茂豫时方畅，滋蕃岁有恒。

宵霔又连昼，沃泽溉田塍。

茂豫：豫通育，繁荣滋长。

道光朝

道光三年

澄景堂

前宵秋雨送新凉，霁景澄鲜映水光。

无尽烟霞蓬岛近，知时花鸟禁园芳。

露零丛樾龙孙碧，风过回廊桂子香。

仰望蔚蓝开玉宇，畿疆赒恤刻难忘。

龙孙：泛指竹。宋 陆游《夹路多修竹》诗：“桑麻有余地，家家养龙孙。”

赒恤：亦作周恤，周济救助。

清旷楼

层楼宜旷览，秋日有余清。
露浥幽篁翠，云闲远岫平。
轻飔穿北牖，秀木荫南荣。
晚稼尚葱蒨，时殷望岁情。

幽篁：幽深的竹林。王维《竹里馆》：“独坐幽篁里，弹琴复长啸。深林人不知，明月来相照。”

道光四年

清旷楼秋望

寥泬无尘净远空，层楼高爽总含风。
长松挺秀侵窗碧，野卉争妍映水红。
闰候多晴感时若，西成有待庆年丰。
秋澄万象开诗境，妙入苍烟细霭中。

天宇空明

日午平湖好放舟，淡云浅浪写高秋。
遥汀芦白雁初下，野岸槲黄蝉已收。
坠叶遇风偏瑟瑟，疏钟隔水何悠悠。
揭来旷览空明景，岂为感观诗句酬。

槲：落叶乔木或灌木。

道光五年

清旷楼即目

为爱高楼倚北垣，清和景象满芳园。
留题漫羡林泉好，悦目端因稼穑蕃。
云影开时横碧嶂，柳阴深处隐烟村。
依檐古干弥幽独，天半吟风翠盖翻。

藻 园

藻园，居圆明园最西南一隅，两面倚园墙，是一处山环水带的园中园，约建于乾隆中叶。乾隆时藻园正殿为五楹“旷然堂”，前后有廊。堂后为“贮清书屋”，书屋后院有方池，池西为四方“溜琴亭”，池北有小院名“自远轩”。贮清书屋和自远轩东侧，是一座十三间的船坞，乘船可直通畅春园。旷然堂东为“粹藻楼”，又东为“凝眺楼”，楼南为“怀新馆”。凝眺楼东北池畔，有西向三间“夕佳书屋”，池上有“镜澜榭”，池西北为“湛碧轩”，西南为“湛清华轩”。湛清华轩之南，叠石丛中有一八方亭，名曰“响琴峡”。上述楼额堂匾皆乾隆帝御书。藻园门南向，门外即是昔日之御用马厂，出门西向有御道直通万寿山清漪园（今颐和园）。门东侧则是圆明园西南入水口“进水闸”。

乾隆朝

乾隆二十四年

湛清华轩

筑墙所戒雕，结宇惟期朴。
翳然水木佳，俯仰兴堪托。
去情希得神，忘筌有真乐。
三复谢家诗，清风穆如邈。

忘筌：忘却捕鱼的器具。比喻目的达到，忘记手段。语出《庄子·外物》：“荃者所以在鱼，得鱼而忘荃。”荃，通“筌”。

谢家诗：指晋时三谢，即谢灵运、谢惠连、谢朓的诗。

镜澜榭

阶俯琳池镜一泓，妍媸惟待物来呈。
莫嫌冰渚波澜少，拭雪菱花越样明。

菱花：此处喻指菱花镜。

夕佳书屋

得胜虽各殊，称心斯为快。
岂必在深谷，假山有清会。
依依含夕阳，气佳屏一带。
屋名取陶诗，寓意夫何害。
既兴高贤慕，亦切叔世戒。

陶诗：晋 陶渊明有诗："山气日夕佳，飞鸟相与还。"
叔世：衰微之末世。

乾隆二十五年

湛碧轩

冻解瀍索流澌，湛然凝碧一池。
揭览楣间题额，真是应节及时。

瀍：屋檐水下流的样子。

怀新馆

吐穗抽苗蔚露浓，景光真足庆良农。
隐翁佳句从来忆，幸是今年始一逢。

乾隆二十六年

湛碧轩

初生水色绿于筠，静敛东风不作沦。
自是春光还改故，那能人意免欢新。

湛清华轩

水木清华处，轩楹秀野间。
抽书惟汲古，搜句亦消闲。
梯浪鸥朋聚，构巢燕子还。
迩来晴雨若，茂对得怡颜。

汲古：象汲水一样钻研古籍。

藻园五咏

石

莫谓一拳小，请看九仞高。
飞来舞鸾凤，卷去拥波涛。
得受衣冠拜，谁能绳墨操。
置之沧海上，端合驾神鳌。

泉

墙外引高水，流为石下泉。
虽云因假藉，亦自有沦涟。

可爱一泓贮，宁须百道悬。

回回萦碧涧，琴语听成连。

松

放干迟杨柳，大材不速成。

卅年才入画，九夏正当楹。

蔽日衣衫爽，疏风几席清。

如逢橘中叟，借与置棋枰。

九夏：夏季，夏天。

橘中叟：誉称善弈者。

莲

谷雨分秧藕，三庚吐蕊莲。

育才应育德，称洁不称妍。

露叶含香细，风葩入影鲜。

何须涉江采，俯槛便芳搴。

三庚：夏至后第三庚，为初伏之始。亦指三伏。

鹤

胎仙抱卵成，埭畔引教行。

虽觉同厮养，犹看是傲生。

身无入俗韵，喉有唳霜声。

设使冲霄去，可能识玉京。

乾隆三十一年

履吉斋

辞玩象兼观，韦编在座端。

幽人坦彼易，君子定斯难。

十笏容非窄，四时居得安。

考祥缘视履，惕息敢盘桓。

韦编：古代用竹简写书，用熟牛皮条把竹简编联起来，称韦编，代指书籍。韦指熟牛皮。

幽人：幽居之人，指隐士。

十笏：笏，古代朝见时大臣所持的狭长板子，用以记事备忘。十笏，即形容空间十分狭窄。

视履考祥：源自《易经》“视履考祥，其旋元吉”。履为鞋子，祥为吉凶之征兆，谓指审察行踪，借以考查祸福吉凶。

惕息：恐惧而不敢出声息。

溜琴亭

攫醳无劳指，宫商会以神。

一般水与石，协律胜泠纶。

攫醳：谓弹琴时琴弦一张一弛。

宫商：官、商本为古代五音之一，借指乐声、音律。

协律：调和音乐律吕，使之和谐。

泠纶：亦作伶伦，传说为黄帝之臣，乐官，曾造律吕。

自远轩

依旷开轩榭，延虚彻牖窗。
骋怀真自远，游目致无双。
风柳金摇展，露筠玉润摐。
天然称点笔，不识可如扛。

摐：敲击。
点笔：犹染翰，挥笔书写。

贮清书屋

引流绕砌宛成池，小小书窗恰受宜。
设曰一尘不到处，已居二谛落诠时。

一尘：一粒微尘，比喻细微的事物。
二谛：佛教语。即俗谛与真谛的合称。谛，指真实不欺之真理。

旷然堂

林木翳然处，视听却旷然。
盖无系于物，率可得乎天。
不爱花锦绣，宁须禽管弦。
芸编足讨绎，久矣共周旋。

管弦：代称管弦乐器，亦泛指音乐。

乾隆三十二年

粹藻楼

每以不恒到，当前景似新。
落花浮水面，密叶护檐唇。
有触皆含理，无缘弗契神。
如云抒藻思，亦欲粹而纯。

乾隆三十三年

自远轩

心远地自偏，地偏心自远。
相需相得彰，渊明语犹隐。
然吾请进之，出处不同轸。
为彼畸人言，逸致自无损。
庙堂勤治理，高闲岂敬谨。
谠言与正人，方当引而近。
寓意偶不妨，是以名御苑。

畸人：指有独特志行、不同流俗的人。
庙堂：即宗庙和明堂，为国家的象征，代指朝廷。
谠言：正直的言论。

乾隆三十四年

自远轩题句

地亦岂须偏，心亦不期远。
一室四海遥，民艰常念轸。
渊明昔高致，藉以名御苑。
寓意斯偶可，责实或成损。
正复廑滇师，何时奏凯返。

廑：通“勤”，勤劳，殷勤。

滇师：指在云南边境征剿缅甸的清军。

乾隆四十年

自远轩有警

偶读泉明诗，文轩题自远。
地偏非彼慕，心澄励予勉。
在彼一远毕，在予远应辨。
正士所宜近，佥人所宜遣。
日思为君难，高闲戒独善。

泉明：指晋陶渊明。因唐高祖讳渊，故渊字尽改为泉。

佥人：泛称小人。

乾隆四十四年

自远轩

开轩向野敞而清，即景因题自远名。
然固有应宜近者，其间善恶要分明[①]。

① 意谓善当近，而恶当远。

乾隆四十六年

怀新馆

陶诗本意在良苗，我欲通之正此朝。
何必昌昌跨竞节，雅宜默默始含韶。
盆中淡白舒梅萼，墙外轻黄上柳条。
物意皆然民岂不，早循汉诏布恩饶[①]。

① 新正加恩各直省展赈缓征，借给牛具籽种，次第施行。

昌昌：纵情貌。

自远轩

亭轩率与名，不可屈指数。
然每循其名，责实不遑处。
譬之兹自远，宁谓地偏所。
其义亦有二，臧否殊茹吐。

嗜欲当远之，克己宣尼语。

贤良岂宜远，宜以为翼辅。

拈句非玩景，求益在近取。

几杖胥有铭，吾当师周武。

臧否：褒贬，评论。诸葛亮《前出师表》：“宫中府中俱为一体，陟罚臧否，不宜异同。”

宣尼：孔子。西汉平帝元始元年（公元1年）追谥孔子为褒成宣尼公，后因称孔子为宣尼。

周武：即周武王姬发，被后世尊崇为古代明君。

乾隆四十八年

怀新馆

春德在发生，春物胥应时。

色色与形形，不识还不知。

青帝抚顺则，煦妪群痈滋。

新亦非有为，怀亦本无私。

是谓一大公，易理诠庖羲。

青帝：我国古代神话中五天帝之一，是位于东方的司春之神。

煦妪：抚养，天地生养万物。

庖羲：指伏羲氏，中国古代传说中的上古帝王。

乾隆五十一年

怀新馆有会

怀新出陶言，盖以谓良苗。
初春非其时，而其义已包。
试看天地间，物物都含韶。
含即怀之义，韶则新为昭。
汉诏絜矩民，允为治法标。

韶：美好。

乾隆五十三年

怀新馆

渊明咏良苗，清言曰怀新。
初韶时尚遥，借用理则均。
试看百昌意，无一不含訚。
所包较陶广，仰识造物仁。

渊明句：渊明，即东晋田园诗人陶渊明。其有诗《癸卯岁始春怀古田舍》："平畴交远风，良苗亦怀新。"

訚：和敬貌。

怀新馆得句

试问怀新馆，宁惟春始乎。

叶萎都与润，花丽总含濡。
晴暖非炎炽，清和协气愉。
吾心同万物，一雨普回苏。

乾隆五十四年

夕佳书屋

西窗向日受斜照，到处夕佳名命之[①]。
却是闲情懒留滞，几曾坐久玩陶诗。

① 万寿山、避暑山庄俱有此名。

乾隆五十五年

湛碧轩

水裔构文轩，其名曰湛碧。
碧待湛为澄，澄则碧呈色。
能所本相资，胥有为法格。
云何臻无为，轩弗言脉脉。

粹藻楼有会

春物未薰馨，春楼颜粹藻。
可知蕴酿中，自具作昌道。

譬之于为文，一泻有何好。

粹藻：精美的文采。

乾隆五十七年

怀新馆

稚春尚含淑，安得有良苗。
是馆曰怀新，岂非津逮陶。
然而有说焉，万物一元包。
何物而无怀，何新弗由韶。
吾意与之然，读易增逍遥。

乾隆五十八年

履吉斋有会

斋额卦之履，元吉在上九。
易道所包广，亦在人自取。
履上即乾上，五爻历以久。
进退不失正，考祥庆大有。
其验四年间，昊恩能若否。

上九：《周易》大有卦，意为大吉大利。
大有：大丰收。

贮清书屋口号

书屋由来称贮清，谓无些子俗尘萦。
设如以小喻其大，方寸之中八表呈。

俗尘：喻指人世的烦扰。
八表：又称八荒，指极远的地方。

题旷然堂

溪堂枕碧漪，明照映檐楣。
长物本无矣，虚怀自有之。
风轻纨弗起，月净鉴恒披。
絜矩于何是，施乎政允宜[①]。

① 旷然即廓然而大公也。

乾隆五十九年

夕佳书屋有会

御园惟假山，陶诗似不伦。
然而吾名之，问何尊所闻。
曾忆宋儒语，宵得[①]瞬有存[②]。
必已私克夕，庶夜气清晨。
设曰玩斜阳，未识泉明真。

① 即夕也。
② 即佳也。

乾隆六十年

湛碧轩

湖裔有轩久，湛碧宿所名。
其义固因水，乃兹来见冰。
俯景别生会，虚实象殊呈。
结为冰静寂，化原水动顷。
而其湛与碧，本一非二形。
更绎两字间，动输觉静赢。
以其无波澜，澄心者自明。

嘉庆朝

嘉庆元年

藻园

卉木春敷藻，韶华布小园。
仙都时发育，灵境日孳蕃。
池北藤盈架，阶西竹护门。
长松风谡谡，晤对欲忘言。

藻园

园门傍溪湄，缘径多奇石。
嵯岈列屏山，境仿三吴迹。
藤萝绕架繁，经春叠阴碧。
近得微雨滋，益觉含润泽。
非欣景物清，所喜洽阡陌。
祝愿屡丰年，早兆仓箱积。
几余偶遨游，再沛心方适。

嵯岈：错杂不齐貌。
三吴：指吴地，即吴兴、吴郡、会稽之合称。
阡陌：田间纵横交错的小路及田界。纵者称阡，横者称陌。
仓箱：本指仓廪和载车，后以作咏丰收之典。

夕佳室

返照在遥岭，书窗纳景光。
山容开远绘，波影动斜阳。
檐雀寻巢急，林鸦择树忙。
夕佳更清迥，渐觉月辉扬。

清迥：清明旷远。南朝宋 鲍照《舞鹤赋》：“钟浮旷之藻质，抱清迥之明心。”

藻园

华藻天敷贯四时，不关秋色满东篱。
黄蘵灿灿阶头布，红叶离离林角垂。
山外霞光明涧底，云中鸿影落川湄。
慰心畿甸农功毕，纳稼于茅又及期。

于茅：语出《诗·豳风·七月》："昼尔于茅，宵尔索绹。"意为割取茅草。

夕佳室

山影合溟濛，陶诗得其妙。
高旻悬清晖，向夕益光耀。
石壁枫叶翻，随风漾返照。
迷离远树辉，一雁下危峤。

高旻：高天。

嘉庆三年

藻园

傍水清华湛，依墙曲径分。
小亭青接沼，高柳绿连云。
岚黛涵空影，波光叠锦纹。
艳阳好佳日，四壁揜天文。

夕佳室

斜晖印疏林，清光岩壑敛。
纳景夕更佳，影叠池波滟。
众绿透紫红，画法妙烘染。
牛羊下遥坡，鸦背金万点。
少焉月出东，琼辉上冉冉。

鸦背：形容云彩。

藻园

御园福地即方壶，斡运四时华藻敷。
百谷嘉生蕃种植，万花茂发畅根株。
浮山竞秀瑶图展，松柏同春化雨濡。
共献圣人无量寿，辉腾南极现星弧。

方壶：古代神话传说中东海五仙山之一，常借以咏仙境或仙人。
南极：即老人星，亦省称“老人”，南极星的别名，即寿星。

夕佳室

缀景合陶句，林端夕照明。
霞光互层叠，山气远晶莹。
绿渚辉相激，丹枫艳倍呈。
随时有妙境，佳处本天成。

长春园

长春园位于圆明园迤东，占地约七十公顷（一千余亩），有园林风景群二十余处。该园始建于乾隆十年（1745），系乾隆帝为自己在位六十年后，“息肩娱老”而备的。园内中路、西路各景，如澹怀堂、含经堂、思永斋、蒨园、海岳开襟等，均于十二年（1747）九月建成。园北部仿欧建筑则延续时间较长，如谐奇趣乾隆十六年（1751）建成；方外观、海晏堂、大水法诸景，二十四年（1757）建成；远瀛观四十八年（1783）建成。乾隆中叶以后，乾隆帝集中改建园内东路诸景，且主要为移植江南名园。如仿江宁（南京）瞻园建如园，仿扬州趣园建鉴园，将苏州名胜“狮子林”移植到园内东北部。并在含经堂西北添建“淳化轩”等，将著名的《淳化阁帖》钩摹石刻，嵌于廊壁，真可谓“古今中外，天下名园，移天缩地在君怀”。对此，垂暮之年的乾隆帝也深有愧意。

嘉道时期，除在蒨园东部改建碧静堂，于淳化轩东侧添建戏台和看戏殿外，对上述仿建园林，亦曾做过较大规模的修葺。

长春园

乾隆朝

乾隆二十八年

得春亭

物物心中皆有春，而胡此亭独称得。
春宁不到此亭乎，试看形形与色色。
譬如芥子纳须弥，个里无廓亦无窄。
是非享帚豪夺频，羲经妙义诠来真。
知者见之谓之知，仁者见之谓之仁。

芥子纳须弥：佛家语，指微小的芥子能容纳巨大的须弥山。喻诸相皆非真，巨细可相容。

个里：此中、其中。

享帚：见“享帚自珍”，语出《东观汉记·光武帝纪》：“家有敝帚，享之千金。”比喻物虽微劣，而自视为宝。

乾隆二十九年

得春亭

舒叠春台布始青，行看色色与形形。

东皇消息谁传得，领要由来是此亭。

乾隆三十五年

长春园题句 有序

山水符乐寿之征，兴随所遇。日月引壶洲之景，春与俱长。乃拓余地于御园，爰效嘉名于仙馆。顾当年之赐号，时切体元。筹他日之安居，兹惟卜始。波通福海东，壖旭丽扶桑。垣亘清河北，陌香浮华黍。列缥缃以娱志，堂启含经。抚翰墨以怡神，轩成淳化。思永励始终如一，式是斋乎。开襟而气象盈千，登斯楼也。他若某邱某壑，境足赏心；有榭有亭，胜堪寓目。每几暇閒来游憩，拟耄期恒此颐恬。以纪元六十载为衡，积愿笑惟奢望。从周甲廿五年而计，勖勤敢有倦心。俪以弁言，系之长律。

长春非敢畅春侔[①]，即景名园亦有由。
赐号当年例仙馆[②]，倦勤他日拟菟裘[③]。
培松拱把冀鳞老，留石平心待句酬。
廿五春秋仍劼毖[④]，耄期岁月合优游。

① 畅春园在圆明园之南，皇祖所建，今奉皇太后居之。

② 长春仙馆为圆明园四十景之一，雍正年间赐居也，即以当年赐号名之。

③ 予有夙愿，若至乾隆六十年寿登八十五，彼时亦应归政。故邻圆明园之东，豫修此园，为他日优游之地。虽属侈望，然果得如此，亦国家景运之隆，天下臣民之庆也。

④ 今岁六旬，屈指果得归政，尚当二十五年。然一日临莅，矢不敢少懈。此敬勤之志，必居此园时，然后可息肩娱老耳。

侔：等、齐。

菟裘：古邑名，春秋鲁地，在山东泰安附近。士大夫告老退隐的处所称“菟裘”。宋 陆游《暮秋遣兴》诗：“买屋数间聊作戏，岂知真用作菟裘。”

劼毖：谨慎。

乾隆五十九年

爱山书屋得句

入眼山光冶试新，泐檐两字切怀频。
岂其自托乎仁者，设曰忘斯何谓人。

泐：刻石，引申为书写。通“勒”。

嘉庆朝

嘉庆元年

仲春廿二日，奉旨偕诸兄弟子侄等长春园各景游览，纪恩成什

甘泽优沾及令辰，游观承旨庆长春。
天家五代一堂盛，花萼联辉四照新。
大德念征昭大有，同舟共济喜同人。
恩敷湛露歌行苇，孝弟身先化万民。

四照：照耀四方。

嘉庆二年

三月四日，皇父启跸幸静寄山庄，长春园大东门侍班恭纪

东门排羽卫，省岁重春巡。
长陌柳丝拓，平原麦颖新。
时晴旭朗耀，宿雨润轻匀。
眺览当韶序，豫游及令辰。
泽敷群力作，教正化顽民。
即日喜音至，田盘驿路循。

嘉庆九年

长春园泛舟即景

园接长春御苑东，天然胜概境相同。
棹开柳渚鸭头绿，舟过荷亭雁齿红。
山树浮波滴葱翠，楼台倒影印空蒙。
澄晖朗映光清洁，鉴水观心表里融。

鸭头：鸭头色绿，形容水色。

雁齿：常比喻桥的台阶。宋 张先《破阵乐·钱塘》词：“雁齿桥红，裙腰草绿，云际寺，林下路。”

嘉庆十年

长春园舟中即景

日长政有暇，柳岸泛轻舟。
霞影澄前渚，山容印远洲。
藻荇随荡漾，鸥鹭互沈浮。
作楫思良弼，济川展硕猷。

济川：犹渡河。语出《尚书·说命上》："爰立作相，王置诸其左右。命之曰：'朝夕纳诲，以辅台德。若金，用汝作砺；若济巨川，用汝作舟楫。'"后多以"济川"比喻辅佐帝王。

嘉庆十九年

秋日鉴古斋

古籍昭然列，研磨在此心。
考言绎自昔，询事鉴于今。
守正咸观感，执中普照临。
圣谟常敬阐，邪说岂能侵。
水懦政多替，官疲患实深。
求贤真若渴，扇暍愿为霖。

水懦：比喻法令、政策过宽，百姓就会轻视，不遵守，以至犯罪。语出《左传·昭公二十年》："水懦弱，民狎而玩之。"

扇暍：以扇扇苦热中暑之人。语出《淮南子·人间训》："武王荫暍人于樾下，左拥而右扇之。而天下怀其德。"后以"扇暍"为颂德之典。

题鉴古斋

斋颜渊映易新名，修葺檐廊不日成。
鉴己鉴人识广大，古经古史著昭明。
移风化俗期安谧，格物致知望治平。
法戒具陈在所择，克勤主敬复存诚。

法戒：指楷度与鉴戒。《汉书·刘向传》：“数上疏言得失，陈法戒。”

鉴古斋

君临涵夏法唐虞，治道心传盛典谟。
正己执中不偏倚，居今鉴古守规模。
刚柔相济俗能化，官吏无私教自敷。
兢业求安勉诚敬，深惭薄德愿难符。

涵夏：即函夏。《汉书·扬雄传上》：“以函夏之大汉兮，彼曾何足与比功？”颜师古注曰：“函夏，函诸夏也。”后以“函夏”指全国。

嘉庆二十年

鉴古斋

治功宜鉴古，今昔总同科。
善行芸编载，嘉猷缃帙罗。
虚衷时玩味，勤学屡观摩。
研錬含英彻，就将受益多。

儒修蕴精粹，君道养中和。

正己抚黎庶，荡平化舛讹。

嘉猷：治国的好规划。《尚书·君陈》："尔有嘉谋嘉猷，则入告尔后于内，尔乃顺之于外。"

鍊：同"炼"。《抱朴子·金丹》："黄金入火，百鍊不消。"

舛讹：错乱，错误。《辽史·太祖纪下》："舛讹归正，遐迩无愆。"此指反抗清廷之人。

鉴古斋

心鉴本无形，师古观经史。

天德至健刚，王道屏奇诡。

失教民若狂，正纪邪说弭。

从风众仰瞻，切要在修己。

天德：指天的德性，语出汉 董仲舒《春秋繁露·人副天数》："天德施，地德化，人德义。"

王道：我国古代政治哲学中指君主以仁义治天下的政策。

出大东门启跸成什

春露浓瀼始履原，上陵启跸自东门。

林端骀荡惠风畅，岭外瞳昽晓旭暄。

良驈安闲策长陌，耕牛散牧傍前村。

由旬路近已前驻，觐吏披章成宪存。

驈：股间有白色的黑马。

由旬：佛学用语，古印度长度单位。一由旬相当于一只公牛走一天的距离，约七英里。《大唐西域记》载，一由旬指帝王一日之路程。

鉴古斋

为政有本原，心法在经史。
立志去其非，竭力求其是。
稽古见形神，证今得端委。
悬鉴难遁藏，妍媸孰能徙。
强勉进修功，中道恐废弛。
载籍日琢磨，行远必自迩。

鉴古斋有会

古籍良法具，惕若时鉴观。
君临任大业，至重复极难。
众擎原易举，最忧袖手看。
只贪禄可久，罔顾名不刊。
一人资辅相，宣猷倚百官。
家国理无二，思危庶永安。

宣猷：亦作“宣犹”，施展方略。唐 刘禹锡《上中书李相公》：“运思于陶冶之间，宣猷于鱼水之际。”

嘉庆二十一年

鉴古斋

治政无偏持寸心，古为今鉴静探寻。
世同俗异多虚伪，求实以诚勉照临。

溯始典谟宝训陈，知人善任自安民。

事繁地广才难得，官鲜怠疲俗必淳。

鉴古斋

抱蜀治群黎，殚心抚寰宇。

莅政戒妄为，虚衷鉴前古。

善行及嘉言，罔不备册府。

典谟训诰陈，帝王遵法矩。

圆镜印寸衷，妍媸纤悉数。

其效在力行，克己斯能取。

抱蜀：抱持祠器，意即执掌政权者。语出《管子·形势》：“抱蜀不言，而庙堂既修。”意为君主无为而百姓自正，执道循法而朝廷皆治。

圆镜：圆形之镜，借指圆月。

嘉庆二十二年

鉴古斋

君临宇宙宽，莅政宜鉴古。

印证在典谟，嘉猷备册府。

忆昔函丈间，诵读天家聚。

寻绎旧学深，心期循法矩。

有本事克修，居仁泽洋普。

好生勉体乾，守成安九宇。

九宇：犹言九州，此指天下。

出大东门启跸作

履原春露每萦心，又届上陵节序临。
日月推迁岁华速，旰宵思慕考恩深。
曈昽红旭升遥墅，灿烂丹霞绘远浔。
马度石桥遵大路，翠屏西北列嵚崟。

曈昽：形容太阳初升，由暗而明。

鉴古斋

古圣心传著典谟，人君为鉴治舆图。
安良切要用贤哲，培植碔砆作瑾瑜。

碔砆：象玉的美名。司马光《稷下赋》：“碔砆乱玉，鱼目间珠。”

虽云稽古在通今，世态浮嚣习染深。
猛以济宽保良善，守中常养好生心。

嘉庆二十三年

鉴古斋

危微精一凛心传，德业治功具简编。
唐宋元明总吾鉴，圣狂得失理昭然。

书沿唐鉴修明鉴，馆阁编排失体裁。
泛滥冗长缺采择，妄加按语实庸才[1]。

① 予前阅范祖禹《唐鉴》，见其论列一代政迹得失，颇有裨于治道。因命馆臣仿其义例，作为《明鉴》。亦欲其得失昭然，取鉴不远之意耳。《唐鉴》卷帙本属无多。昨馆臣所辑《明鉴》，殆倍过之，泛滥冗长，已乖体要。且以兴朝隆业，载入胜国。卷中妄加案语，颂扬更为纰谬。具此手笔，编排实可谓庸才矣！因将总裁纂修诸臣降黜有差，改派托津等另行编辑，务归简要。

嘉庆二十四年

鉴古斋六韵

居今必稽古，良法简编罗。
取则殚心久，临民受福多。
否臧昭鉴戒，印证自研磨。
镜己诚无欲，观人岂有讹。
形端消诡僻，表正化偏颇。
内照理充实，光辉溥四和。

四和：古谓太阳运行四方所达到的极限之处。

嘉庆二十五年

出大东门启跸成什

晓乘良骑启东门，路转清河村北垣。
溶漾新波浮远渚，依稀芳草绣平原。

闲云不系春山影，余润犹培宿麦根。

垄首青青虞践踏，属车申戒保黎元。

属车：帝王出行时的侍从车。亦借指帝王。

澹怀堂

澹怀堂，位于长春园南向正宫门内，为该园正殿，亦称勤政殿。建成于乾隆十二年。外檐悬“澹怀堂”匾，内额为“乐在人和”，联曰：“敷政协民心，好惬箕风毕雨；澄怀观物理，妙参智水仁山。”皆乾隆帝御笔。此殿除理政外，也是乾隆帝宴赏外藩王公之所。殿后有“众乐亭”，隔河北岸有五楹敞厅，名曰“云容水态”。其西稍南有“十三孔板桥”一座，亦称“长桥”。是圆明五园中孔数最多的一座桥。

乾隆朝

乾隆二十六年

澹怀堂

闹致动无已，澹斯静有余。
虽云互消息，可以悟忙徐。
带水惟澄澈，襟林既朗虚。
宁教俗虑染，似与善人居。
彦辅韵如彼，孔明语起予。
明兹冲漠志，筹治企还初。

彦辅：乐广，字彦辅，河南南阳人。西晋名士，清谈领袖。卫瓘赞美他："此人之水镜，见之莹然，若披云雾而睹青天也。"

冲漠：虚寂、恬静。

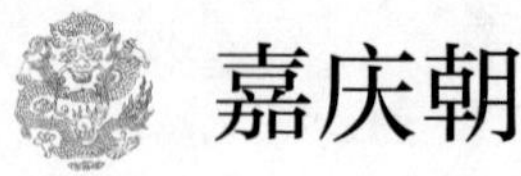

嘉庆朝

嘉庆九年

澹怀堂

田盘澹怀乐碧山，御园澹怀俯渌水。
仁者静兮智者动，性之所近各具理。
天倪涵蓄察鸢鱼，因物付物终于是。
心源澄浚气清明，洞烛群情辨正诡。

仁者句：《论语·雍也》：子曰："知者乐水，仁者乐山。知者动，仁者静。知者乐，仁者寿。"智，通"知"。

天倪：自然的分际。《庄子·齐物论》："何谓和之以天倪？"郭象注："天倪者，自然之分也。"亦指天边。

嘉庆十九年

澹怀堂有会

理明怀澹然，物我皆能觉。
超出世俗情，识见自高卓。
利欲惑性深，习染日污浊。
就下益昏沉，身名嗟尽剒。
淡泊志气明，灵台勤浣濯。
圣狂一念分，及时修旧学。

剒：同“错”。

灵台：心灵。《庄子·庚桑楚》：“不可内于灵台。”郭象注：“灵台者，心也。”

嘉庆二十年

澹怀堂有会

有守待其来，无欲观其妙。

天地覆载同，日月无私照。

澄虑能理纷，澹怀现光耀。

明镜勤刮磨，形影自感召。

恃才妄更张，徒贻后人诮。

治乱系寸心，旧章时勉劭。

覆载：覆盖与承载，谓覆育包容。《礼记·中庸》：“天之所覆，地之所载，日月所照，霜露所坠，凡有血气者，莫不尊亲。”

含经堂

含经堂，亦称淳化轩。位居长春园中心地带，是园中最大的一组建筑，四围山水环抱，为清帝在园内的主要游憩寝宫之一，乾隆每于灯节后率先莅此。该区乾隆十二年（1747）建成，三十五年（1770）改建，并在堂后西北部增建“淳化轩”“蕴真斋”“三友轩”“静莲斋”“待月楼”和“理心楼”等。主殿含经堂重檐琉璃大殿七楹，堂楣悬乾隆帝御笔“含经堂”，后为淳化轩，亦面宽七楹，内额为“奉三无私”，联曰：“贞石丽延廊，略存古意；淳风扇寰宇，冀遂初心。”东西廊庑壁间嵌御定淳化阁帖石刻。又后为“蕴真斋”，内额曰“礼园书圃”。含经堂西为“梵香楼”，为“涵光室”。与梵香楼东西对称，是一座藏书楼，外悬“霞翥楼”匾，内额为“味腴书室”，内藏《四库全书荟要》一部。嘉庆十九年（1814），在淳化轩东侧又添盖戏台、扮戏房，改建看戏殿。咸丰十年（1860）圆明园罹劫后，该处景群仍命人坐更看守，慈禧太后等亦多次游观至此。

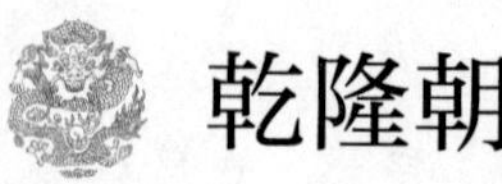

乾隆朝

乾隆十二年

含经堂

筑墙所戒雕，构宇何须峻。
阶迎花木幽，室贮琴书润。
珪璋焕文府，礼乐遵先进。
躬修企高坚，气质消鄙吝。
学后知不足，道岂蕲声闻。
推行惭前规，忧盛抚鸿运。
惟此恭默思，菑畲守经训。

珪璋：比喻杰出的人材和高尚的人品。

菑畲：耕稼为民生之本，故以喻事物的根本。唐 韩愈《符读书城南》诗："文章岂不贵，经训乃菑畲。"

乾隆十三年

秋日含经堂

不陋非奢德惭馨，有台有沼讵称灵。

生机对物观其妙，义府因心获所宁。
入户云山萦峭蒨，盈庭露卉灿丁星。
优游清昼读书乐，兴与秋空共杳冥。

乾隆十四年

夏日含经堂

高轩能却暑，邃室亦生凉。
味道研精义，随时爱景光①。
苑禽鸣处乐，砌卉吐来芳。
石鼎闲常煮，瑶琴静不张。
诗吟西蜀杜，壁画辋川王。
差喜娱清暇，还惭致治康。

① 用选句。

西蜀杜：西蜀，即四川西部地区。杜，即晚唐诗人杜甫。唐乾元二年，杜甫辗转迁至四川成都，于城西浣花溪畔，建成一座草堂，世称“杜甫草堂”。

辋川王：辋川，在陕西西安蓝田县辋川镇。王，即盛唐诗人、画家王维。晚年王维曾在“辋川别墅”过隐士生活。其所作《辋川图》已无存。

乾隆十九年

含经堂

惜阴遵古训，克己陶今情。
无逸惟励志，有亹常研精。

明镜待旃摩，铄金资土型。
行知则广大，尊闻则高明。
欹案味道腴，转忆书窗横。

亹：形容勤勉不倦。
欹：斜靠着。同“倚”。

乾隆二十年

春日含经堂

曦影窗棂筛纸红，礼园书囿乐冲融。
六经也自无多字，古往今来用不穷。

蕴真斋

游览未可亟，宴息贵有时。
澹宁斯亦佳，藻缋徒尔为。
远愧尧代阶，近取谢氏诗。
葆光味妙理，养粹协化机。
宁独尚清静，治理从此施。

乾隆二十二年

含经堂对雨六韵

作势徐还急，洒空密复疏。

甘膏真渥矣，炎暑总湔诸。
错落成珠宇，清凉满玉除。
排檐疑瀑布，跃沼得飞鱼。
所喜宜良穑，亦还读我书。
有如时雨化，经训此菑畲。

湔：洗，洗刷。

玉除：用玉石砌成或装饰的台阶。《文选·曹植〈赠丁仪〉诗》：“凝霜依玉除，清风飘飞阁。”

乾隆二十四年

含经堂

开韶迟漏箭，嫩日恋窗纱。
墨雨霑书草，砚田茁笔花。
古今垂炯鉴，枕葄寄生涯。
晰理难穷奥，遣词宁贵葩。

漏箭：指通过水刻度来计量时间的漏壶。

枕葄：犹枕籍，引申谓沉迷。清 王韬《〈幽梦影〉序》：“惟知枕葄简编，沉酣典籍。”

味腴书室

含经堂畔敞书筵，味道腴常喜静便。
枕葄崇情托经史，跃飞精趣察鱼鸢。
遣闲偶染兔枝墨，结习犹披蠖叶篇。

少坐亟临勤政殿，勑几惟日慎邦权。

含经堂古干梅歌

菀枯消息真无穷，女夷巧会偷天工。
谁谓死灰槁木质，却有生意含其中。
朵云一盆槎枒倚，数英忽绽昌条绮。
常见画图方朔翁，臞骨棱棱簪玉蕊。
烟雨楼前阅岁华[①]，携来书室陪清嘉。
含经味道藉远俗，绯桃绿李纷如麻。
春来依旧冰雪姿，浙云燕月夫岂知。
驿致偶寄一时兴，刘勰之言有所思。

① 辛未南巡，自烟雨楼携来者。

菀枯：茂盛与枯萎。比喻优劣荣辱。

女夷：传说中掌万物生长之神。后世亦以为花神。

臞：瘦。

刘勰：字彦和，南北朝时南朝齐梁之际人，文学理论家。所著《文心雕龙》奠定了其在中国文学批评史上的地位。

夏日含经堂

栋梁朴有余，几席清无比。
炎景玉漏迟，凉飔纱牖美。
缥缃富邺侯，体验缅朱子。
砌润苔篆青，盆香兰箭紫。
物物欣恢炱，吾亦乐同尔。

恢炱：旺盛貌。

乾隆二十五年

初春含经堂

土膏蒸润滋，春气鬯熙怡。
蠉动鳞虫肖，勾萌草木知。
绮灯酬节罢，绨几弃闲宜。
趣是诗书永，鉴惟今古披。
芳欣梅韵洁，静觉漏声迟。
观象羲经玩，元为善长时。

鬯：通“畅”。

仲春含经堂

我爱含经名，更绎含经义。
汲古缅韩绠，佩文企边笥。
延清披扆沓，行春返旌翠。
于时月之仲，快值雨初霁。
群芳既骀荡，韶光复明媚。
宁惟寸阴惜，兼观万物备。

汲古：谓钻研古籍以获取知识，如汲水于井。唐 韩愈《秋怀》诗之五：“归愚识夷涂，汲古得修绠。”修，长。绠，绳子。此句意缅怀韩愈汲古修绠之典。

边笥：笥，藏书的竹器。典出《后汉书·边韶传》，意为满肚子学问，犹如装满典籍的书箧。

涵光室有咏

曰明乃是光，于暗义斯堕。
曰暗实无光，试向虚室坐。
光固有恒性，明暗无不可。
明光灭暗生，暗光灭明作。
生灭岂涉光，如是薪传火。

薪传火：《庄子·养生主》："指穷于为薪，火传也，不知其尽也。"原以柴烧尽，火种仍可留传。比喻形骸有尽而精神不灭，后亦比喻学问和技艺代代相传。

含经堂六韵

是处有书堂，含经趣独长。
悦心斯枕葄，憩体每徜徉。
岂贵罗花木，惟欣对缥缃。
性源溯周孔，治道在虞唐。
内外讵殊视，知行要并蕹。
黼屏勒五字，铭语学宁王。

宁王：谓开国受命之王，多指周文王、周武王。《尚书·大诰》："用宁王遗我大宝龟，绍天明。"

乾隆二十六年

新春含经堂

人世有仙蓬，御园东复东。
望春真合此，会景每无穷。
坡雪迎窗白，盆梅映座红。
画诗常在壁[①]，底辨异和同。

① 向绘此梅，并纪以诗，勒壁间。

乾隆二十八年

含经堂

义府乐堪循，与稽对古人。
多闻惟择善，切己在勤民。
鼎篆兰烟直，窗含旭影新。
盆梅舒几萼，又是一年春。

稽：相合。《礼记·儒行》：“儒有今人与居，古人与稽。”意为与古人相合。

乾隆二十九年

春正含经堂

书堂御园东，轩敞别一区。
灯宵宴赉骈，日日奉慈娱。

以此无暇至，华檠空待诸。
过节兹偶临，芸编香袭予。
彩缀虽飘萧，庆宵实则孤。
斯因台馆多，静思增恧如。
盆梅乃知时，枝头芳始舒。

檠：灯台，借指灯。

含经堂对雨　六月十三日

晓云送密雨，落地便如霑。
不可诗无纪，所欣泽有添。
声全响檐瓦，凉半入门帘。
卓午便开霁，西山露远尖。

卓午：正午。唐 李白《戏赠杜甫》诗：“饭颗山头逢杜甫，头戴笠子日卓午。”

乾隆三十一年

新春含经堂

过节余清暇，书堂次第巡。
研精必因义，抚序正为仁。
亦自悬灯在，而非燃烛频。
盆梅吐芳萼，讶隔一年春[①]。

① 去岁南巡，元宵未临御苑。

乾隆三十三年

含经堂即事

又落阶前几叶蓂，温暾曦影晃牕棂。
卑宫岂是吾无间，陋室斯非德未馨。
横策欲观几欣净，舒笺待咏笔还停。
一篇无逸犹惭若，何况五三及六经。

五三：五帝三王。《文选·司马相如〈封禅文〉》："五三六经，载籍之传，维风可观也。"李善注引《汉书音义》："五，五帝也；三，三王也。"

蕴真斋

道莞天倪自有端，书斋触目入澄观。
恰如万物含韶际，真意应从蕴处看。

乾隆三十四年

新春含经堂漫题

纽芽时节逮根荄，又倚明窗芸帙开。
未得孜孜还矻矻，非夸实实与枚枚。
阳涯冰解白浮水，午砌雪消绿到苔。
檐缀彩檠应笑我，上元过了看灯来。

白浮：指京北龙山东麓白浮泉。

味腴书屋

随宜构书屋，到处可翻披。
于学贵时习，所无要日知。
宁惟立身彼，特愧化民兹。
经史精腴在，真咀味者谁。

乾隆三十五年

新春含经堂

琴荐墨壶镇依旧，松蕤梅馥又从新。
明窗指处日移影，净几凭来书与亲。
节景已过正月半，今年忽是六旬人。
英华含咀五经在，欲藉昌黎一问津。

镇：镇尺，亦称镇纸。为书房用具。

昌黎：指唐代文学家、思想家韩愈。韩自称“郡望昌黎”“韩昌黎”“昌黎先生”。

渊映斋偶题

斋非近池构，何以称渊映。
讵曰漫与名，亦惟别托兴。
或跃玩羲爻，如临凛诗敬。
颇有澄澈趣，而无波澜竞。
月影落空庭，岂异琳塘净。

静莲斋

斋前本无池，无池安得莲。
然则奚名斋，寓意有取焉。
芳葩植瓶中，奇峰耸庭前。
曰假假固非，谓真真实然。
而此非了义，半提讵提全。
绣佛供花龛，贝叶贮珠编。
时偶值几暇，净几几页翻。
可以空五蕴，可以息万缘。
静乃在斯乎，青莲口所宣。

五蕴：佛家认为，世间万物皆由五蕴和合而成。即色蕴、受蕴、想蕴、行蕴、识蕴。

待月楼

庭中耸假山，有楼筑其西。
山虽似隐月，亦有月上时。
曰待则不无，言待惟斯宜。
心知海中涌，目见岩端栖。
忽睹清光满，照我之书帷。
我心亦如月，朗然无所为。
精华澹澈间，五字聊成题。

题淳化轩

阁帖欣犹善本全，几余考订为重镌。
墨华辉映题轩扁，石刻珍藏嵌壁砖。
阅古于焉阅岁月，赏心何异赏云烟。
颐居倘得遂初愿[①]，陶写端知胜管弦。

① 内府藏有《淳化阁帖》初拓，既为订正重刻，因于含经堂后回廊分嵌石幅。廊之中拓为是轩，即以帖名名之。若纪元得至六十，则寿登八十五。彼时当归政居此，果如所愿，得以翰墨静娱，诚至乐也。

待月楼

楼高为待月先临，东壁飞来凉满襟。
却是大千人尽望，一轮安得称人心。

三友轩

禁中三友轩，额为藏名迹。
园中三友轩，窗外真培植。
名实虽不同，要以取有益。
寓意非玩物，向曾咏其德[①]。
益常愿居前，损则应离侧。
三者正相反，求友可不择。
于恒总宜谨，况在躬为辟。

① 旧题三友轩诗，以松喻直，梅喻谅，竹喻多闻，并就其德性推言之。

理心楼

书屋名理心，问心云何理。

寻思非由外，仍由心内耳。

颜渊问为仁，曰克己复礼。

己似外物诱，克则从衷矣。

至于礼之复，实复心本始。

不敏请事斯，吾愿学颜子。

克己复礼：《论语》载：“颜渊问仁。子曰：克己复礼，为仁。一日克己复礼，天下归仁焉。”即约束自己，恢复用礼，是达到“仁”的最佳方法。

乾隆三十六年

新正含经堂

璇玑运四时，环转无终始。

书堂曰含经，枕经亦葄史。

易曰观乎文，文之义远矣。

讵惟御兰芬，要欲穷道旨。

触景会于何，善长乾元是。

璇玑：古代称北斗星的第一星至第四星。

观乎文：语出《易经·贲卦》：“观乎天文，以察时变；观乎人文，以化成天下。”

淳化轩

中矩折旋廊路循，略经修饰境如新。
壁间帖版待精刻[①]，座侧芸编已毕陈。
鼎柏氤氲喷瑞雾，盆梅馥郁粲韶春。
彩灯应节飘萧缀，无易由言化致淳。

① 轩廊将以重刻《淳化阁帖》，石版嵌壁。缘摹镌务在精审，今尚未讫工，而轩廊则早成矣。

无易：不要轻易。《诗·小雅·小弁》：“君子无易由言，耳属于垣。”郑玄笺：“由，用也，王勿轻用谗人之言。”

理心楼口号

一二日间有万几，易云几者动之微。
理心设不于斯会，反致憧憧失所依。

几者动之微：《周易·系辞下》：“几者动之微，吉之先见者也。君子见几而作，不俟终日。”意谓见微知著，见机行事。

题淳化轩

如翼两廊砌帖版，苕华阅古作清供。
讵希治世符黄帝[①]，匪学纪年慕宋宗。
屏展太湖得怪石，画栽台岭徙奇松。
他时结愿斯娱老[②]，此日铭心敢懈恭。

① 见《史记·五帝纪》。
② 拟于将来八十五岁归政时，居此。

宋宗：即宋太宗。宋淳化三年，太宗赵炅令出内府所藏历代墨迹，命翰林侍书王著编次摹勒上石于禁内，名《淳化阁帖》。是中国最早一部汇集各家书法墨迹的法帖，共收录103人的420篇作品，被后世誉为“丛帖始祖”。

理心楼

华节甫言过，新正颇有暇。
御苑适清游，卜昼弗卜夜。
室楼如暖阁[①]，憩息明窗下。
理心向所题，心理在私化。
竹素具渊源，缮性因抽架。

① 广厦中铺板为层室，非重楼杰构也。

卜昼卜夜：卜，占卜。形容夜以继日地宴乐无度。语出《左传·庄公二十二年》：“臣卜其昼，未卜其夜，不敢。”

竹素：犹竹帛。多指史册，书籍。

淳化轩

屏石叠玲珑，文轩有路通。
建廊藏帖版，开户对薰风。
烟月怡神表，古今想像中。
设因验治理，亦得我心同。

淳化轩

延清契道管，却暑抚薰弦。
此日忧勤励，他年颐养便[①]。

一庭足花木，四壁赏云烟[②]。

敷化原吾职，还淳岂信然。

① 予夙愿以寿跻八十五岁，即当归政。因构此轩，为他年颐居之所。

② 重刻《淳化阁帖》，嵌石版于廊壁，轩因以名。

筦：古代绕丝的竹管。《诗·周颂》：“磬筦锵锵。”

待月楼

过望月上迟，于焉有事待。

待则欲早见，登楼所以乃。

前虽列假山，凹处楼高倍。

影净碧天云，光耀沧波海。

须臾座席端，朗朗延蟾彩。

却照壁间题，今昔分明改。

蟾彩：月光、月色。

静莲斋

一间静室避歊炎，瓶供莲华水贮奁。

识得色香本无处，底须几上置楞严。

楞严：即佛教《楞严经》。

乾隆三十七年

新正含经堂

后廊改置轩，缘藏摹帖版。
前堂则依旧，含经趣无限。
帖岂外乎经，理得在易简。
苟非枕葄兹，工书亦何善。
新正几务闲，篇籍于焉展。
设以验力行，惟益增面赧。

易简：《易·系辞上》："易则易知，简则易从……易简而天下之理得矣。"

淳化轩

若翼敞轩楹，明窗几席清。
宁惟展古帖，藉以缮今情。
庭树芳藏干，盆梅馥满英。
华灯悬应节，所惭是循名。

理心楼口号

屋里无妨置小楼，非图纵望望图收。
个中转语如何说，千里原从方寸求。

乾隆三十八年

含经堂有会

常考五经旨，无弗首乎春。
周易始乾元，善长理最醇。
尚书肇尧典，羲仲命寅宾。
于诗则关雎，载阳归家人。
曲礼毋不敬，安民蔼如仁。
春秋王正月，大义揭星辰。
兹堂曰含经，兹时值韶晨。
何以循斯名，而能熙吾民。
勉之在体之，其要更惟寅。

寅宾：寅，敬；宾，导。恭敬引导。《尚书考灵曜》卷二："春夏民欲早作，故令民日出而作，是谓寅宾出日。"

重摹淳化阁帖成因，并弆毕士安原本于淳化轩，诗以志事

初拓曾经赐文简，流传七百七旬年。
无双善本教重泐，有数吉光幸独全。
并弆书轩兹数典，非关治道彼称贤[①]。
由今视昔徒佳话，义具兰亭序一篇。

① 阁帖摹刻既成，列石于轩之两廊，因即以淳化名轩。盖惟识藏古帖之由，而非慕宋太宗之治，详见所作“轩记”。

毕士安：一名士元，字仁叟，山西大同人。宋太祖乾德四年进士，宋真宗景德元年与寇准同时入朝为相，次年病逝。赠太傅、中书令，谥“文简”。

七百七旬年：乾隆三十八年（1773）距公元1003年（宋真宗咸平六年）有770年。

理心楼有会

尝记子舆语，心之官则思。
理非方寸外，动即一身随。
必也无所欲，斯能有可为。
如其尚空寂，乃背圣经驰。

子舆：孟子。

心之句：《孟子·告子上》：“心之官则思，思则得之，不思则不得也。此天之所与我者。”

空寂：空洞枯寂。宋 叶适《存斋铭》：“性因物迷，心与事往；必谨司之，勿抑勿放；勿趣有为，勿坠空寂。”

题淳化轩

两廊石版壁安全，精核过于王氏编。
嗜古因之频阅古，引年冀以待他年。
分阴堪遣万几暇，尺宅恒惺方寸田。
虽曰宋宗无可企，以言淳化亦应然[①]。

① 向作《淳化轩记》，以轩因帖命名，非慕宋太宗之年号，意本如此。夫宋太宗始终家国之间多惭德，其人固不足取。然化理欲淳，实为君者所当勉也。

王氏：《淳化阁帖》编者王著。

引年：养生术语，延长年寿。出自《礼记·王制》：“凡三五养老，皆引年。”

随安室

题额何须屡易新[①]，两言咀嚼意诚亲。
旧名寓以随听遇，今志廑斯安在民。
惟帝其难敢弗慎，知依乃逸体应仁。
室如刮目云相待，却自惭为犹昔人。

① 昔在青宫时尝以随安颜室。御极后凡宫内及御园、避暑山庄、书室率循其名。

静莲斋

缀景萧斋额静莲，不关玩物不参禅。
即如周氏称君子，岂弗宜珍座席边。

周氏称君子：指周敦颐的《爱莲说》："莲，花之君子者也。"

乾隆三十九年

新正含经堂

例逾节事始来过，率以灯筵庆赏多。
岂似芸编资古汲，已看梅蕊受春和。
诸家执臆说诚伙，一室操戈理则那。
删驳折中信非易，吾方勉此敢延俄[①]。

① 近命词臣校勘《四库全书》，每取原书披阅，或缮写进呈。见其中有义解踳杂、记载失实，辄为题识辩论，书之卷端。亦有举其讹舛处，谕诸臣随时订正者。

延俄：耽搁时间。

淳化轩

堂[①]后斋[②]前步屧巡，两廊石刻早安匀。

昨经三仿终还始[③]，却鲜一如精与神。

略省察都愧往古，少徘徊又是新春。

即兹灯节宁能罢，无易由言欲化淳。

① 含经。

② 蕴真。

③ 昨岁，曾取刻帖时，双钩油条填墨对临，自五月中驻避暑山庄，至木兰行围回跸，凡四阅月，计临三遍。

省察：反省自己的一言一行。

蕴真斋

蕴为发之始，真则假之对。

真以蕴乃佳，假以发斯味。

真诚而假私，返身必由内。

然与斋何涉，循名实可背。

愿言勉克己，如临师保诲。

师保：古代任辅弼帝王和教导王室子弟的官，有师有保，统称“师保”。

理心楼口号

五官自是首乎心，理则其施在酌斟。

不出虞书十六字，进之一字曰惟钦。

虞书十六字：即人心惟危，道心惟微，惟精惟一，允执厥中。

钩填淳化阁法帖成因题以句

重镌阁帖事双钩，石版既成斯赘旒。

却命廓填排十册，回看初拓胜三筹。

解书那易工中选，[①] 得貌应从神外求。

惜纸因之惜摹本，中郎恍遇步兵俦。

《淳化阁帖》重刻既成，因以双钩上石之本命工填墨。昨夏驻山庄，几暇比对临写，较之追摹墨拓，更能得其用笔神理。昔人所谓双钩廓填下真迹一等也。临仿凡三次，始能脱其情而契其神。而钩填之本，亦不可弃也。爰命装潢成册，题识如右。

① 米芾跋《禊上兰亭帖》，谓此本是褚遂良钩填，清润有劲，秀气转折，毫铓备尽，与真无异。非深知书者，所不能到。世俗所收，或肥或瘦，乃是工人所作云云。米芾虽有此论，然钩摹究系工人之事，即书家偶为讲示一二，容或有之。若必谓字字廓填，下亲匠艺所为，必无是理。假令为之，恐巧者转不如习者之得手。盖米芾辈好奇，创为此说。而后人习焉弗察，遂为艺林口实耳。今此帖命选御书处刻工佳手为之，虽未能尽得原本神韵，然于轮廓部位，颇不失铢黍也。

双钩：旧时摹拓法书，沿字笔迹两边用墨线钩出轮廓。双钩后填墨，则称为“双钩廓填”。

赘旒：赘，连缀；旒，旌旗上的飘带。比喻实权旁落，亦有主从易位、喧宾夺主的意思。

乾隆四十年

新正含经堂

闲余节后到书堂，例以新正有咏章。

那可放心因政简，依然即景为诗忙。

欣看熏花含春意，笑指寒檠孤夜光[①]。

计日文华循讲典[2]，枕经先此绎思长。

① 堂中虽例悬华檠，而曾未燃烛夜赏。

② 将以二月初六日举行经筵。

寒檠：寒灯。

文华循讲典：例在文华殿行经筵礼。

题淳化轩

轩堂咫尺近，两掖曲廊连。

橅帖虽无暇[1]，翻书则有缘。

莲壶迟昼永，梅缶识春妍。

他日倦勤处，期之以廿年[2]。

① 两廊衔重刻《淳化阁帖》石版。其初拓亦贮轩中。

② 予践阼之初，曾立愿若临御至六十年，即当归政。以今岁计之，尚有廿年。

橅：通“摹”。

昼永：白天漫长。

涵光室有会

冬室欲其暖，夏室欲其凉。

惟有春之室，所喜涵韶光。

韶光融户外，十笏中能藏。

放弥卷则退，羲经言已详。

又如虚生白，颇亦契蒙庄。

即景得静会，止止来千祥。

放弥卷则退：北宋理学家程颐言：《中庸》一书“始言一理，中散为万事，末复合为一理。放之则弥六合，卷之则退藏于密。其味无穷，皆实学也。”

虚生白：即虚室生白，谓人能清虚无欲，则道心自生。《庄子·人间世》：“虚室生白，吉祥止止。”

题渊映斋

书斋实弗临池水，渊映胡然题额名。
只为昼存与宵养，欲知物理及民情。

昼存与宵养：语出宋代理学家张载：“言有教，动有法，昼有为，宵有得，息有养，瞬有存。”原为其教育学生之准则，此处借指为了解社会与民情。

乾隆四十一年

上元后题含经堂

节前本无暇，节后略余闲。
况值开印未，尚迟引见班①。
圆明及长春，无过咫尺间。
冰床渡冻浦，笋舆入松关。
坐我含经堂，展彼霏芸编。
不为劳爱耳，洵有益开焉。
设问益何得，自返微赧颜。

① 开印后方进阁本，各部轮班奏事、引见。

淳化轩

宋淳化帝非我慕，慕以摹帖因额轩。
订讹考异不无耳，聚精会神何有焉。
云廊石版即罗列，银檠珠缀原缤翻。
循名责实如自问，化岂淳哉难饰言。

宋淳化帝：指宋太宗，时以“淳化”为年号。

蕴真斋口号

蕴如由我我奚蕴，真即为他他岂真。
却是虚斋不设解，蕴真真蕴任其人。

理心楼有警

诸务待心理，缘何云理心。
盖如形影正，要欲夕朝钦。
一念分敬怠，四知惕照临。
设其图逸豫，岂不惧难谌。

乾隆四十二年

节后含经堂

例以来节后[1]，稍闲乃逮斯。
已惭多构筑，宁敢恣游嬉。

盆卉当春发，架编遣暇披。

东厢贮荟要，数典不忘兹[②]。

① 迩年率以节后务闲方至此，屡见向咏。

② 是处东厢，仿宫中摛藻堂之式，按经史子集列架。并命缮《四库全书荟要》贮之。

淳化轩

谁能无结习，翰墨宿缘耽。

帖板因翻古，书轩辟向南。

漏添阁莲永，春入缶梅馣。

绮缀犹宫炬，顾名每自惭。

结习：积久而难改的习惯。

涵光室口号

涵光室里说涵光，此意分明是注庄。

更咏春生何处好，试看止止纳千祥。

渊映斋

渊乃训其深，映乃训其委。

惟深斯不穷，则委皆成美。

其要曰忘物，而更在忘己。

试看渊映间，其中鲜彼此。

书斋讵玩景，顾名当会理。

设云即景题，阶前无止水。

乾隆四十四年

含经堂

往岁率摛句，每于灯节过[①]。

两年却阙咏，一晌复成哦。

有喜因收麦，多愁为治河[②]。

愁常倍乎喜，惭愧竟如何。

① 每岁元宵后，必至此憩赏，至必有咏。昨今两年，俱以二月初驻御园。且因在二十七月之内，概不游览，故至此时始题句也。

② 今岁各省雨旸时若，麦俱有收，足为喜慰。惟仪封漫工，至今尚未合龙，盼望常萦愁绪耳。

淳化轩

两廊排石墨，展步造轩新。

可阅今兮古，难参精与神。

消闲忽已夏，阔什再经春。

所益忸怩者，何曾化致淳。

静莲室口号

石逻松围书室便，香花缀景供金仙。

庄严不事事清净，恰映庭前矗静莲[①]。

① 谓假山石峰也。

金仙：佛。

乾隆四十六年

含经堂

昔岁上元过后来[①]，即今依例此清陪。
事无不可过去者[②]，心则安能顿忘哉。
灯火虽教答令节，杯棬仍复引余哀。
慎终追远宣尼训，经义由来二语该。

① 往年上元节后，每至斯堂，率有题咏。故有“闲余节后到书堂，例以新正有咏章”之句。

② 昔有句云：“无不可过去之事。”

杯棬：亦作杯圈，用曲木制成的酒杯，古为妇人所用，故母言杯圈，后用作思念先母之词。孝宪皇太后于乾隆四十二年正月病故。

慎终追远：《论语·学而》：“曾子曰：‘慎终追远，民德归厚矣。’”

淳化轩

次第答华年，轩庭春晓天。
大都久阙咏，遂与偶成篇。
苔彩砌廊旧，梅英绽缶鲜。
节灯犹在架，淳化岂其然。

题蕴真斋

真乃假之对，蕴实发之初。
苟诚蕴以真，可期假必祛。
君子务实学，言行无欺夫。
色仁而行违，斯为假者徒。
斋额颜蕴真，盘盂铭寓吾。
然斋真恒蕴，以其恒抱虚。
抱虚近蕴真，此义著中孚。

色仁而行违：《论语·颜渊》："夫闻也者，色取仁而行违，居之不疑。"意为表面上主张仁德，实际行动却背道而驰。

味腴书室八韵

含经堂左厢，荟要个中藏[①]。
四库贯今古，万签贮缥缃。
虽云粹精秘，尚自浩汪洋。
六部天人备[②]，千秋治乱详[③]。
百家纯与驳[④]，诸集否和臧[⑤]。
元以钩而获，腴其味则长。
宁输二酉富，只为万几忙。
那得闲无事，于斯枕葄偿。

①《四库全书荟要》二部，一贮大内者，每册末页用摛藻堂印；一贮御园者，用味腴书室印。

② 谓经。

③ 谓史。

④ 谓子。

⑤ 谓集。

稡：聚集意。

理心楼口号

理心宁曰务神奇，日用寻常要去私。
欲以清明在方寸，万几顺应付无为。

乾隆四十七年

题含经堂

例以新正到，而当节过初。
稍闲事游辇，趁暇可观书。
即此应知愧[①]，何曾得趣徐。
无穷最经义，研义目瞠予。

① 趁暇始观书，应愧非勤学也。

味腴书室

荟要收四库[①]，味腴沃一心。
六经言与行，诸史古和今。
子已分粹驳，集犹资酌斟。
如云喻尝鼎，崖略在精寻。

① 是室中列书厨，弆《四库全书荟要》。

尝鼎：即“尝鼎一脔”。鼎，古代炊具；脔，切成块的肉。《吕氏春秋·察今》：“尝一脟肉而知一镬之味、一鼎之调。”“脟”同“脔”，比喻根据部分可推知全体。

崖略：梗概。

淳化轩得句

含经淳化隔非遥，接以游廊数步消。

嵌壁苕华已旬岁，映窗珠蕊又春朝。

宝灯亦自云楣缀，绛蜡何曾午夜烧。

近奖嘉言曰返朴，行无能只益增焦[①]。

① 昨大理少卿刘天成奏，“近时风俗，请崇俭还淳”一折。予心是其言，而行之实有所难。盖太平日久，由俭入奢，不期而然，骤加禁令，罹法者转多，且游手好闲者未免失其资生。是其言可谓嘉奏疏，而以为治世之良法，则未也。因将奏折发钞，并通谕中外，咸知此意。

苕华：美玉名。此指镶嵌于壁的《淳化阁帖》。

绛蜡：红烛。

乾隆四十八年

题含经堂

昔日此含经，节过犹始青。

迹陈惟俯仰，理寓在流停。

砌草向阳茁，盆梅映雪馨。

六年前返忆，戚戚意无宁。

六年前句：指追忆六年前病逝的孝宪皇太后。

味腴书屋

全书浩渊海，荟要聚魁殊。
个里足真味，于焉饫道腴。
惟余励宵旰，那解辨精粗。
一例束高阁，芸编笑负孤。

魁殊：奇特，与众迥异。

精粗：精密和粗疏。

淳化轩

重摹淳化帖，石版砌厢廊。
遂以颜轩额，宁云摹宋皇。
亦经几岁月[①]，时复赏烟光。
望雪逢优雪，益增敬不遑。

① 壬辰年重刻《淳化阁帖》成，以石嵌轩壁。阅今已十二年，计宋淳化初刻时，几八百年矣。

蕴真斋

斋名曰蕴真，其义亦有取。
真正伪乃邪，闲邪正方树。
何莫非性功，左右逢源所。
蕴则性存存，顺应大公溥。
误认一概藏，斯失为城府。

闲邪：即“闲邪存诚”。防止邪恶，保存真诚。

性功：气功内丹术术语，又称性学，即修性之功，指修炼心神的功夫。

存存：谓保全、保持。《易·系辞上》：“天地设位，而易行乎其中矣。成性存存，道义之门。”

公溥：即“明通公溥”的缩写。《通书·圣学第二十》：“一为要。一者，无欲也。无欲则静虚动直。静虚则明，明则通；动直则公，公则溥。明通公溥，庶矣乎！”

理心楼有会

理有治之义，心实五官主。
主当治其他，理主是何语。
可知理主者，仍主自理取。
天命之谓性，一贯为心所。
自理及理他，唯者参之鲁。

参之鲁：参，曾参，孔子弟子。鲁，迟钝。此为作者自嘲。

乾隆五十年

题含经堂

过节芸堂至，率成例事如。
闹余颇喜静，几净遂观书。
改过偶思彼[①]，躬行何有予。
十年屈指近，娱老企斯居[②]。

① 用《论语》蘧伯玉事。

② 今岁乙巳新韶，至乙卯归政之期，屈指十年。

味腴书室口号

味腴书室以何名，荟要钞成取最精。
即荟要犹艰遍阅，更奚望此亹躬行。

钞：旧同“抄”。

淳化轩志愧

由俭入奢易，由奢反俭难。
百年太平世，民物诚熙然。
以此诸物贵，平之岂易言。
设使严禁令，罹法必多焉。
游手好闲辈，亦藉谋食权。
使其尽归农，安得如许田。
均田虽有法，亦惟故纸传。
富者必失业，贫者讵被全。
图治先致乱，可不思其艰。
蒿目补苴策，淳化徒名轩。

蒿目：犹言“蒿目时艰”。《庄子·骈拇》：“今世之仁人，蒿目而忧世之患。”指对时事的忧虑不安。

补苴：补缀，缝补。语出汉 刘向《新序·刺奢》：“今民衣敝不补，履决不苴。”引申为弥补缺陷。

乾隆五十一年

理心楼

心以理万事，此则曰理心。
本末似倒置，其义亦可斟。
顾此方寸中，七情日相侵。
大师克相遇，同人义堪寻。
欲理先去私，宣尼示颜深。

七情：即喜、怒、忧、思、悲、恐、惊七种情志变化。

题含经堂

谁弗六经读，一言孰践含。
潜心会以默，穷理味其甘。
且置学优仕，当廑行顾谈。
外王本内圣，到此每怀惭。

淳化轩

初赐毕家本，精摹信可凭。
去真无一间，砌壁有多层。
漫议褚冯鲜，犹堪杞宋征。
顾名曰淳化，化俗竟何曾。

毕家：指宋真宗时宰相毕士安。

褚冯：褚，指褚遂良，杭州钱塘人，唐朝政治家、书法家。冯，指冯承素，长安信都人，唐代书法家。

杞宋：语本《论语·八佾》："夏礼吾能言之，杞不足征也；殷礼吾能言之，宋不足征也。文献不足故也。"后称事情缺乏证据为"杞宋无征。"

蕴真斋

真乃假之对，蕴则发之本。
弗蕴发斯穷，杂假真非准。
必所蕴胥真，则发无假允。
其要在克已，四勿言之尽。
蕴真而发假，背道远堪哂。

渊映斋口号

渊映本无物，却无物不受。
问此方寸中，而能如是否。

乾隆五十二年

题含经堂

节前多应酬，节过得闲偷。
迩岁率成例，斯堂必一游[①]。
胜屏已嫌惯，华烛未云收。
若论五经内，上元可载不[②]。

① 迩年，每上元节后方至斯堂，率有题咏。

② 灯节不见五经，盖自汉始也。

味腴书室

四库浩无涘，因成荟要书。
依然庋厨阁，何有玩居诸。
腴匪外来者，味当已饫如。
芸编翻却置，笑负少年初。

淳化轩有愧

淳化因藏帖，循名未副名。
岂真在墨宝，讵可忘民生。
风俗漓惟甚，货财价匪轻。
徒称滋户口[1]，惭愧在持盈。

① 我朝顺治初年，民数不过一千六十三万。今休养生息百数十年，民数已至二万七八千万之多，较国初增二十倍。户口多则用物多，物价安得不贵？此保泰所以难也。

淳化轩对庭梅作

盆梅不一足，庭梅北地稀。
南暄北地寒，气候谁能移。
然而有权衡，亦在人之为。
去盆植于庭，棚架护略施。
巧值腊雪优，更逢春早期[1]。
清明即开花，较南未大迟。

御园随处有，出类乃在斯。
斯为淳化轩，繁英发前墀。
朵朵吐芳英，累累重垂枝。
虽繁而弗艳，是谓仙人姿。
向阳棚开门，护树架旁围。
匪只怜芳华，其义颇可思。
棚为藏用道，树乃显仁时。
互妙在合撰，阐精摛斐词。

按显仁藏用之语，予于读《易·系辞上》传略见其义。然彼乃重于鼓万物，而不与之意，以天地无心，圣人有心也。兹则咏庭梅，而及显仁藏用，乃重于显藏之意，故特申而明之。盖显之仁，即藏之之用。显而无藏，一往安穷。藏而无用，归乎寂寞。显诸，仁乾之元也。藏诸用，乾之贞也。一阖一辟，生生不息。即一梅之显藏，而万事万理无不该。致中和而天地位，万物育亦如是而已矣。

① 去冬雪泽频沾，立春又在腊月中旬，是以今岁节近清明，御园花即早放。与南方花信不甚相远，虽由人工陪护，实亦天时凑合也。

显仁藏用：《易·系辞上》："显诸仁，藏诸用，鼓万物而不与圣人同忧。"孔颖达疏："藏诸用者，潜藏功用，不使物知。"谓隐藏难知者而更显表其功用。

乾隆五十三年

节后含经堂

节后饶清暇，书堂小憩停。
柳稊墙外色，梅萼座间馨。
积处连三白，润余符始青。
如论即景句，合此读葩经[①]。

① 上冬，各直省得雪俱优，惟京畿虽连得数次，未为沾渥。上元节前，三日大雪盈尺，实为上瑞。按五经中言雪者，易书二经皆无之，虽见于礼记者三，月令非圣人之言也。又见于春秋者三，不过纪岁月。惟诗经所咏，不一而足，生我百谷，实为农庆。堂额含经，景饶积雪，正惬心目耳。

题蕴真斋

斋蕴真乎真蕴斋，个中著句费安排。

由来一二二而一，待拟佳言言转佳。

生意红熏梅在缶，阳回绿染草依阶。

物胥得所民奚赖，赖我殷忧胞与怀。

胞与："民胞物与"的略称。意以民为同胞，以物为朋友。后以"胞与"泛指爱一切人和物。

理心楼口号

五官定以心居主，思则得之孟子辞。

应识理为思本耳，理心惟在辨微危。

微危：《尚书·虞书·大禹谟》中"人心惟危，道心惟微；惟精惟一，允执厥中"的缩写。

味腴书室即事

四库图书浩渊海，预教两分萃其精[①]。

宫中摛藻堂先就，园内味腴室续呈[②]。

全既多讹经再订，要那无误合重评。

后先漫议校颠倒[③]，求是吾惟戒速成。

① 癸巳岁，命馆臣搜辑《永乐大典》散篇成帙，并校勘各省所进遗书，汇为四库全书，共三万六千册。缮写四分，分贮文渊、文源、文津、文溯四阁。用昭嘉惠艺林至意。复命就中择其尤为精粹、有裨实学者，得一万两千卷，名曰《全书荟要》。缮成两分，一贮宫内御花园之摛藻堂；一贮御园之味腴书室，以备几余披览。

② 贮摛藻堂者，于己亥年告成。贮味腴书室者，于庚子年告成。

③ 上冬，命未曾校出文渊、文源二阁书中讹错之原校官，罚令往避暑山庄重校文津阁之书。将来即命文津阁未曾校出之原校官，往盛京详校文溯阁之书。因思荟要二分，其中亦难免讹错之处，将来亦必须重加校定，乃为善本。其所以不即令校勘者，虑过求速成，仍不免于疏漏耳。

乾隆五十四年

节后含经堂自愧

含经要味道，节后尚春初。

到每审乎己，可能弗负书。

修身常阙若，问治更瞠如。

无语高堂者，那知隐笑予。

渊映斋口号

书斋朴斫弗临池，渊映缘何以命之。

静照万几无固必，吾心时亦有如斯。

乾隆五十五年

上元后题含经堂

庆节忽忽诚少暇，白驹影里日为迁。

梅心柳眼同人盼，几净窗明待客延。
对景初春半过矣，题词历岁例成然。
逮夫归政应阁笔，偻指拈吟賸五年。

偻指：屈指，即屈指而数。
賸：同“剩”。

待月楼

往年或游湖，过望月上迟。
其时兴勃然，登楼每待之[①]。
迩来率教罢，静绝闲情驰。
早眠养一身，夙兴理万几。

① 向年夏夜，每于御园湖中泛月，望后或登楼待之。自七旬后以水风夜寒，究非高年调摄所宜，遂弗待月，即山庄亦一例罢之。是以辛丑在山庄，亦有“霞标弗待月”之作。

乾隆五十六年

节后含经堂

节后临堂例合仍，庆宵行惠暇难乘。
曦烘菱牖昼渐永，雪积玉林景倍增。
膏泽扫培真富有，勤劳行赏亦均应[①]。
敛时福更敷而锡，义叶含经念庶征。

① 每得雪后，命步甲园户等扫培树根，即藉以行赏，岁为成例。亦敛时敷锡之一端也。

味腴书室

全书四库弆四阁[①]，充栋纷陈不易穷。
因命研精为荟要，分藏园内及宫中。
彼曾重勘仍多舛[②]，此岂独遗漫惜工[③]。
一例校雠示惩劝，施之政亦惕于衷。

① 初辑《四库全书》时，即仿范氏天一阁规制，命于大内、圆明园、避暑山庄、盛京四处建文源、文渊、文津、文溯四阁贮之。冀得广为流播，嘉惠无穷。顾每阁藏书三万六千册，卷帙浩如渊海，洵非易究。因复命司事大臣等，择其尤精者，亦分四库，得一万二千卷，别名"荟要"。于大内之摛藻堂、圆明园之味腴书室各缮录一部，以备几余披览。

② 谓文渊等四阁。

③ 谓摛藻堂及此味腴书室缮写《四库全书》之始，原设分校、覆校、总校各员，细加雠勘。乃丁未岁驻跸山庄时，偶阅文津阁书籍，见其中讹谬者连篇累牍。因命在京诸皇子及大臣，率大小臣工二百余员，将文渊、文源二阁之书，先加校对。复罚令从前未能详校此二阁书籍之员，往校山庄文津阁之书，其文津阁原校之员，罚往覆校盛京文溯阁之书。既念四阁之书重加校对，尚多错误，岂荟要之书可信无讹？上年，据原充纂修及校阅之陆锡熊等往盛京覆校全书，竣事开列从前未能详校文溯阁全书之员，本应予以议处，姑从宽罚令，将荟要二分覆加校对，以赎前愆。此亦国家惩劝之道，应尔不独全书流传后世，可称善本也。

涵光室口号

向阳芜色欲融阶，适尔观之别有怀。
寄语春光且涵蓄，勃然一往有何佳。

咏淳化轩庭梅

春寒今岁勒花荣，淳化庭梅却发英。
讶看舒风迎玉砌，悟因护暖罩毡棚。

笑羸盆树枯和菀[①]，幻结山桃弟与兄[②]。
芳谱何须分次第，傥来七字偶摅情。

① 屋中盆梅却烂漫矣。

② 近日山桃始开。

乾隆五十七年

节后含经堂

长春园拟倦勤居[①]，堂曰含经久额予。
四载为期即归政，一生惟是不离书。
可知凡事豫则立，鲜得如心愿以舒。
敬忆当年嘉号赐[②]，或叨天佑望无虚。

① 圆明园之东曰长春园，乃予预葺以待归政后所居，与大内之宁寿宫同。

② 雍正年间，因集当今法会，以纪一时问答语，予曾仰蒙恩赐长春居士之号。今即以名园，计倦勤居此。近阅四载，颙冀上苍鸿佑，若果符斯愿，是当年恩贶已为之兆矣。

味腴书室叠去岁韵

四库本如渊海富，用成荟要易研穷。
味腴枕葄恒园内，摛藻琳琅贮禁中。
三校虽云蒇其役[①]，再番那可阙斯工[②]。
由来事事期详审，一字钦哉铭以衷。

① 此味腴书室及大内摛藻堂二处，所贮《四库荟要》之书，乃就全书中择其尤精者，亦分四库，各得一万二千卷，以备几暇研究。当缮写《四库全书》之始，既设分校、覆校、总校人员，意谓经此三次详校，庶几可称善本。乃丁未岁驻跸山庄，偶阅文津阁之书，见其讹错者连篇累牍，不一而足。因令在京之皇子大臣等率大小

臣工二百余员，先将文渊、文源二阁之书，详加雠校。其校对二阁疏漏之员，罚令详校文津阁之书；其文津阁校对疏漏之员，即罚令详校盛京文溯阁之书。至文溯阁校对疏漏之员，亦不可令其脱然事外。因念四阁之书既不免于讹错，此二分荟要之书，亦岂能信其无舛？随即罚令覆校摛藻堂、味腴书室二处之书。盖内府珍储，原当雠校详审，况前此分校、覆校、总校各员，俱已优加议叙，既不能详审于始，此番又经派令详校，俾赎前愆，亦不为过。诸臣果皆敬慎从事，何虑不能尽善，而徒藉词扫叶也。

② 此味腴书室之书，自前岁冬校起，至去岁秋亦均校蒇工，弆之列阁矣。

乾隆五十八年

节后含经堂

节后复临兹，光阴速弗迟。

虽称三白渥[1]，又切一时思。

庭柳已含意，盆梅岂碍姿。

轩窗如昨岁，望雪亦如之。

① 去岁冬至月下旬，连朝得雪，深至逾尺，虽符陶朱公书，腊前三白之占，而踰月未雪，又切悬望矣。

蕴真斋有会

虚斋只空空，夫何真可蕴。

即便有所设，物也无知允。

然则两字题，或类霾骋吻。

继思譬方寸，万物备一本。

一真莫不真，纳物诚无尽。

人即斋之心，是蕴廓且敏。

斯实真非假，五字识其准。

躗骋吻：躗，欺诈。骋，放开、放纵。吻，嘴、嘴唇。意为信口开河。

淳化轩庭梅盛开，叠去岁二首一韵

立春岁运自常度[①]，应节梅开故不迟。
却看盆中花谢尽[②]，先残后盛理如斯。

① 今年立春，在昨岁腊月廿三日，为早，故庭梅已盛开。去岁立春在正月，故梅开亦迟。

② 盆梅则早败矣。

淡红深白难为色，注目凭怀合为[①]迟。
芳采花心蜂坌集，试思彼有孰教斯[②]。

① 去声，别寓二首一韵之意。

② 万物生生各适其性，随其时。民之不识不知顺，帝之则亦如是耳。一涉有为，便失本来。

乾隆五十九年

节后含经堂

四库藏东壁[①]，含经则久铭[②]。
取携宜左右，枕葄切仪形。
节又无端过，春初有暇停。
展芸如自问，设答恐难宁。

① 堂之东厢曰“味腴书室”，即贮《四库全书荟要》之所。

②《全书荟要》庋架在庚子岁，此堂则丁卯年所建，锡名成咏已久。

仪形：楷模，典范。

淳化轩口号

淳化因藏旧版真，两廊石壁拱轩唇。
虽云集古存朴雅，自议过奢那待人。

渊映斋

书斋临碧溪，故以名渊映。
取义虽于彼，而吾别有证。
映渊目在娱，渊映心欲敬。
目娱一时赏，心敬万几应。
似渊深无私，为照公以正。
体用故不同，惕成五字咏。

乾隆六十年

含经堂

例以节过咏，浸寻又此时[①]。
光阴诚迅矣，风月岂殊其。
金柳虽迟候，玉梅原绽枝。
授终[②]丙即至，或可倦勤斯。

① 每年灯节后，率先莅此，有诗，宛成例事。光阴迅驶，不觉又值此时，复来拈韵矣。

② 虞书正月上日，受终于文祖。盖在舜曰受，在尧曰授也。丙辰即当归政，而今岁仍日孜孜，敕几理政。至明年，或可言倦勤耳。

题淳化轩

宫宁寿御园淳化[①]，都为菟裘娱老居。

数岁以前豫立者，一年已近即真予。

天恩独厚鉴由始，众意虽殷志践初[②]。

廿五竟符八六愿[③]，岂容易得漫虚誉。

① 是处之淳化轩，亦犹大内之宁寿宫，皆豫为归政后娱老之所也。

② 予于践阼之初，焚香告天，若得在位六十年，即当归政。今已仰蒙鉴佑，幸符初愿。在天下臣民以及外藩蒙古爱戴之诚，以予精力康健犹昔，无不望予未即倦勤者。予亦未尝不谅其悃忱，顾予已上告昊苍，曷敢有渝初志耶。

③ 予即位时年已二十五岁，以百岁计之，已逾四分之一。而当陈愿之始，实未计及在位六十年，寿当耄耋也。明岁元日，传位嗣皇帝，予则八十六岁。若如所愿，自三代而后，未有闻者。予之仰蒙天眷，自非笃爱所独钟，岂易臻此。

菟裘：退隐之处所。

待月楼

向东置楼牖，因以额名焉。

素魄图见早，闲吟偶遇便。

光欣今岁始，篇觉五言鲜。

设曰喻卿士，更思所待贤。

素魄：月亮。

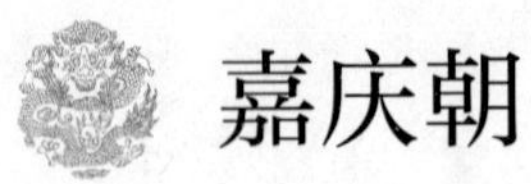

嘉庆朝

嘉庆三年

题含经堂【乾】

新年节后必临斯，今岁仲春至则迟[①]。
望雪兼之望闻捷[②]，意匆懒得意摛词。
枕经葄史夫何有，废学劳心所弗辞。
春不让时试凭览，庭前木笔代书之[③]。

① 向年，上元节后必至斯堂，例有吟咏。今岁来此，已届仲春望后，几迟至月余矣。

② 入春以来，因上年腊雪未沾，萦盼綦切。兼以剿办教匪，日望擒渠捷报，无心吟览。今自二月以后，连沐甘膏，农祥叶吉，望泽之怀为之稍慰。惟伫盼捷音，仍刻难自释耳。

③《群芳谱》：辛夷，一名木笔，尝详考之。玉兰与辛夷同根，辛夷花紫，以玉兰接枝则开白花。盖玉兰花白而小，且丛条不成树，欲花大成树，必须辛夷接植。若辛夷不以玉兰接之，则惟开紫花。是以己丑旧作有云："玉兰色白辛夷紫，白朵原从紫接成。"乃《群芳谱》及历代诗人，皆以木笔专属辛夷，未为允惬。予尝谓木笔之名，应移之玉兰为是，以其白而雅且香，辛夷花紫且无香也，屡见向年咏玉兰诗注。

淳化轩

贮帖名轩宋代传，义推淳化万方宣[①]。
九旬箓启欣无量，五福寿先庆得全。
俗美弦歌循圣教，民安耕凿乐丰年。
长春园辟长春境，序应三阳淑景妍。

① 淳化轩，在长春园内，因东西庑嵌《御定淳化阁帖》石刻而名。淳化为宋太宗纪年，太宗内多惭德，其致治亦未能跻于大当，克副斯号。皇父订正其帖，而特存其号名，藏帖之轩，尽六十余年。厚泽深仁，旁皇周浃。下际上蟠，淳化之实如此，非有慕于太宗之为君也。

箓：古代帝王自称其受命于天的神秘文书。

五福：《尚书·洪范》："五福：一曰寿，二曰富，三曰康宁，四曰攸好德，五曰考终命。"

三阳：指春天，也指农历正月。宋 王安石《谢林肇长官启》："三阳肇岁，万物同春。"

味腴书室

东厢贮四库，荟要择精详。

经史道全括，诗书味最长。

趋庭钦圣学，洊壁焕天章。

古籍诚腴厚，作师守典常。

嘉庆六年

敬题淳化轩

石刻盈廊壁，沿楣仰御诗。

化期返淳朴，治欲法轩羲。

庶政时勤勉，慈恩永慕思。

渺躬惭德薄，陕蜀尚劳师。

轩羲：亦作"轩牺"。轩辕、伏羲的并称。

三友轩歌

松高荫翠招长风，飒然拂竹摇玲珑。
迎冬梅蕊机已动，素心相印形神通。
品尊卉木推三友，浮筠劲节岁寒守。
肯因冰雪易贞坚，夭桃秾李皆厮走。

嘉庆七年

味腴书室

诗书味诚腴，研磨耽册府。
治道法唐虞，临民必师古。
四库实浩繁，庋架充栋宇。
荟要择精华，缥缃欣萃聚。
圣泽永昭垂，洋溢敷九土。
瞻临寸衷钦，潜修在学圃。

唐虞：是唐尧、虞舜的并称。
九土：九州的土地。此指天下。

淳化轩有感

莅政深惭化未淳，用人每愧不知人。
朝端岂可容贪墨，国法奚能任屈伸。
邪正从来难改辙，盈虚有兆总相因。

原无成见由自取，直道而行天鉴真。

朝端：朝廷。

敬题含经堂

堂开高敞冠长春[①]，永沐先皇覆育仁。
治本六经含至道，衷希三代养天真。
慕恩益凛政多阙，肯构深虞化未淳。
悲忆过庭聆圣训，敬勤心法亶钦遵。

① 长春园内，含经堂为最胜。

蕴真斋

光风霁月性中真，涵育天倪物我春。
所蕴本仁所发义，圣功心德日常新。

味腴书室

古籍先言味最腴，几闲探讨作君谟。
唐虞善行难师法，莅政临民实恧吾。

淳化轩

瞻楹怆念慈恩厚，自愧临轩化不淳。
甘泽尚希沃多稼，老林犹未靖顽民。
兵兴七载诚难缓，农阅三时恐复屯。

日凛惕乾虑辜德，寸衷致敬仰高旻[①]。

① 三省余氛未净，亟望蒇事安民。近畿雨膏未渥，待泽又殷。皆不能刻释于衷。所祈日监在兹者也。

三时：春、夏、秋三季农作之时。唐 元稹《茅舍》诗：“我欲他郡长，三时务耕稼。”

高旻：高天。

含经堂敬述

长春仙境御园东，圣日永临万古同。
深感恩慈念前典，钦承堂构凛微衷。
广廷平挹川原秀，嘉荫时来松柏风。
虔吁鉴昭靖余孽，仰瞻如在一诚通。

淳化轩

额颜淳化愿深长，继序殷心刻不遑。
军务未除仍窜伏，田功难卜必丰穰。
轩庭宏敞全消暑，堂构钦承勉迪光。
夺攘殃民自作孽，正邪曲直鉴穹苍。

蕴真斋

溪山真境蕴斋中，松茂竹苞叶栋隆。
自昔长春标胜地，永瞻宸藻丽璇宫。
克家治国时蘉志，戡贼安民每念衷。
即愿捷书频奏到，廓清螟螣报功崇。

栋隆：屋栋高大隆起。

克家：继承家业。

螟螣：螟，蚕食庄稼的害虫；螣，通蟘，指吃苗叶的害虫。此借指白莲教农民起义军。

淳化轩有会

文轩额淳化，圣意仰高深。

化洽事方理，风淳民可谌。

鉴昭念前典，宥密正予心。

自省恒愆过，无时敢忘钦。

新秋淳化轩

灏气初敷宇，时晴已浃辰。

立秋律始肃，勤政化难淳。

亟欲纾民困，先期净战尘。

捷音仍断续，信至辄经旬。

我考筹军务，钦承又数年。

未能安赤子，何以对皇天。

三省虽无几，七秋难再延。

仰瞻祈默佑，宵旰寸忱虔。

淳化轩志愧敬叠皇考元韵

庭训铭五内，永念为君难。

一人抚寰宇，万几来纷然。

勤敬曷敢忽，昕夕怀先言。
黾勉敕庶政，自省多阙焉。
世俗甚浇薄，干禁挠经权。
生聚尽游手，谋食鲜旷田。
邪说遂纷起，礼义遏述传。
守令不知教，禄位惟保全。
总缘予失德，官玩民罹艰。
淳化惭继述，霑洒瞻文轩。

干禁：犯禁。《旧唐书·文苑传下·刘蕡》：“如无治人之术者，不当授任此官，则绝干禁之患矣。”

挠：扰乱，使屈服。

经权：语出《春秋公羊传》。经者，常也；权者，变也。经与权不可偏废。

嘉庆八年

淳化轩敬题

我考额淳化，所期民业安。
生齿日繁众，奚能免饥寒。
奸诡作不靖，七载心力殚。
昕夕望宁静，几至忘寝餐。
感荷上天眷，尽扫群孽残。
图治益黾勉，福锡寰宇宽。

味腴书室

治理在简编，诗书存古训。
精华味最腴，探寻心切近。
沉潜务虚衷，可益真学问。
圣道亘千秋，日月经天运。

蕴真斋

天真原在人心蕴，操舍存亡务谨持。
明镜湛然物毕照，三无敬奉辨公私。

操舍存亡：古代理学家视为修心养性的关键。语出《孟子·告子上》：“孔子曰：操则存，舍则亡。出入无时，莫知其乡。”朱熹集注：“以明心之神明不测，得失之易而保守之难，不可顷刻失其养。”

敬题含经堂

堂额考题义奥深，经书图治必探寻。
含英细绎希千圣，味道缉熙蕴寸心。
仁育万民归化育，知临六合仰君临。
敬思庭训亹勤政，肯构瞻依矢素忱。

䌷绎：理出头绪。

淳化轩

民俗渐就浇，难期化淳朴。

一人治寰区，寸心怀远服。
敬承大业艰，堂构凛厦屋。
考训衷探寻，义正而仁育。

蕴真斋

万事纷来杂错，心如明镜悬空。
性海天真静蕴，满怀霁月光风。

淳化轩

三省顽民难敛戢，寰区风俗未还淳。
孳蕃溥博群谋利，衣食艰难多患贫。
示俭以身崇教养，黜华从欲勖臣邻。
文轩朴素钦先德，四海观瞻系紫宸。

三省顽民句：此蔑指川、楚、陕三省白莲教农民起义军。
紫宸：宫殿名，天子所居。此借指清帝。

嘉庆九年

新春淳化轩

初韶气和闿，问景乘几暇。
玉镜波已开，清晖敞虚榭。
旭暖映亭台，高轩启淳化。
考额意良深，民风恐趋下。

世途少坦平，人心多伪诈。

习俗力挽回，仔肩勉夙夜[①]。

① 九宇至广，风会不齐。欲其化浇漓为淳朴，当不外正其俗而厚其生。予之夙夜敬勤，不敢懈逸者，亦兢兢焉，以是为亟。几暇偶莅兹轩，瞻绎当年颜楣精意，与素所自勉于宥密者，翕然相合，不啻敬承提命矣。

含经堂有会

帝王图治本前谟，修己用人善政敷。

肯构传心钦大法，含经念典味精腴。

右文稽古如同轨，励志循章若合符。

敬勉率由怀圣训，溥施惠泽遍涵濡。

涵濡：滋润。宋 苏辙《墨竹赋》："今夫受命于天，赋形于地，涵濡雨露，振荡风气。"

味腴书室

载籍备为政，帝王图治先。

精华深玩味，义理畅敷宣。

莅事必师古，安民首任贤。

芸编自童习，解悟尚茫然。

蕴真斋

人性本纯粹，天和赤子心。

寸田常养育，外诱漫招寻。

总令襟怀畅，休矜城府深。

保真合仁义，去伪主诚钦。

遍体世情幻，时防物欲侵。

守成凛大业，勤敬蕴衷忱。

淳化轩

两廊石刻宋时帖，轩额昔年仰圣心。

俗化和平事斯简，风崇素约理应寻。

去奢从俭意高远，返朴还淳效广深。

肯构衷诚为法则，瞻楣敬识旰宵钦[①]。

① 兹轩周廊，嵌重摹《淳化阁帖》石本，因以名轩。原非取宋纪年号也，皇考作记详之。谓为人君者，即不能以唐尧虞舜为师，亦当以夏甲周成为轨。敬绎至训，识于衷，而殷肯构云。

蕴真斋有会

真从心所蕴，假为物欲牵。

富贵本虚诞，修德立脚坚。

致诚无窒碍，涉伪多纠缠。

孰甘作奸慝，皆愿希哲贤。

总因贪幻境，迷妄岐路迁。

圣狂分一念，须臾判天渊。

达人自淡泊，俗子终烦煎。

旨哉尼山语，知命率性先。

《书》曰：惟皇降衷，若有恒性。《周易·系》曰：继之者善，成之者性。皆言性命之理。至子思子述，我夫子天命，率性之旨。又推言诚者，天道；诚之者，人道。揭性真而阐道原者，至矣。夫一本万殊，莫不原于诚。诚之著于人事，即诚之立于人心也。故作圣、作狂，系于一念也。古称诚伪，今谓真假。假之不可乱真，诚之不能伪托。有较然者，孰谓中之所蕴，为不见不闻之地，而不以真为之主乎？既成是诗，复阐诚伪之义于后。御识。

尼山：原名尼丘山，孔子父母“祷于尼丘得孔子”，所以孔子名丘、字仲尼。后人避孔子讳，称为尼山。

嘉庆十年

含经堂

天清气爽坐书堂，玩味先言袭古芳。
霞蔚云蒸妙图画，鸢飞鱼跃大文章。
缅思庭训惭窥管，敬述神谟若望洋。
郅治未臻勉无逸，栋隆瞻仰克勤蘉。

栋隆：原指屋栋高大隆起。后用以比喻能担负重任。

味腴书室

书城分四库，荟要择精腴。
今古心源合，帝王治道符。
知津勤学本，念典敕几模。
细绎危微旨，非同占毕儒。

占毕：指经师不解经义，但视简上文字诵读以教人。后亦泛指诵读。

淳化轩

六合至广大，图治予一人。
情伪纷万变，匡弼赖众臣。
矫饰趋华靡，难期返朴淳。
遇事止于义，中心惟安仁。
寸田无嗜好，心镜除垢尘。
庶几渐改革，小康世道臻。

蕴真斋

真为天理伪人欲，夜气常存勿梏亡。
永守此心应万事，至诚不息体乾刚。

夜气：儒家谓晚上静思所产生的良知善念为夜气。语出《孟子·告子上》：“梏之反覆，则其夜气不足以存；夜气不足以存，则其违禽兽不远矣。”

梏亡：谓因受束缚而致丧失。语出《孟子·告子上》。

诚伪枢机蕴寸心，物来顺应岂探寻。
天怀坦荡原无我，尽屏虚浮城府深。

嘉庆十一年

含经堂

经书为政本，考额永昭垂。
念典切探讨，敷言见措施。

新知勉后学，旧业守前规。

莅事得其要，肯堂亹在兹[①]。

① 经书为郅治之本。昔人所谓“以半部论语治天下”者，非夸言也。然必探讨功深，而后措施有合。“言之匪艰，行之维艰”是已。考训昭垂，典谟具在。肯堂肯构，念兹在兹。此予之日亹亹于中，而不能释者也。

淳化轩

圣化覃寰宇，民风未尽淳。

虚浮多近伪，暴弃漫知新。

浇薄皆图利，嚣腾渐失真。

仔肩勤继志，郅治望归仁[①]。

① 是轩，廊嵌石墨，乃乾隆年间得毕士安原本《淳化阁帖》。因摹以寿世，并以名轩。非取有宋纪年，则我皇考尝详识之矣。予仔肩大业，有化民正俗之责。是以夙夜不敢康，亦惟期天下成郅治之盛。仰瞻题额，有感世风，不禁怃然而作是诗。

蕴真斋

天真烂熳性中有，物欲混淆渐失常。

蕴蓄渊深应庶事，自能充实现辉光。

人欲终难掩天理，寸田澄照伪真分。

明通公溥消幽暗，日月江河大块文。

淳化轩

民生日繁庶，教养难遍施。

守令最切近，习俗未易移。

举措鲜得当，苟安多玩疲。

只图身家计，遑论名行亏。

淳化实不逮，怀惭衷自知。

仰瞻御题额，肯构勉继思。

尺宅照九有，奚能免漏遗。

惟尽予心力，正己待昊慈[①]。

① 守令，为亲民之官。国家教养之道寄焉，所系诚为至要。乃人性刚柔不齐，诚伪不一。民隐既难周知，措施岂能尽当。予一人，惟以止仁自勉，与天下相见以诚，为之表率。期尔诸臣，咸体予心，去其私图，进于公是，以佐予保乂万方。俾民风日趋于正，庶冀上天感应，锡以休和。此实予之虔矢于衷，忱者也。

九有：《诗 · 商颂 · 玄鸟》：“方命厥后，奄有九有。”毛传：“九有，九州也。”此指天下。

含经堂

六经图治本，精义蕴芸编。

题额钦常仰，传心凛永延。

英华细含咀，典则广敷宣。

志道是非判，建中理性全。

寸田坚有定，外境岂随迁。

敬怠须臾际，训言念昔先。

蕴真斋

事事有真理，常存勿梏亡。

观人别诚伪，鉴古务精详。

蕴蓄循前典，研磨谨退藏。

洗心归宥密，充实现辉光。

嘉庆十二年

含经堂

肯构切寸衷，遵训图郅治。

古书可通今，事理悉赅备。

仁恕达庶情，公私辨义利。

考慈永铭心，守成凛天位。

虚己资众贤，策励集群议。

宵旰失敬勤，求宁实不易。

淳化轩

宇宙万几寸心理，愧难图治化顽浇。

民稠未尽淳良浃，俗薄奚能德礼调。

立法惩贪咸正直，止仁厚本庶丰饶。

敬承考训亹勤政，去伪求诚勉旰宵[1]。

① 天下之理至赜，天下之事至纷。一二日万几，而不遑暇逸者，欲以致斯民于治安，化行臻于淳茂也。临民者，将何所操以致是耶？惟恃己之一诚，以危微精一之道，为修齐治平之基。御群伦而端政本，庶几俗化敦厚，渐臻大同耳。此轩廊嵌石刻，为淳化阁帖。当年虽寓名于古墨，而意之所讬，固在彼而不在此。是予之憬乎，顾名惟励此一诚，以冀上继圣心之所在。或于斯轩之称，不致大相径庭乎！

蕴真斋

人生性本善，外诱渐忘真。
正道失原始，迷途趋幻尘。
尊闻首修己，念典勉知新。
图治期无伪，临民在止仁。
一诚无不感，万物备吾身。
瞻额阐精义，危微蕴蓄淳。

淳化轩

轩额藏石刻，予别有会心。
凛承皇考命，御极矢敬忱。
海寓亿兆众，一人咸照临。
民碞大可畏，天眷诚难谌。
世态多变幻，习俗渐染深。
还淳非易事，化雨待沃斟。

民碞：谓民心不齐。《尚书·召诰》：“王不敢后，用顾畏于民碞。”一说谓民情险恶。

嘉庆十三年

三友轩

奇石嵯峨磴道连，日亲三友屡窗前。
松坚竹劲梅清洁，物外忘形几岁年。

或咏诗词或写生，总由幻想结同盟。

予心自有真三益，惟敬惟勤惟致诚。

嘉庆十四年

淳化轩

轩额缘藏帖，法书廊壁阴。

双文瞻御笔，一贯儆予心。

淳化惭难布，浇风染益深。

勉端官吏习，克己先惟钦。

题三友轩

严飙卷冻云，暖旭映朱牖。

蜃窗朗西轩，坐对三益友。

苍颜欣不凋，夭矫岁寒后。

篔筜枝茂蕃，碧筠劲节守。

梅占百花先，冷艳屏尘垢。

神契物外交，忘年乐悠久。

篔筜：一种生长在水边的大竹子。

嘉庆十五年

含经堂敬志

我考临御六十载，心法治法本六经。

危微精一继先圣，德功远溯汗简青。

千五百卷著实录，大清奕叶昭仪型。

肯堂勉绍含渥泽，抒诚感慕衷敬铭。

千五百句：指嘉庆十二年完成的《清高宗实录》一千五百卷。

肯堂：修缮房屋。比喻子承父业。出自《尚书·大诰》："父已致法，子乃不肯为堂基，况肯构主屋乎？"

含经堂

颜堂含治道，为政首研经。

圣学超虞夏，先言作典型。

鸿谟凛敬守，庭训式聪听。

稽古有原本，包罗汗简青。

淳化轩

宋帖泐廊轩额因，心殷肯构义重申。

官多玩愒难敷化，民半漓浇未返淳[①]。

主敬酬恩思不匮，克勤为政日常新。

以诚御下儆荒怠，稍报深慈垂训频。

①《淳化阁帖》者，宋太宗令王著所摹，遂以其时纪年为标名也。至此轩之成，则以我皇考命以内府旧藏宋拓墨本重摹，入石嵌周廊壁。而仍其名，以存其真，并

取以颜是轩之意也。至予之一再吟咏，则以淳化之难觏，有不能已于言者。盖民俗之淳漓，实视吏事之治忽。予一人不敢康宁，孜孜训诫，克承意旨。而黾勉从事者，固不乏人，其中之玩日愒月、因循姑息，恐亦不免。以是期民之向化从风，可得乎？然予不以下之或有未效，而稍弛敬勤。自励之志，则庶几于皇考昔年训垂之殷，无歉焉尔。

味腴书室

图治有源本，简编勉味腴。
史经总同贯，今古岂殊途。
荟要充楹栋，研精在典谟。
诚求行实政，化雨渐涵濡。

嘉庆二十年

淳化轩

福地卷阿胜，斯干昔建轩。
两廊镌阁帖，二字仰先言。
化被黔黎洽，风淳政治敦。
以身教天下，遗泽永昭存。

斯干：《小雅·斯干》是古代《诗经》中的一首诗，内容是祝贺西周贵族宫室的落成。

黔黎：指平民百姓。

嘉庆二十三年

淳化轩

淳化治庶民，苍生沐教养。
升平日久长，风俗渐浮荡。
官吏多怠疲，听讼半曲枉。
以致下刁顽，犯上肆扰攘。
实由予不明，举措失刑赏。
正己勉日新，毋庸咎既往。

嘉庆二十四年

淳化轩

藏帖名轩泐两廊，顾名思义惕无遑。
俗乖言伪趋邪僻，经正民兴顺典常。
治政得人化淳朴，绥猷及众道光昌。
风移务本知廉耻，庶格浇漓守纪纲。

绥猷：语出《尚书·汤诰》："若有恒性，克绥厥猷惟后。"绥，安抚、顺应之意。猷，大道，法则。

淳化轩

君民分位殊，似远而实近。
明目兼达聪，最忌下情隐。

置腹推心诚，治理倚卿尹。
执中不偏跛，政事皆平允。
宣化植善良，邪伪自消泯。
风俗臻朴淳，在上为标准。

道光朝

道光三年

淳化轩

世德敷寰宇，兢兢宪典循。
政声虞未洽，民俗望还淳。
化浃钦天贶，恩深述考仁。
绳先增怵惕，布泽物皆春。

道光四年

淳化轩

世俗叹浇薄，天恩感渥深。
永思不忍政，常廑化淳心。
恭俭身应率，真诚道可寻。
兢兢瞻宝翰，绍衣凛微忱。

不忍政：语出《孟子·公孙丑上》："以不忍人之心，行不忍人之政，治天下可运之掌上。"意为用怜悯同情之心，行体恤百姓之政，治理天下就非常容易了。

绍衣：语出《尚书·康诰》，意为承继旧闻善事，奉行先人之美德嘉言。

淳化轩记

淳化轩何为而作也？以藏重刻淳化阁帖石而作也。盖自伏滔崆峒之铭，石虹尧碑之文，历代相传，石刻尚焉。然物有其成，必有其坏。世远年湮，真伪莫辨。则汉唐且难得其全者，无论周秦以上矣。故言帖必以赵宋为犹近，而宋帖必以淳化为最美。重刻之由，考稽之故，已见于帖前之旨，册后之跋，兹不复记，记所以藏石作轩之故云。石刻既成，凡若干页。使散置之，虑其有失也。爰于长春园中含经堂之后，就旧有之回廊，每廊砌石若干页，恰得若干廊，而帖石毕砌焉。廊之中原有蕴真斋，因稍移斋于其北，即旧基而拓为轩。事起藏帖，则以帖名名之。夫淳化，宋太宗之纪年也。为人君者即不能以唐尧虞舜为师，亦当以夏甲周成为轨，所谓取法乎上，仅能得中耳。若宋太宗始终家国之间，惭德多矣，吾所不取，而又有何慕于淳化，而以之名轩为哉？

思永斋

思永斋，位于含经堂西侧偏南的环岛上，为一处园中园，始建于乾隆十二年（1747）。思永斋主殿七楹，斋门额曰“静便趣”，斋内额曰“万横香玉”。此斋为清帝园中游憩的寝宫之一，殿内贮乾隆《重刻淳化阁帖》和《西洋楼铜版图》各一套。斋北有临池楼宇一座，名曰“山色湖光共一楼”，楼前有八角游廊，外悬“迎步廊”匾。斋东别院即仿杭州汪氏之园的“小有天园”，小有天园北为“抱清楼”。另有“绥德斋”“罨画窗”“盎春书屋”等，具体位置不详。

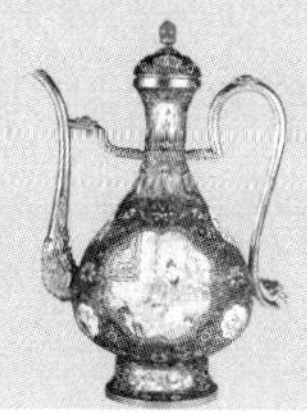

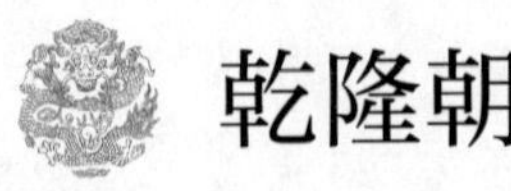

乾隆朝

乾隆二十三年

思永斋

朴斫含经畔[①]，往来亦憩留。
澄观非藻缋，托志在清幽。
上下鸢鱼若，居稽今古求。
言经如展读，切己慎身修。

① 是处在含经堂西。

藻缋：文辞，文采。

居稽：谓居于今世而求合于古代，即怀古。语出《礼记·儒行》："儒有今人与居，古人与稽。"郑玄注："稽，犹合也。"

赋得山色湖光共一楼

渭竹环临水，岩楼出竹梢。
漪澜常映带，翯黛亦兼包。
了识智仁乐，宛成仲叔交。
契神疑画舫，悦志即书巢。
已足供吟眺，奚烦事豁庨。

羲经设观象，育德圣功爻。

智仁乐：语出《论语·雍也篇》：“智者乐水，仁者乐山。”

仲叔交：即“管鲍之交”。管即管仲，鲍即鲍叔牙。后此典常喻交情深厚的朋友。

豁庨：深邃高峻貌。

林屋

激水飞来，雪瀑叠峰。

耸出云根，壶里绝无。

尘处窗中，小有天园①。

① 堆假山，肖西湖汪氏园，自窗中见之。

小有天园：即杭州汪氏（汪之萼）园，位于西湖南岸，以山水佳境、亭台花木著称。乾隆十六年，帝南巡杭州，赐其园名“小有天园”。寻将之仿建于长春园内“思永斋”。

抱清楼

回廊曲折自通幽，拾级登临纵远眸。

妙合而凝冲以静，佳名真副抱清楼。

乾隆二十四年

题抱清楼

诘迳曲厢複，居然得小楼。

托高因见下，致朗本从幽。

月与冰疏约，云疑画舫浮。

偷闲消片刻，翰墨恣优游。

乾隆二十六年

思永斋

佳处堪永日，因题思永名。

絜矩在虞书，讵惟怡六情。

政靡不有初，道益谦亏盈。

肯构期于万，亦云观所行。

即景识心官，慎修励以诚。

六情：语出汉 班固《白虎通 · 情性》：“六情者，何谓也？喜、怒、哀、乐、爱、恶，谓六情。”

靡不有初：语出《诗 · 大雅 · 荡》：“靡不有初，鲜克有终。”意为做人做事，没有人不肯善始，但很少有人善终。

益谦亏盈：犹谦受益，满招损。

乾隆二十七年

题罨画窗

纳景虚窗名罨画，四时无定揽云烟。

谩言塞北江南似[①]，神品偏欣近取便。

① 避暑山庄及塔湾行宫并有是名。

乾隆二十八年

迎步廊

曲廊堪屧步，佳景每迎人。
行饭真强体，寻诗恰得神。
曼回临露蕙，斜转护风筠。
取适非萧范，谁论故与新。

绥德斋八韵

朴斫据佳胜，选题率与名。
斯斋号绥德，切己益屏营。
乂用谐三事，勤思惠万氓。
风惟君子慎，草亦庶人情。
缅禹曰予懋，钦尧在克明。
乾元恒不息，谦吉凛亏盈。
斧藻修常行，干文格八瀛。
澡身拟铭席，敬迪奉天行。

屏营：彷徨，惶恐。

乂用三事：即乂用三德。语出《尚书·洪范》，三德指正直、刚克、柔克。意为统治天下，需配合使用正直与刚柔并济之方法。

予懋：语出《尚书·大禹谟》："予懋乃德，嘉乃丕绩。"意为褒扬你的美德，嘉许你的功绩。

克明：语出《尚书·尧典》："克明俊德，以亲九族。"孔传："能明俊德之士任用之，以睦高祖玄孙之亲。"克明，能明，谓任用贤能之士。

乾元：乾有四德：元、亨、利、贞。元是四德之首。乾元，即乾之元，是天道伊始之意。

斧藻：修饰。《文选·王融〈三月三日曲水诗序〉》："内积和顺，外发英华，斧藻至德，琢磨令范。"

干文：天文，天象。《三国志·蜀书·郤正传》："俯宪坤典，仰式乾文。"

八瀛：八海。古谓中国的四方四隅皆有瀛海环其外，故亦借指天下。

盎春书屋

书屋实清怡，盎春额画楣。
隔年如昨日，即景信斯时。
鸟有能言调，梅开递信枝。
个中亲切句，惟愿万民熙。

戏题罨画窗

烟云供养信怡情，席未曾温览便行。
笑似梁家夸博古，观其大略不留评[①]。

① 本朝梁清标称收藏最富，然卷尾多用"观其大略"印，而不加评，故戏及之。

梁清标：明末清初著名藏书家、文学家，字玉立，号棠村，一号蕉林，直隶真定人。顺治元年降清，累迁至保和殿大学士。时有"项（元汴）家'蕉窗'梁'蕉林'，图书之富甲古今"之称。

盎春书屋

千林叶落尽归根，书屋明窗日影温。
几朵盆梅初吐萼，盎春消息个中存。

乾隆二十九年

盎春书屋有会

何处贞元见往还，情欣理趣静开颜。
盎看物物含韶际，春在人人方寸间。
小阁又悬金作胜，远山聊借玉为鬟。
灯宵屈指迟三日，得展芸编好是闲。

贞元：语出《易·乾》：“元亨利贞。”高亨注：“元，善也。贞，正也。”古代以元亨利贞喻春夏秋冬，故贞元也借指时令的周而复始和天道人事的转换。

题绥德斋

四序春为首，一心元作基。
王言岂徒大，君子贵乘时。
必有德无忝，方将禄永绥。
克明尧荡荡，不敏请敦之。

不敏：犹不才，不明达。

敦：督促，勉励。

思永斋

含经思永近比邻，题额称名实欲循。
枕葄礼园希复性，沈潜义府慎修身。
底须银烛怜过节，耐可华编娱早春。
德业进修宁二道，箕畴愿福万方民。

礼园：指修习礼仪之处。

义府：义理之府藏。常指《诗》《书》而言。《左传·僖公二十七年》："《诗》《书》，义之府也。"

箕畴：指《尚书·洪范》之九畴。相传九畴为箕子所作，故名。九畴泛指治理天下的大法。

迎步廊

回廊不欲直，曲折足延步。
一转一致幽，仰人递佳趣。
因之悟为文，元气在吞吐。
善诠理者谁，莫过陆家赋。

迎步廊

人步廊而前，廊似迎人步。
谁主更谁宾，妙趣个中寓。
曰往即具来，谓新已成故。
可以掞毫翰，可以供绘素。
曼回自超超，乃于不知付。

超超：超然出尘。

思永斋

韶春煦润锦花舒，为抚时和惕有余。
卑室更因思禹拜，倚衡拟欲学师书。
修身敬奉三无本，叙族宁忘一脉初。

绨几蛎窗增愧处，圣人见说贵鹑居。

三无：《礼记·孔子闲居》：“孔子曰：‘无声之乐，无体之礼，无服之丧，此之谓三无。’”孔颖达疏：“此三者，皆谓行之在心，外无形状，故称无也。”

鹑居：形容简陋的居室。语出《庄子·天地》：“夫圣人鹑居鷇食，鸟行而无彰。”

题小有天园

叠石肖慧峰，范锡写壑庵[①]。
分明虚窗北，宛似圣湖南。
缩远以近取，收大于小含。
既非仙术幻，亦岂佛偈拈。
屟步丹崖侧，抚掌琴台尖。
游神无不可，骋目还须兼。
过去成陈迹，未来犹豫探。
奚如现前对，前三与后三。

① 西湖小有天园，旧名壑庵。

佛偈：佛经中的颂词。

前三句：语出佛偈六十九首之一：“文殊去后无消息，休问前三与后三。”

乾隆三十一年

思永斋

斋堂一溪隔，其实近尺咫。
含经既临诸，思永爰憩只。

檐檠亦流苏，屏胜亦叠绮。
灯宵稔冉过，顿置风景美。
循名如责实，忸怩犹惭此。
讵惟慎身修，絜矩治平理。

稔冉：犹荏苒。时间渐渐过去。

盎春书屋

土苏芳砌冻融池，万物形形色色时。
且勒三分为蕴酿，不妨书屋是先知。

罨画窗

玻璃一片画中央，四季循环逐景张。
恰看山姿余积素，分明今日对河阳。

河阳：晋人潘岳任河阳县令时，满县栽花。后遂用“河阳”，作咏花之词。

乾隆三十二年

盎春书屋

欲知春盎处，书屋递先机。
柳眼蓄将放，梅胎含渐肥。
贞元运有代，消息理无违。
不出韦编蕴，开函验始微。

韦编：古代用竹简写书，用熟牛皮绳编连，故称韦编。后借指古代典籍。

迎步廊

向阳阶砌草将萌，避冷帘栊梅正荣。
几曲回廊闲散步，恰如春意傍人迎。

盎春书屋口号

东皇一气遍三千，岂仅明窗与翰筵。
凿井得泉水在是，盎春名室亦应然。

题思永斋

思永非惟身慎修，心思永处说从头。
敬天益励旦明凛，法祖常怀艰大投。
勤政宁无间宵旰，亲贤何有尽登收。
至于祈岁更殷若，安得屡绥遍九州。

泠然阁

山上则平屋，面前亦远洲。
御风惟御寇，画水是营邱。
淡处堪澄虑，豁如真畅眸。
缘梯向南降，降乃识为楼。

御寇：即列子，战国时期道家代表人物。《庄子·逍遥游》载：“夫列子御风而行，泠然善也。”

营邱：指宋代画家李成。成，营丘人，以山水画知名。

乾隆三十三年

思永斋咏玉兰

一株香满院，万朵静迎窗。
白业宁须习，红芳只合降。
无枝不洒洒，有色那纵纵。
思永思谁是，生花人姓江。

白业：佛教语，谓善业。

乾隆三十四年

思永斋

冰床不可坐，沿岸进轻舆。
原自一溪隔，闲消片刻余。
漏声永高阁，旭影下横疏。
园景滋多矣，思之每愧予。

迎步廊

廊腰缦转致多情，幽趣因之随步迎。
悟得行文奚异此，陆机赋里旨标明。

陆机：字士衡，吴郡吴县（在今江苏苏州）人，西晋著名文学家、书法家。其《文赋》为我国最早探讨文学理论的名著。

乾隆三十五年

思永斋

向阳阶砌纽芽萌，偶至书斋别缱情。
最是夔然思永处，恐因日久懈心生。

乾隆三十八年

题思永斋

慎厥身修谟训文，人皆当勉重为君。
枢机言行荣辱主，敬怠毫厘治乱分。
九族叙敦亲始近，庶明励翼哲来群。
题檐何异铭屏扆，要在行知尊所闻。

慎厥身修：语出《尚书·皋陶谟》："慎厥身，修思永。"孔传："慎修其身，思为长久之道。"

九族句：即"惇叙九族，庶明励翼。"语出《尚书·皋陶谟》，意为家人惇厚和顺，群贤同心辅佐。

屏扆：古代宫廷内设在户牖之间的屏风。

迎步廊戏成口号

步而前似廊迎步，莫笑居然混主宾。

我自昌言得其解，非人磨墨墨磨人。

乾隆四十年

泠然阁

日阁必据高，既高风易受。
四时气或异，阁乃恒斯有。
即景当为条，泠然益和厚。
万物无不被，列子嗤享帚。

享帚：语出《东观汉记·光武帝纪》：“家有敝帚，享之千金。”比喻物虽微劣，而自视为宝。

盎春书屋

书屋何所有，所有琴与书。
琴则我未学，书每堪起予。
即今春之孟，春意已盎如。
汉诏一再读，宁不心廑诸。

汉诏：即两汉诏令，是汉代诏令文书的汇编。

乾隆四十二年

泠然阁

高阁褰窗幔，泠然左右披。

恰欣曦暖际，已是律回时。
拂柳将开眼，催梅乍启思。
春风风人处，吾愿扩充之。

乾隆四十六年

迎步廊

人沿廊进步，廊似解迎人。
互以动为静，那分主与宾。
曦楹明报暖，风牖细吹春。
入屋无长物，芸编棐几陈。

乾隆四十七年

思永斋

思永著虞书，细绎具二义。
一曰永修身，一曰永后世。
五帝官天下，修身一已备。
三王家天下，后世应并计。
一修已为艰，并永任尤萃。
思之益凛然，于斋敢安恣。

五帝官天下，三王家天下：语出《韩氏易传》：“五帝官天下，三王家天下。家以传子，官以传贤。”“官天下”是指传说中五帝禅让，“家天下”是指自夏商周三代开始的世袭传承。

乾隆四十八年

迎步廊

人自步廊无意往，廊称迎步有如来。
世间万事何殊此，立字安名属赘哉。

乾隆五十年

思永斋有咏

壬寅咏思永，申言有二义[①]。
其义已畅明，兹不复辞赘。
兹之咏思永，用为娱老备。
建立廿余年[②]，兹近十年计。
永者日以近，足知老将至。
设果得如愿，额手钦天赐。

① 壬寅思永斋诗云："一曰永修身，一曰永后世。五帝官天下，修身一己备。三王家天下，后世应并计。"

② 思永斋在长春园内。建立二十余年，在宁寿宫落成之先，均以备归政后颐养所居。兹自乙巳春至乙卯归政，屈指十年。惟期仰承天贶，得如初愿，庶克协思永之义耳。

乾隆五十二年

题思永斋

典言事也谟言理，此是皋陶之首章。
迪德弼谐关政肃，慎修思永厥心臧。
由来内外交养切，惟是唐虞示训详。
少小穷经兹耄耋，略窥端绪效犹蕟。

迪德弼谐句：语出《尚书·皋陶谟》：“皋陶曰：‘允迪厥德，谟明弼谐。’”孔传：“言人君当信蹈行古人之德，谋广聪明，以辅谐其政。”

乾隆五十四年

绥德斋

德者仁之端，绥者安之意。
两字额檐间，时切箴己义。
昌黎曾言德，君子小人异。
君子居之安，斯亦非易事。
必也克己私，而后施恩惠。
惠心勿问吉，益之九五备①。

① 益之九五：“有孚惠心，勿问元吉。”说经者率遵本意，谓不问而元吉可知。予则以为，勿问当作不计较，受惠者之知感与否，盖一有计较之心，必致有违道干誉之事。详见向所作“经筵论”中。

乾隆五十五年

迎步廊得句

步者自为往，廊乎似有迎。
一往一迎间，适然佳趣成。
即如春光来，万物含熙呈。
吾因絜矩之，君人临兆氓。
望泽亦若斯，可不廑衷情。

乾隆五十六年

抱清楼

书楼悬额抱清牌，讵为游情山水佳。
悠以九州久万世，皇哉国计蕴哉怀。

乾隆五十八年

思永斋咏玉兰

紫是辛夷白玉兰，花师接种不同观[①]。
若论色有间[②]和正[③]，恰似性殊暄与寒。
适值几闲一庭对，却逢春好万枝攒[④]。
雅宜木笔为名号[⑤]，思永吟如此岁难[⑥]。

① 辛夷花本紫，种花者以别枝接之，则开白花，为玉兰，是玉兰与辛夷本一树也。不以别枝接之，则花仍紫，以接植与不接植为二花之分耳。

② 辛夷花紫是间色。

③ 玉兰花白为正色。

④ 今岁立春既早，兼之频沐甘膏，故迩日花已盛开。

⑤ 辛夷又一名木笔，则玉兰以辛夷接种，含苞尖锐，花白而雅。以木笔名之，为尤当也。

⑥ 今当春雨既佳，花开复盛，较之往年，实为难得。

乾隆五十九年

绥德斋

常年布泽应春时，加赈灾区豫问之[①]。

昨岁幸丰恩旨少[②]，斋临绥德略惭斯。

① 每岁新正例当施惠，用溥春祺。凡偶被偏灾省分，有须加赈者，豫于冬月降旨，询问该督抚，令其据实奏闻，以俟加恩展赈。

② 去岁各直省旸雨时若，收成俱在八九分以上。即间有一二洼处被水，各督抚不过奏请缓征，借给籽种口粮，闾阎已饶生计。是以今岁新正，无降旨加赈之处。睹兹斋额，转觉歉然。

乾隆六十年

迎步廊口号

楼中有级下平墀，墀绕回廊步步宜。

适问所宜何处也，无边春意欲来时。

嘉庆朝

嘉庆元年

思永斋

开衮对澄波，春潭明百顷。
悦目净纤尘，碧浸晴云影。
宿雾敛平林，晃耀阳乌炳。
轩窗延景光，片时欣引领。
斋名义深长，修齐务思永。
应物虽万殊，返观必三省。
克己胜治人，虚怀戒放逞。
无我斯明通，外诱尽绝屏。
顾名偶拈吟，中心存自警。

嘉庆三年

罨画窗

十笏容膝安，小窗纳幽秀。
叠石作假山，隙地因景就。
巑岏峰最奇，淅沥泉琴奏。
松枝出涧阿，曲水穿云窦。
妙境若画成，想像列岩岫。

坐对代壮游，真伪漫研究。

巑岏：山高锐貌。

云窦：云气出没的山洞。

泠然阁

飞阁凌虚出紫烟，远超尘壒乐泠然。

御园随处皆蓬阆，奚必穷幽慕列仙。

尘壒：尘埃。

蓬阆：蓬莱，渤海中仙人居住的仙山。阆苑，神仙的住处。蓬阆泛指仙境。

游神八极总虚妄，须识金丹在寸心。

子孝臣忠求素位，自然能免百邪侵。

素位：现在所处之地位。《礼记·中庸》："君子素其位而行，不愿乎其外。"孔颖达疏："素，乡也。乡其所居之位而行其所行之事，不愿行在位外之事。"

思永斋

修身有要惟思永，恒性常存绥厥猷。

三字君难勤保泰，四方民隐务推求。

治非好异贵平坦，政必守经听论谋。

翼翼小心望淳化，漫图后乐凛先忧。

罨画窗

天地建山川，随处皆画境。

小窗对虚峦，吐纳灵晖影。
心寄霄汉间，兴与烟霞永。
白云出远峰，长空任驰骋。
隐士恣游遨，芒鞋踏万岭。
此乐吾未知，妄想宜尽屏。

芒鞋：用植物的叶或杆编织的草鞋。

嘉庆六年

泠然阁远望述怀

临沼登山径宛转，绿含宿润铺苔藓。
陟兹高阁眼界宽，风来天上明霞卷。
岂同列子御泠然，几暇偶至闲消遣。
当空赤伞正炎蒸，悯我官军历层巘。
无尽生灵遭此殃，颠沛流离运屯蹇。
愧予不德徒惭惶，遥祝西南邪速翦。

嘉庆七年

思永斋春望即景赋得八韵

斋额义诚永，随时慎厥思。
风融春恰仲，日丽晷徐移。

残雪还皴岭，宿冰已泮池。
韶华渐繁富，庶汇拓根基。
西苑寻芳早，东郊举趾宜。
虽蒙三白洽，仍冀一犁滋。
兆稔抒民愿，除氛溥昊慈。
息戈转泰运，露布即飞驰。

露布：古代指不缄封的文书、布告等。此处指告捷文书。

嘉庆八年

盎春书屋

今岁雨雪乐敷滋，御苑春光倍和盎。
润含南亩利农耕，蝗孽全消下黄壤。
民艰可悯望年康，亿兆普赖一人养。
尽予心力理万几，难化愚顽息扰攘。
漫寻佳景耽逸游，舞雩雅兴物外赏。
大君总鲜暇豫时，仔肩至钜六合广。

大君：天子。《易·师》：“大君有命，开国承家。”孔颖达疏：“大君，谓天子也。”

泠然阁

因山成阁面长川，修竹猗猗舞砌前。
高朗云光翻灿若，扶疏林籁御泠然。

静聆好鸟啼芳树，坐看游鳞跃锦泉。
物性随时皆自得，艳阳生趣畅敷宣。

泠然阁歌

层阁临池消暑气，松风静拂涛流翠。
泠然天籁满匡床，都忘畏景赤伞炽。
翻思冒热农事忙，汗滴锄禾日午阳。
治民匪易多艰苦，身居广夏心惭惶。

嘉庆九年

思永斋自箴

始勤终怠世俗常，莅事修身务思永。
良法善政总率由，遵守旧章寸田静。
敬循成宪恐未能，毋作聪明私意逞。
喜新好奇必乖张，尺宅湛然物欲屏。

泠然阁歌

神仙著说总谬悠，三山珠树孰能见。
愚人痴想求长生，邪说诬民相惑煽。
登兹层阁乐泠然，天风谡谡松顶传。
居高御下情万变，正己治俗择要先。

三山珠树：神话中的仙树，又名“三珠树”。《山海经·海外南经》：“三珠树在厌火北，生赤水上。其为树如柏，叶皆为珠。”

思永斋

广厦虚明纳远风，纱疏荫绿树玲珑。
静思斋额含精蕴，善始先筹慎厥终。

万几繁简运心源，敬慎临民旧典存。
永念先言勤效法，勉图郅治养黎元[①]。

① 皋陶谟曰：允迪厥德，谟明弼谐。盖皋陶为帝谋，禹然其谋，而复问其所以行。皋陶曰：“慎厥身，修思永。”谓行上谋者，当谨慎其己身，而修治人之事，思为久长之道旨哉。斯言固已得万世治平之要矣。取古人名理之言，为园林宫室之额，以期目击道存，勉图郅治，为惠养黎元之本。庶几于修己治人，加省察焉。

泠然阁

洞开北牖俯沧浪，暑气全消纳午凉。
一榻松风拂帘幙，两廊松韵戛笙簧。
波奁倒影分青嶂，林幄含薰漾绿杨。
静觉泠然涤尘虑，返观心镜现辉光。

泠然阁

寥阔高空万里晴，凭临层阁景澄清。
萧萧落叶西风急，如挟飞仙海上行。

池波澄洁印天光，蓼白枫红妙绘张。

平眺顿令心地朗，怡神悦性养心方。

思永斋

临轩治庶民，勉此寸诚真。
正己风从偃，持躬德日新。
保身皆俗吏，无欲始贤臣。
思永流方洁，惟恒世渐淳。
慰心逢稔岁，惬意息征尘。
尤喜燕齐获，西成救馁贫[1]。

① 三辅屡岁告丰，本年亦称大有。而山东省各属所报秋成，竟有至十分以上者，洵为罕觏之上稔。民食充裕，气象安恬，差慰省岁劭农之意。

嘉庆十年

泠然阁

阁据崖端石磴连，天涛飒爽御泠然。
竹间池沼含清筱，柳外亭台印锦涟。
层叠縠纹翻渚雾，空明夽影涤林烟。
炎嚣远屏诚佳境，岂慕餐霞诩列仙。

餐霞：指修仙学道。《汉书 · 司马相如传下》："呼吸沆瀣兮餐朝霞。"

泠然阁

登临层阁正新秋，天籁泠然爽气浮。

柳带垂垂萦岸角，松涛谡谡响檐头。
碧拖远水汀边漾，红逗晴霞山外留。
高宇澄清欣畅霁，东巡故里利行邮。

东巡故里：指嘉庆十年七月，帝东巡盛京之事。

嘉庆十一年

泠然阁

依山为阁俯方塘，纱牖凭临爱景光。
习习和风舞修竹，迟迟暖旭度垂杨。
云容点染层霄迥，波影微茫远渚长。
几暇游心唯翰墨，研磨陶冶味芸香。

嘉庆十二年

泠然阁

高阁平开碧嶂巅，天风飒爽御泠然。
松阴密罨苔衣衬，蝉韵轻流柳线牵。
砌竹萧疏飏窗影，湖波溶漾滴林烟。
时临长养群生遂，益盼甘霖洽陌阡。

嘉庆十四年

泠然阁

层阁平临众木杪，凉飔习习御泠然。
松涛飞翠檐端接，竹籁摇青槛外连。
延爽虚窗印明朗，含晖远浦漾漪涟。
怡情物表得真趣，静契生机品汇宣。

嘉庆十五年

泠然阁晴望

霑足即畅霁，授时慰寸衷。
兰桡舣柳岸，极目渥泽充。
层阁据山半，窗开碧林中。
静坐不知暑，泠然来天风。
翠罨池畔竹，逸韵戛玲珑。
波光漾槛外，鸭绿涵长空。
晴景印亭馆，皎洁辉朱栊。
胜境相连接，游览惭卑宫。
雨旸欣协序，心愿直省同。
亟盼齐东信，汶长漕运通。

汶：汶水，山东省境内的河流，入黄河。与漕运事宜息息相关。

嘉庆二十二年

泠然阁

半岩高阁敞，天籁御泠然。

砌下松涛漾，檐端竹韵传。

管弦奏林雀，琴筑滴阶泉。

众响皆空外，闻思静里延。

道光朝

道光四年

泠然阁

冲融春二月，高阁瞰清池。

岚影分松坞，云光印柳陂。

凌虚佳趣惬，近水赏心怡。

几暇芸编展，疏窗午荫移。

思永斋

承先抚寰宇，兢业凛深思。

言动参于是，修齐念在兹。

临民惕饥溺，虚己达猷为。
永保钦天眷，诚求慎自欺。

泠然阁

解缆流香渚，青岚森在望。
一鉴湛澄波，阁影山头漾。

四围深荫合，坐久鸟声多。
天籁传空外，轻飔拂户过。

泠然阁

飞阁据崖端，开轩瞰碧澜。
空明云影度，高下树阴攒。
飒尔花香袭，泠然暑气阑。
峥嵘翠屏嶂，坐对足游观。

道光十一年

思永斋

蛎窗迎暖旭，春盎一斋中。
拨火茶初熟，看冰棹未通。
修身期有永，学古念无穷。
卉木含生意，敷荣识化工。

咸丰朝

咸丰七年

泠然阁恭依皇祖诗韵

阁启崖端俯渌水，林峦倒影入清沚。
乔松翠盖势拿云，虚籁泠然天半起。
闻思静妙惬诗怀，长春[①]仙境四序佳。
徒闻海外三山不可近，何如雨树晴岚奇趣谐。

① 园名。

小有天园记

左净慈，面明圣，兼挹湖山之秀，为南屏最佳处者，莫过于汪氏之小有天园。盖辛未南巡所命名也。去岁丁丑，复至其地，为之流连，为之倚吟。归而思，画家所为，收千里于咫尺者。适得思永斋东林屋一区，室则十笏，窗乃半之。窗之外隙地，方广亦十笏。命匠氏叠石成峰，则居然慧日也。范锡为宇，又依然壑庵也。[①]激水作瀑，泠泠琤琤，不殊幽居洞之所闻。而黄山松树，子虽盈尺，有凌云之概，夭矫盘拏，高下杂出，于石笋峭蒨间，复与琴台之古木苍岩，玲珑秀削。不可言同，何况云异？吾于是知天地间之景无穷，而人之心亦无穷。境有异，而人之心无有异。夫此为轩、为亭、为磴、为池、为林泉、为崖壑，固不可历历手攀而足陟之者。使目击道存会心不远，则此为轩、为亭、为磴、为池、为林泉、为崖壑，又何不可历历手攀而足陟之乎？昔新丰鸡犬，各识其户，固已侈矣。李德裕平泉之像巴峡，写洞庭则又务穷远，尽态极妍而不必师。所可师者，其意而已。然吾之意，不在千里外之湖光山色应接目前，而在两浙间之吏治民依，来往胸中矣。是为记。

① 汪氏别业旧名。

蒨园

蒨园，位于澹怀堂迤西滨河水石之间，始建于乾隆十七年（1752）。嘉庆十三年（1808）前后，景区东南有较大改建。乾隆年间，主殿为“朗润斋”西向三楹，其东为“湛景楼”，又东为“菱香沜”。朗润斋西有石立于园门内，名为“青莲朵”，原是南宋杭州德寿宫故址的“芙蓉石”。斋东南山池间有“标胜亭”，又东南有“别有天”，西北为“韵天琴”，南角门外别院为“委宛藏”。乾隆帝非常喜欢这个园子，经常来此游憩，并多次吟咏上述《蒨园八景》。嘉庆年间改建后，新建成的五楹抱厦大殿，名“碧静堂”。蒨园宫门分为三路 ：西宫门是垂花门，为陆路；北宫门为水路，门殿七楹，额为“清晖娱人”，门外阶下临水即是码头 ；南宫门则称为“蒨园门”，是从长春园进入绮春园的唯一通道。嘉庆帝亦有《蒨园四景》，即碧静堂、虚受轩、菱香沜、委宛藏。

乾隆朝

乾隆十八年

蒨园八景

一亭一沼，爰静神游之乡。非壑非林，自足天成之趣。此中大有佳处，物外聊尔寄情，不为嵩山之比方，偶效右丞之格调。

朗润斋

机缄合希夷，水木呈明翠。

银塘横半亩，万顷烟波意。

机缄：犹隐藏，静止。

希夷：语出《老子》：“视之不见名曰夷，听之不闻名曰希。”后因以“希夷”指虚寂玄妙的境界。

湛景楼

楼临内外湖，地高望斯远。

湛然虚且明，絜矩出治本。

菱香沜

风前度弥静，雨后香益清。

仿佛吴兴岸，菱歌唱晚晴。

吴兴：浙江湖州。

青莲朵

蓝瑛碑侧石，名之青莲朵。

介示无去来，默传忘物我。

蓝瑛：字田叔，钱塘（在今浙江杭州）人，明代画家。工书善画，长于山水、花鸟。

碑侧石：即“青莲朵”。原系南宋临安（杭州）德寿宫中之旧物，名“芙蓉石”。宋亡后，明代画家孙扶和蓝瑛合作，画一梅一石成《梅石画》，并刻一碑，名“梅石碑”，置于“芙蓉石”旁。乾隆十六年，地方官将此石献于乾隆帝。命移至长春园，赐名“青莲朵”。

别有天

总此一大内，谩称别有天。

达人诮坐井，匪我古已然。

韵天琴

石激出淙乳，俨中宫商音。

我不解攫醳，而爱韵天琴。

攫醳：谓弹琴时琴弦一张一弛。《史记·田敬仲完世家》：“夫大弦浊以春温者，君也；小弦廉折以清者，相也；攫之深，醳之愉者，政令也。”

标胜亭

笠亭据假山，亦足云标胜。

设拟宣城迹，合得谪仙咏。

宣城：安徽东南部，中国历史文化名城。据《旧唐书》载，诗人李白醉死于宣城。

谪仙：即唐代大诗人李白。字太白，号青莲居士，又号谪仙。

委宛藏

境以曲折幽，中宏延外广。

尺宅含寸田，至人贵知养。

乾隆二十六年

韵泉书屋

叠石引平流，书斋筑上头。

布茵刚十笏，隐几似三秋。

不约宫商调，堪观起灭沤。

底须谷帘侧，方合著诗留。

起灭沤：佛教语。即“人之生灭，如水一滴，沤生沤灭，复归于水”。意为生死循环，自然之理。

乾隆二十七年

题太虚室

就树为斋倚碧峰，滃然满院翠阴浓。

坐时颇觉胸中合，游处当于道外逢[①]。

琴荐墨壶都帖妥，天光水态尽冲容。

飞来德寿青莲朵[②]，辞却梅英伴老松。

① 庄子道不游太虚。

② 青莲朵即蓝瑛梅碑畔石，杭城德寿宫故址。辛未南巡后，地方吏不请命而致京，以成事难却，置之此室前。

冲容：亦作“冲融”，水波荡漾貌。唐 杜甫《渼陂行》：“半陂已南纯浸山，动影袅窕冲融间。”

乾隆三十八年

虚受轩

窗景纳无尽，因颜虚受名。
执规方抚序，絜矩特关情。
具曰戒予圣，怵其如奉盈。
大公是春德，一气遍寰瀛。

寰瀛：指天下。唐 刘禹锡《八月十五日夜玩月》诗：“天将今夜月，一遍洗寰瀛。”

乾隆四十六年

虚受轩

爱竹因题虚受轩，却思虚受岂徒言。
盈庭讵止揽其秀，前席无遑傲我尊。

无遑：没有时间，来不及。

乾隆四十八年

虚受轩有会

虚受所该多，不啻求言矣。
求言固綦要，更有要于此。
言者行之标，行者言之柢。
接物及应机，孰非受之理。
是惟一大公，不为私所使。
其受乃廓然，注之曰克己。

标：树木的末端。引申为表面的，非根本的。

柢：树木的根。引申为基础。

乾隆五十二年

虚受轩有会

一室空空如，因额虚受轩。
万物纷来投，纳之岂辞烦。
而吾切己思，应在受谠言。
然少长者众，规少颂实繁。
是诚宜惧哉，虞书训辟门。

谠言：正直之言，慷慨之言。唐 白居易《唐河南元府君夫人荥阳郑氏墓志铭》序：“不数月，谠言直声，动于朝廷。”

虞书：《尚书》组成部分之一。相传是记载唐尧、虞舜、夏禹等事迹之书。

辟门：语本《尚书·舜典》：“询于四岳，辟四门。”孔颖达疏：“开四方之门，大为仕路，致众贤也。”后用“辟门”谓广罗贤才。

乾隆五十四年

湛景楼有会

湖楼称湛景，湛景义湛思。
湛者静之谓，静者归无私。
万景纷在前，一静受莫遗。
设若著一物，其万遗可知。
高楼如有谓，谓我涉多辞。

乾隆五十八年

虚受轩

疏轩护密竹，潇洒动风枝。
爱匪王之癖，虚嘉白作师。
心空异无主，节劲却能持。
设喻受言处，吾方念在兹。

乾隆五十九年

题湛景楼

层楼俯坦池，一晌引清思。

试抚湛如此，可知景最宜。

佳哉韶有信[①]，彻也照无私[②]。

应识徘徊处，莫非体察时。

① 景。

② 湛。

嘉庆朝

嘉庆元年

蒨园

石磴高低接曲廊，因山筑室景弥彰。

晴空飒爽天风迥，秋水澄清锦浪长。

列嶂枫屏染深绛，临溪柳带弄轻黄。

小园寻径多幽蒨，乘兴还过竹外冈。

迥：遥远。

嘉庆二年

湛景楼

御园多丽景，水木湛清华。

一鉴澄波漾，千章密荫遮。

曦光到窗罅，云影绘天涯。

切望甘膏布，登楼凝眺赊。

嘉庆三年

蒨园

小园临绿水，曲径引藤萝。

奇石如蹲虎，危峰若旋螺。

林深沿涧壑，境僻过坡陀。

布景最幽蒨，得来画意多。

嘉庆十三年

碧静堂

山庄颜堂对碧崖，御园题额面碧水。

春光骀荡候熙和，新波潋滟环芳沚。

境因地异景则同，岳峙渊渟各擅美。

静观总由于寸心，艮止坎盈原一理。

岳峙渊渟：高山耸立，渊水深沉。

艮止坎盈：艮是山的形象，喻止；坎是水的形象，喻盈。艮止：谓行止适时。坎盈：谓盈亏适度。

碧静堂

一泓静影印沧浪，碧沼无风夏亦凉。
澄洁波光辉远渚，葱茏林黛罨虚堂。
帘疏淡接花香细，窗敞徐舒旭彩长。
缓步廊阴沿岸角，翠绦摇曳蘸芳塘。

碧静堂

芳渚无风似镜明，清波倒浸远山平。
碧含荇叶鸥轻泛，翠滴柳丝鱼不惊。
朱縠衬霞相晃朗，金鳞映日互晶莹。
观澜澄洁容光照，止水印心静里生。

菱香沜对雨

黑云冥漠隐亭台，林外横排急雨来。
石骨淋漓秀含砌，松梢飞洒翠浮苔。
悬河百道倾檐角，涨浦三篙拍岸隈。
倏度前溪闻断续，天光澄洁雾徐开。

冥漠：指阴森貌。

嘉庆十四年

碧静堂

碧沼含漪晃远浔，波光淡荡映堂深。
塞山额室探全体，御苑颜楣印寸心[①]。
即境拈吟物外得，体仁用知性中寻。
理繄以静斯通彻，勿作聪明自照临。

① 碧静之名，堂也，昉（仿）于避暑山庄。而山庄据山，兹则临水。碧其色，则无不同。夫山以静为体，水以动为用。故仁知殊其乐焉。然则兹之名，何也。不闻夫《系辞》之言曰，静专动直耶？不闻夫《太极图说》曰，一动一静，互为其根耶？山水之象虽殊，而究之太极，溟涬之初，孰为之判耶？矧水之动，我将以智乐之，而先以静会之。喻心曰止水，喻清曰如水。我又将视为鉴视。为民，不敢溢此心也。则以碧静名临水之堂，其谁曰不宜。

蒨园四景

虚受轩

天道有盈亏，四时易寒暖。
君子虚受人，圣功不自满。
育德首含宏，宅心务平坦。
择善勉笃行，临轩思继缵。

含宏：即含弘。《易·坤》：“象曰：至哉坤元，万物资生……含弘光大，品物咸亨。”孔颖达疏：“包含宏厚，光著盛大，故品类之物皆得亨通。”后因指恩德广被，宽厚仁慈。

委宛藏

十笏容膝安，曲廊达疏牖。

芸编座右珍，远胜珠玉薮。

委宛列琅函，藏修业培厚。

御苑富琳琅，奚用访二酉。

二酉：指大酉、小酉二山，在今湖南省沅陵县西北。相传小酉山洞中有书千卷，秦人曾隐学于此。后以“二酉”称藏书丰富。

碧静堂

晴景印清漪，天水渺无迹。

静契涵育心，虚堂坐瑶席。

纳爽引轻飔，披襟挹空碧。

常养志气宁，不令形神役。

菱香沜

长养庶汇繁，水芳盈绿沼。

香风漾回栏，碧菱岸角绕。

游鱼戏波心，鸣蝉隐木杪。

俯仰乐天倪，寸田明镜皎。

嘉庆十五年

碧静堂

堂临川上接清浔，水面风来暑不侵。

柳蘸汀头绿波漾，松翻亭角翠涛深。

花光掩映拖轻藓，石韵瑽琤漱暗琴。

一碧连霄远尘壒，卷阿静赏契予心。

壒：同“堨”，尘埃。韩愈等《秋雨联句》诗：“幽泥化轻壒。”

卷阿：泛指蜿蜒的山脉。

嘉庆十六年

碧静堂

书堂临碧沼，静觉物华佳。
绿草连汀角，白云漾水涯。
溪山张远绘，卉木绕闲阶。
大地群生畅，欣孚胞与怀。

碧静堂

堂名沿山庄，额同境迥异。
彼谓山体言，此喻水之义。
静实仁者根，动则用才智。
能动静合宜，造极非二事。
乾刚运八埏，坤宁镇大地。
得一契涵三，妙理蕴精粹。

乾刚：谓天道刚健。

八埏：即天涯海角。《汉书·司马相如传下》：“上畅九垓，下溯八埏。”颜师古注引孟康曰：“埏，地之八际也。”

嘉庆十九年

碧静堂书怀

山庄在崖端，御园依水置。
悦性察鸢鱼，观文见仁智。
彼必跋马登，此则乘舟至。
劳逸大不同，境岂因心易。
晏安警勿耽，懈弛最误事。
息民非惰荒，力勤常励志。

碧静堂

轻舟过蓼渚，小憩水滨堂。
砌叠蛩传韵，窗虚桂送香。
披襟对溪阁，观额忆山庄。
随遇总佳境，静思物我忘。

嘉庆二十一年

碧静堂

山庄御苑额相同，即景抒思一贯通。
艮止坎流随动静，见仁见智理无穷。

临水虚堂碧鉴开，波光印槛净浮埃。

静中偶会浚源道，一勺澄泓万派该。

万派：派，江河的支流。万派，万水。
该：本意是军中互相戒守的约言。引申为完备，包括一切。

嘉庆二十二年

碧静堂

山庄堂建最深岩，古碧含峰迥隔凡。
借额颜楣在川上，名同境异理原咸。

水碧浮溪印日光，金鳞晃漾达陂塘。
盈科而进无停歇，静溯来源挹注长。

盈科：水充满坑坎。《孟子·离娄下》：“原泉混混，不舍昼夜，盈科而后进，放乎四海。”赵岐注：“盈，满；科，坎。”

嘉庆二十三年

碧静堂

石径玲珑接曲廊，碧溪一带绕书堂。
庭多乔木舒清荫，几有芸编挹古香。
心望和甘润畎亩，政求平治守纲常。
候临永夏盼嘉泽，播种大田祈稔穰。

嘉庆二十四年

碧静堂

山堂题额在云庄，仿建御园近碧塘。
即境峙流无造作，因心动静有真常。
坎盈源洁除泥滓，艮止根坚妙蕴藏。
见智见仁随本性，进修充实现辉光。

碧静堂

雨旸合其序，品汇乐繁昌。
绿满崖边藓，碧拖池畔杨。
波光笼远溆，林影荫回廊。
静挹化源理，观生兆岁康。

道光朝

道光三年

蒨园

偶移画舫访林泉，林碧泉清雨后天。
面水虚堂增爽籁，沿山曲径幻云烟。
葱茏众绿深而窈，点染余青静且便。
芦荻疏疏连岸角，生机活泼悟鱼鸢。

得全阁

得全阁，又名天心水面。居长春园西南隅，思永斋西稍南，建成于乾隆十二年（1747）。该景由三座坐西朝东的临水楼阁组成，主殿重檐三楹，两山接抱厦楼各一间，下檐前后接抱厦各一间，额曰“天心水面”。阁前有两座九孔弯转木桥，阁南为“宝云楼”，北为“远风楼”，是一处小巧玲珑的风景园区。

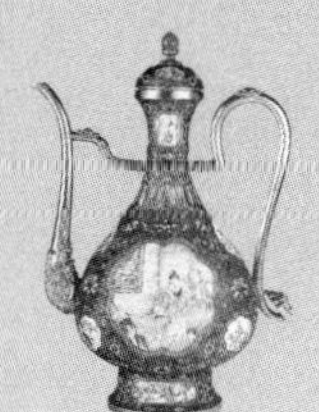

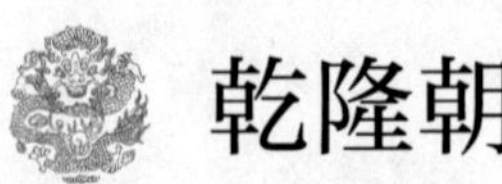

乾隆朝

乾隆二十四年

得全阁

高楼碧沼湄，万景揽无遗。
水面风来际，天心月到时。
文章假大块，图画得神姿。
益赞通为政，吾犹戒在兹。

赋得天心水面

细籁拂银浦，素蟾丽太清。
圆融涵上下，表里彻光明。
轮漾澜无定，波连魄若擎。
鱼相忘潜跃，兔不计亏盈。
通体惟虚朗，怡情泯色声。
尧夫拈五字，精诣识平生。

素蟾：月亮的别称。古代汉族传说月中有蟾蜍，故称。唐 黄滔《卷帘》诗：“绿鬟侍女手纤纤，新捧嫦娥出素蟾。”

乾隆二十六年

得全阁

飞阁流丹碧水涯，遥奇近概览无遗。
微言偶忆淳于氏，君道何妨絜矩思。

乾隆二十九年

得全阁

榜题逐处选名言，责实循名意每存。
不取沈家传八咏，端思枚叟有佳论。

榜题：匾额题字。

沈家传八咏：沈家，即南朝著名文学家沈约。其建元畅楼时曾作杂言诗八首，史称《八咏》。一时称颂文坛。

枚叟：即枚乘，字叔，淮阴（在今江苏淮安）人。西汉著名辞赋家，因其在梁王宾客中年纪较长，故后人以枚叟称之。

得全阁

敞阁虽受风，春仲律已暖。
宿雨润油然，韶光邕盈眼。
揽结景毕呈，锦绣天工纂。
忽有贳饼人，云自街头返。
饼已贱于昨，大田卜益善。

秋收定全获，此雨利不浅。

止止毋复言，言当戒盈满。

贳：赊欠。

海岳开襟

海岳开襟，位于思永斋正北湖心岛上，乾隆十二年（1747）建成。该岛直径约90米，主楼南向三层，居圆式崇基之上，四周坊楔各一。乾隆时期，上层额曰“乘六龙”，中层额曰“得沧洲趣”，下层外悬“青瑶屿”，内额“海岳开襟”。此楼高敞壮丽，为清帝登高望远之佳处。海岳开襟之西河池外有亭，曰“流香渚”，亭北为“罨画溪”；东河池外有台，名曰“半月”，是清帝登高赏月之地，台之南有“兰林”亭，之北有“萝溪烟月”亭。咸丰十年（1860）圆明园罹劫时，“海岳开襟”幸免于难。光绪二十二年（1896），光绪帝曾三次陪同慈禧太后到此游览。最终毁于八国联军侵华之乱。

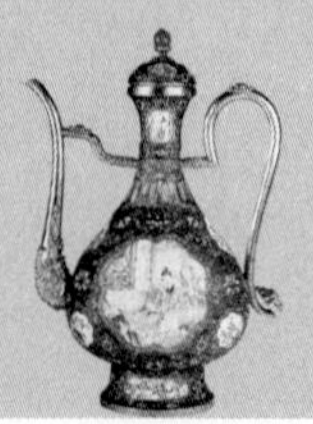

乾隆朝

乾隆二十四年

海岳开襟歌

楼名上有匾曰乘六龙。

沧池瀁瀁蛟龙窟，中耸玉台规宝月。
祖洲之草琪树枝，袅芳笼影水精阙。
周裨瀛海诚旷哉，崑峤方壶缩地来。
八琅云璈底须奏，松风谒听尘襟开。
芥舟只需坳堂水，溟渤何劳千万里。
得其环中游物外，枣叶须弥皆一理。
我之所戒在求仙，海岳寄兴属偶然。
保合太和励体乾，时乘六龙以御天。

瀁瀁：广阔无边。

祖洲：古代传说中的十洲之一。上有不死之草，人死三日者，以草覆之，皆可活也，服之可长生不老。

水精阙：以水晶装饰的宫殿。传说中的水神或龙王宫殿。

周裨瀛海：语出《史记·孟子荀卿列传》："中国外如赤县神州者九，乃所谓九州也。于是有裨海环之……乃为一州。如此者九，乃有大瀛海环其外，天地之际焉。"

崑峤方壶：古代传说中的神山名。

八琅云璈：琅璈，古玉制乐器。《汉武帝内传》载："王母乃命诸侍女王子登弹八琅之璈，又命侍女董双成吹云和之笙。”

尘襟：世俗的胸襟。

芥舟句：芥舟，小船。语出《庄子·逍遥游》：“覆杯水于坳堂之上，则芥为之舟。”

枣叶须弥句：须弥，即须弥山，相传为古印度神话中的名山。唐 杨炯《梓州惠义寺重阁铭》：“俯观大道，仅如枣叶；下望须弥，裁同芥子。”

保和太和句：保和，保和殿；太和，太和殿。二者均为清帝行使权力和举行盛典的地方。圆明园亦有保和太和殿。体乾，是履行天命的意思。

时乘六龙句：语出《易经》乾卦，“六位时成，时乘六龙以御天。”古代天子的车驾为六马，马八尺称龙。此代称天子，以治理天下。

半月台歌

望月惟有登台宜，不规其满规半时。
半可至满满将亏，此义吾闻诸庖羲。
开襟海岳楼阁重[①]，忽如拥出沧溟东。
玉阶琼陀露半面，弗升弗沉悬半空。
半空可望不可即，世界浑作琉璃色。
太白单父望镜湖，我亦因之动遐忆。
仙人结璘捧玉壶，以酒觞我我不须。
汉文百金尚未逮，唐尧蓂荚安知乎。

① 台在东岸。

庖羲：即伏羲，中国古代神话中的三皇之一。相传其始画八卦，教民渔猎，取牺牲以供庖厨，亦称庖牺。

太白单父句：太白，唐代诗人李白；单父，山东单县古名。李白《登单父陶少府半月台》诗：“水色渌且明，令人思镜湖。终当过江去，爱此暂踟蹰。”

结璘：指嫦娥。

不须：意思是不想、不愿。

蓂荚：古代传说中的一种瑞草。晋 葛洪《抱朴子·对俗》：“唐尧观蓂荚以知月。”

乾隆二十九年

半月台用李白韵

依山为露台，形与半月俱。

弯弓抱前面，掎角出两隅。

其上有何树，猗猗植双梧。

其下有何草，芊芊铺碧芜。

广寒白玉栏，光落影娥湖。

忽欲赓太白，寻思又踌躕。

赓：作诗唱和。

乾隆三十一年

半月台

台形规半月，白玉以为栏。

即是广寒界，雅宜秋夕看。

会当银魄满，不碍碧虚宽。

太白镜湖句，常思欲和难。

银魄：指月亮。

碧虚：碧空，青天。

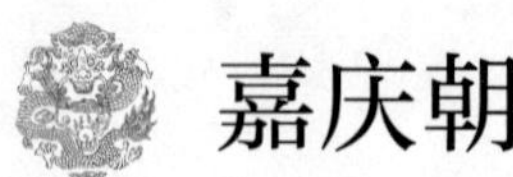

嘉庆朝

嘉庆元年

海岳开襟

层阁凌波出，周回百顷涛。
珠宫拔地迥，贝阙接云高。
春陌目千里，神山驾六鳌。
开襟一延眺，揽胜纪宣毫。

宣毫：宣城毛笔。

海岳开襟楼登高即景成什

登高畅好开襟抱，千顷晴波漾锦澜。
远岭几重林外列，长天一色镜中看。
最宜令节临仙境，直上高楼作大观。
海岳晏安诚不易，顾名知儆凛君难。

君难：即“为君难”。语出《论语·子路篇》：“为君难，为臣不易。”

嘉庆二年

重阳日登海岳开襟楼即景成什

重阳令节合登高，漫拟参军落帽豪。

皎日澄辉乌驻景，明霞衬字雁长翱。

心期海岳全清晏，目极田畴被泽膏。

黔寇虽平余楚贼，告功早慰圣衷劳[1]。

① 狆苗滋事，经勒保等焚剿擒渠，业已蒇绩。惟教匪分股披猖，东西窜逸。虽屡经官兵歼戮，而路径丛杂，出没靡常，辄以牵制官兵，行其诡窜。皇父特发东省劲旅，并调各省兵前往协剿，此时计可陆续抵营。所冀领兵诸臣，各励公忠，同心协力，速剪幺麽，以安靖吾民。纾我皇父宵旰筹几之勤。登高望远，倍缱殷怀。

落帽：为重九登高典故。出自《晋书·桓温传》。

黔寇：指湘黔苗民起义军。

楚贼：指川陕楚豫甘五省白莲教起义军。

嘉庆十一年

海岳开襟

流香渚畔泛轻航，弭棹石栏俯锦塘。

佳荫遍含松百尺，奥区宛在水中央。

惟期海岳敷文命，不羡蓬莱鄙武皇。

食德饮和难普被，开襟茂对幸年康。

奥区：腹地、深处。

文命：即文德教命。《尚书·大禹谟》："文命敷於四海，祗承于帝。"孔传："言其外布文德教命，内则敬承尧舜。"

食德饮和：食德，谓享受先人的德泽，语出《周易·讼》。饮和，谓使人感觉到自在，享受和乐，语出《庄子·则阳》。

嘉庆十二年

海岳开襟

岛环溶漾绕清浔，一抹岚光四面林。
栏静风微入帘细，松高日煦印窗深。
如观雅绘欣宜目，时读古编偶会心。
海宇安恬民饱暖，几余游览始开襟。

海岳开襟

御园万景备，到此益开襟。
蓊郁围乔木，连延列远岑。
霞明青嶂外，云起碧溪浔。
超出川岩秀，绝无尘暑侵。
临窗波静挹，凭槛句重寻。
遣兴偶探奥，境烟不系心。

海岳开襟放歌

洪荒开辟乾坤凿，日昼月夜明两作。
乔岳基于土一抔，沧海始于水一勺。
人为物灵合三才，圣王治理调六幕。
中和位育赞枢机，九有群生大君托。
年康物阜襟抱开，忧其忧而乐其乐。
殿额标题意在兹，岂耽豫游爱溪壑。

三才：指天、地、人。语出《易传·系辞下》。

中和位育：语出《礼记·中庸》："喜怒哀乐之未发，谓之中；发而皆中节，谓之和。中也者，天下之大本也；和也者，天下之达道也。致中和，天地位焉，万物育焉。"

九有：九州，此指天下。

嘉庆十四年

海岳开襟歌

假山数仞出林表，清波百顷回栏绕。
眼界因心八极周，须弥非大芥非小。
君临端拱居丹扆，山陬海澨皆吾民。
一人知力及兆庶，俗浇吏懈难化淳。
世态纷纭万千状，正己御下慎趋向。
治理何时臻大同，几闲游览襟始畅。

八极：八方极远之地。

须弥句：佛家语。极小之一芥，内含极大之须弥。

端拱：端坐拱手。比喻古圣王无为而天下治。《魏书·辛雄传》："端拱而四方安，刑措而兆民治。"

丹扆：宫殿，朝廷。

海岳开襟

芳潊挐舟泛碧塘，亭台宛在水中央。
栏环白石浮尘净，砌倚苍松密荫长。
五教未能敷海岳，寸心乘暇味缣缃。
开函探讨襟怀畅，化泽均覃愿少偿。

五教：五常之教。指父义、母慈、兄友、弟恭、子孝五种伦理道德的教育。

海岳开襟

清商飏平林，碧浪叠秋沼。
虚庭印澄霄，旭影辉窗皎。
乔松漾天涛，爽籁凌云表。
石栏环砌前，漪澜四面绕。
寸田养空明，习静无纷扰。
海岳遍育涵，图治勉继绍。

清商：秋风。

嘉庆十五年

海岳开襟

波心庭榭景幽深，石砌四围绕碧浔。
槛织浓青萦柳线，檐垂淡绿罥松针。
层城阿阁幻缘屏，尺沼拳山静趣寻。
御极宅中临六合，盈宁海寓始开襟。

嘉庆二十一年

海岳开襟

东岳两登临，北海屡瞻眺。

瀛渤漾沧波，天门矗峻峤。

虞书四载巡，因时得其要。

寰宇极恢宏，枢机运廊庙。

治平始开襟，陬澨咸坐照。

辙迹难遍周，祈招徒贻诮。

廊庙：指朝廷。

祈招：即先秦佚名《祈招诗》。意为周穆王欲游天下，祭公谋父乃作《祈招》之诗以谏之。见《左传·昭公十二年》。

贻诮：见笑的意思。

嘉庆二十四年

海岳开襟

圆岛水中央，问景扁舟渡。

四围白石栏，八面苍松树。

宛如阆风台，游仙心岂慕。

即境足开襟，怡情随所遇。

岱岳曾两登，沧溟阅三度。

巡典有重轻，恩膏及时布。

阆风台：即阆风巅，山名，神仙居住的地方，在昆仑之巅。《海内十洲记·昆仑》载：“山三角：其一角正北，干辰之辉，名曰阆风巅。”

法慧寺

法慧寺，位于海岳开襟北岸长冈之阳坡，乾隆十二年（1747）建成，是一处仿天竺式的寺庙园林。山门西向，额曰“普香界”。主殿五楹南向，外悬乾隆帝御笔“法慧寺”。南倒座楼五楹，外悬“福佑大千”匾。倒座楼东西两侧前各有转角配楼十一间，《日下旧闻考》统称“四面延楼”。后照殿亦五楹，内额乾隆帝御书“光明性海”。后殿西侧别院内，有三层七级五色琉璃塔，下方上圆，通高23.55米。另有两卷殿两间，名曰“静娱书屋”。

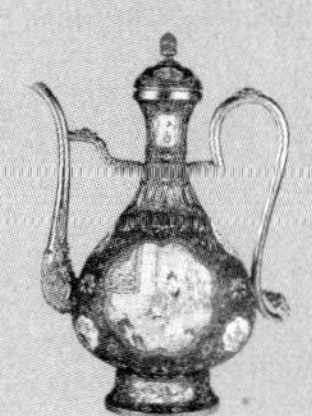

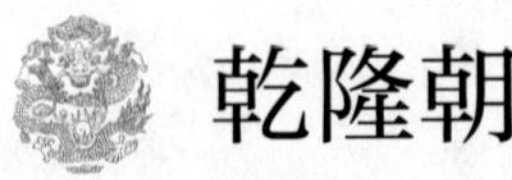

乾隆朝

乾隆二十五年

静娱书屋

朴宇竺宫侧，择向聊位置。
虽无树石景，而有烟霞意。
寻绎宋儒言，参契金仙义。
云娱实未能，且黾筹吾治。

参契：参验，参合。宋 张世南《游宦纪闻》：“（徐真君）遂得修行烧炼诀，有赵真君不远千里访之，以所得秘密与之参契。”

金仙：即道教仙的最高境界，也用金仙代指佛教的最高果位。

黾：勉力，努力。

乾隆二十六年

静娱书屋

洁治书庐才两间，最欣开户见青山。
静娱偶取佳名耳，一日万几安得闲。

乾隆二十九年

静娱书屋

石秀松苍别一区，雅宜朴斫谢轩朱。

庭前花事犹辽待，架上芸篇伴静娱。

乾隆五十八年

静娱书屋

书屋曰静娱，娱岂由书屋。

静亦弗在外，有娱即邻欲。

人生具天性，朱子语真淑[1]。

题额似绪言，默会养清福。

① 朱子《诗经集传序》云："人生而静，天之性也。感于物而动，性之欲也。"

嘉庆朝

嘉庆元年

法慧寺

能仁度众生，演妙观察智。

尽登宝莲航，斯愿诚不易。
天竺瞻礼曾，慈云临福地。
恩波荫大千，六种同蒙赐。
杨枝早息氛，神勇消邪魅。
民沐佛威光，宗门法不二。

能仁：梵语的意译，有能力与仁义的智者，即释迦牟尼。

天竺：古代对印度及其次大陆国家之统称。《后汉书·西域传》：“天竺国一名身毒。”

慈云：《鸡跖集》：“如来慈心，如彼大云，荫注世界。”喻佛之慈心广大，覆于一切，譬如云也。

杨枝句：杨枝，即杨枝净水。语出佛歌《杨枝净水赞》：“杨枝净水洒三千，性空八德利人天。福寿广增延（恶鬼免针咽），灭罪消愆，火焰化红莲。”此处欲借佛力，以平息各地的农民起义。

嘉庆三年

法慧寺

寺仿天竺式，普门济众生。
超脱诸苦趣，境遇应感更。
杨枝洒震旦，法雨苏勾萌。
慈悲随汝愿，接引知群情。
善慧有宿果，平等无所争。

震旦：《翻译名义集》载：“东方属震，是日出之方，故云震旦。”也是印度等国对中国及其相邻地方的称谓。

法雨：佛家语，喻佛法。佛法普度众生，如雨之润泽万物。

嘉庆八年

法慧寺

境仿上天竺，恩波震旦敷。
杨柳试挥洒，甘露遍霑濡。
法本有真谛，禅原辟野狐。
慧光破愚暗，遵路弃迷途。

野狐禅：盛唐时期，百丈禅师在江西百丈山开堂说法，点化一只野狐。此后，“野狐禅”常被作为歪门邪道的代名词。

宝相寺

宝相寺，位于法慧寺东侧，乾隆十二年（1747）建成，亦是一处寺庙园林。山门南向，外悬“宝相寺”匾。主殿倒座楼五楹，楼北外悬“澄光阁”匾。殿左右有东西配殿，左曰“云窦”，右曰“松关”。殿前有“昙霏”阁，阁后为高台大殿五楹，前接抱厦三间，殿外悬“现大圆镜”匾，内额曰“香台华鬘”。额皆乾隆帝御书。

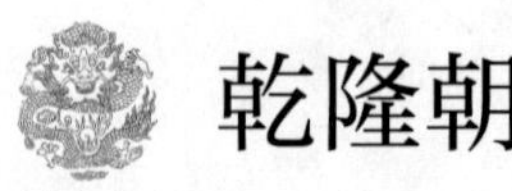

乾隆朝

乾隆二十三年

澄光阁

层甍出树大溪横，座俯沧浪可濯缨。
近远波澜呈震泽，高低楼阁学天平[①]。
春风秋月因心会，玉镜冰壶彻骨清。
临水设云如画舫，载舟便以验民情。

① 是处略仿天平范家高义园为之。

甍：屋脊。

濯缨：洗濯冠缨。“沧浪之水清兮，可以濯吾缨；沧浪之水浊兮，可以濯吾足。”后以“濯缨”比喻超脱世俗，操守高洁。

震泽：长江下游的古泽名，从属于太湖。

天平：明万历年间，北宋政治家、文学家范仲淹后人范允临于苏州天平山麓建天平山庄。乾隆帝南巡至此，御赐金匾“高义园”及牌坊一座。该园以“红枫、奇石、清泉”著称。

乾隆二十四年

云窦

假山本人工，颇有天然致。

一例嶕嶫间，亦复蔚霴甀。

静室据其巅，与云为幻戏。

设拟蕉芽空，未悟枣叶细。

霴甀：犹依稀不明貌。

嘉庆朝

嘉庆元年

宝相寺

祇园布金沙，捷径看直上。

七宝绕莲池，虔瞻满月相。

水环功德波，山现须弥嶂。

迦陵鸟韵幽，薝卜花光漾。

震旦演三车，人我皆叨贶。

常转大法轮，仁寿乐咸畅。

祇园：“祇树给孤独园”的简称，梵文意译，印度佛教圣地之一。玄奘去印度时，该园已毁。后用为佛寺的代称。

七宝：指七种珍宝，又称七珍。具体哪七珍，历朝说法不一。

薝卜：梵语。译为郁金花。

三车：谓牛车、鹿车、羊车。

嘉庆三年

宝相寺

初地祇园信步登，入门直上即三乘。
真源须识冰成水，幻相应知火是灯。
问疾漫寻居士室，吃茶未遇赵州僧。
如来像设殊多事，土木形骸何所凭。

赵州僧：唐代赵州观音寺高僧从谂禅师，人称“赵州古佛”，嗜好饮茶。

嘉庆六年

宝相寺瞻礼

莲台高建礼曼殊，示相东方有若无。
定力能推魔摄伏，慈云垂荫豁迷途。

曼殊：佛教菩萨名，即曼殊室利。

嘉庆八年

宝相寺

天人咸供养，宝相现如来。
出世自无垢，离尘不染埃。

香花霏鹿苑，法雨散蜂台。

亟愿除民苦，大雄净劫灰。

鹿苑：僧园，佛寺。

蜂台：借指佛塔。远望佛塔，状如蜂房，故称。

泽兰堂

泽兰堂，亦称“爱山楼”。位于长春园中轴线北山阳坡，再北即西洋楼中心景观——远瀛观大水法。该景群初建于乾隆十一年（1746），以叠石为佳。南有“萃交轩”三楹，内额“履信思顺”，轩下石室为“熙春洞”；北有“爱山楼”，上额曰“天风海涛”，楼下额曰“山静云闲”，楼西南有四方亭，名曰“环碧”。乾隆二十四年（1759），修建西洋楼大水法时，于该景北部添建“泽兰堂”“理性居”等。泽兰堂为高台大殿五楹，前后有游廊和月台，外悬“泽兰堂”匾，内额“神观萧爽”。堂东侧有“竹室”，西南有配殿“理性居”。额皆乾隆帝御书。泽兰堂系长春园乾隆帝书房，亦是居高观览西洋楼和大水法的最佳之地。

乾隆朝

乾隆二十四年

泽兰堂

翡翠兰苕琳渚旁，斯干择向构书堂。
依然濠濮会心处，邈尔澧沅称物芳。
侈迹非关学汉苑，别名只合号都梁。
摛毫拟欲因成赋，却愧文通五色章。

兰苕：兰花。

斯干：涧水。语出《小雅·斯干》：“秩秩斯干，幽幽南山。”

濠濮：典出《庄子·秋水》。濠，濠水，在安徽凤阳县境。濮，濮水，源出河南封丘，流入山东省境。《世说新语·言语》载，“简文帝入华林园，顾谓左右曰：会心处不必在远，翳然林木，便自有濠、濮间想也，觉鸟兽禽鱼自来亲人。”后以“濠濮间想”，形容人与自然亲和无间的情怀。

汉苑：汉代上林苑。汉武帝时在秦代旧苑遗址上扩建而成的宏大宫苑，今已无存。

都梁：亦称“都梁香”。泽兰的别名。

五色章：称颂文士才思灿然。唐 皎然《送罗判官还寿州幕》诗：“君章才五色，知尔得家风。”

爱山楼

因迥为高易，依山得阁清。

所欣此朴斫，奚事彼雕甍。
渤嵺窗中纳，岬嵃砌下平。
每怀仁者乐，益切体元情。

朴斫：喻不加修饰，朴素。

雕甍：雕镂文采的殿亭屋脊。

渤嵺：江河岸边因水流冲激而形成的坑穴。

岬嵃：形容地势渐趋平缓。《文选·张协》："既乃琼巘嶒崚，金岸岬嵃。"李善注："岬嵃，渐平貌也。"

乾隆二十五年

爱山楼

问谁无所爱，仁者乃爱山。
斯楼得斯名，顾宁不腆颜。
能仁渠足当，为仁愿勉旃。
鸟语花香地，春风秋月天。
皆可谓之仁，凭窗揽结间。

泽兰堂

书堂何有有藏书，取便披观总起予。
题额宁同国风咏，会心如与善人居。
水流山峙常无尽，秋夕春朝每相于。
最爱北山横一帹，云烟变幻罨冰疏。

国风：《诗经》中的周代民歌。亦称“十五国风”，共一百六十篇。

幨：同“帧”。

乾隆二十六年

泽兰堂六韵

泽畔有幽居，兰芳袭素裾。
滋宁须九畹，趣合在三余。
楚客佩怀彼，风人觿警予。
闻香还耐久，竟体且纡徐。
味道迟朱鸟，含经避白鱼。
摛毫常得句，惟是惭虚车。

九畹：语出《楚辞·离骚》：“余既滋兰之九畹兮，又树蕙之百亩。”王逸注：“十二亩曰畹。”后以九畹为兰花之典。

三余：即冬者岁之余，夜者日之余，阴雨者时之余。喻惜时多读书。

楚客：指屈原。唐 李商隐《九日》诗：“不学汉臣栽苜蓿，空教楚客咏江蓠。”

风人：指中国古代采集民歌、风俗等以观民风的官员。

觿：古代一种解结的锥子，用骨、玉制成。也用作佩饰。

纡徐：从容宽舒貌。

白鱼：语出《尔雅翼》：“荆楚之俗，七月曝经书及衣裳，以为卷轴久则有白鱼。”白鱼，蠹虫也。

虚车：古人提倡“文以载道”，强调文辞是艺，道德为实。如不知务道，而专以文辞为能，便是“虚车”。

翠交轩八韵

假山植真树，岁久翠阴交。

甘露常承叶，祥云每压梢。
瑞图休鼓舞，理趣喜含包。
不有四时运，谁明六位爻。
隙中无碍远，密处自相捎。
未许蛛悬网，惟应鹊缮巢。
张如碧油伞，伴合绿琼勹。
最爱微风拂，琳枝飒沓敲。

瑞图：旧指上天所赐、表示受命的图籍。此借指祥瑞的五谷。宋 宋祁《陈州瑞麦赋》："绘我于瑞图，辨我于凡菽。"

理趣：义理情趣。

六位爻：爻位指卦所居的位次。《易经》有六十四卦，每卦有六个爻，也即六个爻位。

勹：同"包"。

飒沓：象声词。

乾隆二十九年

环碧亭

叠石为绮峰，激泉为布水。
夷峻置小亭，四柱奇无比。
巀嶭罗其外，淙泓带其底。
疑入万壑濼，安知一园里。
徐步出几曲，向皆儿戏耳。
高大自内观，东坡言甚旨。

夷峻：夷，削平。峻，数峰并峙的山。

巀嶭：高峻貌。司马相如《上林赋》：“九嵏巀嶭，南山峨峨。”

潨：水流汇合的地方。亦指急流。

乾隆三十三年

爱山楼

书楼称爱山，山色罨窗间。
堪味仁者寿，端欣静以闲。
云常封石径，叶未锁林关。
适可纵遥目，丹梯漫重攀。

乾隆四十年

爱山楼有会

园中皆假山，久假真亦似。
但存爱山意，真假何殊耳。
爱与乐弗殊，宣尼示其旨。
善长斯惟时，仁为实由己。
每凛克复训，讵骋豫游喜。

乾隆四十二年

爱山楼

山岂期人爱，而人自爱之。

更非开锦候，恰是酿韶时。

生意已如许，化工宁有为。

体仁一絜矩，天地本无私。

乾隆四十七年

翠交轩石生柏子叠辛巳旧作韵

寒燠四时运，阴阳二气交。

窍心育根柢，块面长枝梢。

茂已柏花吐，粗将石孔包。

蕃鲜震标象，磊砢艮陈爻。

霭霭祥云护，瀼瀼瑞露捎。

玉蟾应驻窟，凡鸟敢移巢。

茵俯青苔纽，竿依绿笋勹。

载观求应处，堪以畅吟敲。

蕃鲜：茂盛而鲜明。《易 · 说卦》：“震为雷，为龙，为玄黄……其于稼也，为反生，其究为健，为蕃鲜。”孔颖达疏：“鲜，明也。取其春时草木蕃育而鲜明。”

磊砢：亦作“磥砢”。形容众石聚在一起。

艮：指《周易》六十四卦中的第五十二卦。艮为山，其卦象为两山重叠，象征抑止。

乾隆五十年

理性居

万事都曰性而理，此云理性义何居。
境清神谧表合内，兑泽巽风实即虚。
岂以闲情寄月露，率因道趣悟鸢鱼。
窗明几净于何乐，乐在几闲读我书。

兑泽：即兑为泽，是古代八卦之一兑卦。亦是《周易》六十四卦中的第五十八卦。

巽风：古有八卦主八风之说。《淮南子·地形训》："东南曰景风。"高诱注："巽气所生也。"

乾隆五十四年

爱山楼得句

御园多假山，爱山何以名。
况应爱其真，爱假邻饰情。
然吾有转语，乐即爱之朋。
与其乐非仁，即假渐入诚。
昔曾观宋史，至言闻诸程。
宁为百人欺，好贤心勿更[①]。
吾意或类斯，五字识吟评。

① 吕公著因荐常秩，后悔之。程明道曰：愿侍郎即受百人欺，不可好贤之心少替。

乾隆五十五年

题泽兰堂

泽兰岂是虎蒲乎[1]，香色全非楚畹株。
志托爱兰真净尔，堂因近泽取名夫。
不闻香以坐之久，可纫佩惟兴莫殊。
忽忆三闾贤弗遇，居今似彼讵能无。

① 见本草，非兰，别一种草也。

虎蒲：植物名。

楚畹：语出《楚辞·离骚》：“余既滋兰之九畹兮，又树蕙之百畮。”后因以“楚畹”泛称兰圃。

纫佩：语出《楚辞·离骚》：“纫秋兰以为佩。”谓捻缀秋兰，佩带在身。后用以比喻对别人的德泽或教益铭感于心，如纫佩在身。

三闾：即三闾大夫屈原。三闾大夫是战国时楚国特设的官职，为主持宗庙事务的闲差。屈原被流放前曾任此职，故称。

乾隆五十八年

理性居有会

天命之谓性，子思述仲尼[1]。
道实备乎己，其理更借谁。
朱传谓下章，乃引夫子辞。
吾谓失精核，冠履似倒施。

① 朱子《中庸集传·第一章下》云：子思述所传之意以立言。又云：其下十章，杂引孔子之言以明之。盖以其下十章，冠以“仲尼曰”“子曰”，而此章独无。然既云述所传，则非传孔子之言而何。

子思：孔伋，字子思，孔子的嫡孙。春秋著名思想家，受教于孔子的弟子曾参。

乾隆六十年

题泽兰堂

书堂号泽兰，朴斫谢青丹。
芸帙堪永日，藤窗避薄寒。
芜情报韶意，水法列奇观①。
洋使贺正至，远瀛合俾看。

① 堂北为西洋水法处。盖缘乾隆十八年，西洋博尔都噶里雅国来京朝贡。闻彼处以水法为奇观，因念中国地大物博，水法不过工巧之一端，遂命住京之西洋人郎世宁造为此法，俾来使至此瞻仰。前岁，英咭唎国使臣等至京朝贡，亦令阅看，深为叹服。昨冬，广东督臣长麟、抚臣朱珪奏，荷兰国使臣嘚嘶等以今岁为朕御极六十年大庆，恳请来京朝贺。鉴其数万里外，慕化悃诚，因允其请。已即于腊月到京，新正并与朝贺宴赏节间，令于是处观看水法。使知朕所嘉者，远人向化之诚，若其任土作贡，则中国之大，何奇不有，初不以为贵也。

青丹：色深近黑的丹砂。此处借指建筑的雕梁画栋。

嘉庆朝

嘉庆元年

泽兰堂

书堂颜泽兰，国香去浮靡。
空谷怀素心，淡雅具众美。
猗猗乐庭阶，采采绝溱洧。
习静养天倪，涵虚寄云水。
纫佩漫搴芳，临风忆君子。

素心：本心，素愿。

猗猗：美盛的样子。

采采：茂盛，众多貌。

溱洧：即溱水与洧水，古代河南的水名。语出《诗·郑风·溱洧》，诗中描写了三月上巳节，青年男女在溱水和洧水边游春的情景。

搴芳：采摘花草。

泽兰堂有会

搴芳向中泽，心慕王者香。
临风怀君子，宛在水一方。
采采欣晤对，清华满高堂。
醇化本同气，纫佩意不忘。
和熏调玉轸，雅操谐宫商。
扬芬为国宝，利用期含章。

醇化：醇厚的教化。《晋书·乐志上》："醇化既穆，王道协隆。"

玉轸：琴上的玉制弦柱。

雅操：雅正的乐曲。《后汉书·仲长统传》："弹南风之雅操，发清商之妙曲。"

嘉庆二年

爱山楼

仁者性爱山，披襟骋遥望。
百里目能穷，延览层楼上。
向背分林峦，郁葱列峰嶂。
闲云净碧岑，蔚蓝天宇旷。
凭栏小住佳，颇觉心神畅。

嘉庆三年

泽兰堂

猗兰有国香，待时在深泽。
扬芬登高堂，恍对山林客。
敛华漫自彰，静馥泯形迹。
桃李任暄妍，随风散广陌。
境界虽略更，素心终不易。

嘉庆六年

竹室

爱竹予夙心，得闲坐竹室。
四围尽浮筠，苞固攸宁吉。
凉飔曲径来，披拂林阴密。
劲节衷素钦，岂慕七贤逸。
床塌最清佳，十笏堪容膝。
神游湘浦云，幽芬普洋溢。

苞固攸宁：语出《诗经·小雅·斯干》："如竹苞矣，如松茂矣。……哕哕其冥，君子攸宁。"意为君主安居、休憩的地方。

竹室

竹室非因竹四围，湘筠巧截合床扉。
八窗联缀薰时透，一榻清幽暑到稀。
直节高标檐际挺，素心雅契座中依。
筼筜静晤思君子，辅弼匡襄理万几。

筼筜：生长在水边的大竹子。

嘉庆七年

泽兰堂

泽兰义取怀君子，吉士乘时进庙廊。

空谷临风招大隐，天衢应运发清芳。
静闻臭味同堂馥，妙合性情通国香。
诚意求贤匡不逮，百工佐治兆民康。

吉士：犹贤人。

庙廊：朝廷。

臭味：气味。宋 苏轼《题杨次公蕙》诗："蕙本兰之族，依然臭味同。"

嘉庆八年

理性居

天理存人性，汩没忘素心。
涵养处仁义，不为外诱侵。
以约失者鲜，灵源疏沦深。
遇事处淡泊，致远由近寻。

汩没：埋没。

以约句：语出《论语·里仁》："子曰：以约失之者，鲜矣。"意为用礼约束自己，犯错误的人就少了。

淡泊，致远：语出诸葛亮《诫子书》："非淡泊无以明志，非宁静无以致远。"

竹室

爱竹予夙志，作室倍清幽。
四围尽苍翠，劲节座右留。
筼筜盈几度，延接浮筠修。
几暇对君子，相与忘春秋。

竹室

爱竹夙心吟兴适，浮筠不改四时同。
松梅共结高人契，淇澳常怀君子风。
文簟延青窗淡雅，湘帘筛翠碧玲珑。
静观有斐延新爽，劲节清标表里融。

淇澳：即《诗经·国风·淇奥》。古代《诗经》中的一首诗，其借绿竹的挺拔、青翠来赞美君子的高风亮节，开创了文学以竹喻人之先河。

有斐：语出《诗经·国风·淇奥》："有匪君子。""匪"通"斐"，意为有文采的君子，此指绿竹。

理性居

天理具人心，良知原本性。
灵源涵湛然，清辉现明镜。
物欲遇萦牵，则不得其正。
造次必体仁，遇事毋忘敬。
师古可治今，持躬勉希圣。
格致望治平，咸中庶有庆①。

① 人君君临六合，明德新民，始于格致，终于治平。事必师古，而不泥于古。所谓希其心不袭其迹也。然其要在于毋不敬。敬则灵源浚澈，湛然如明镜之朗照。凡物欲之萦牵，人心之真伪，无不毕现其前矣。以此持躬，励恒久之道；以此出治，得化成之原。咸中有庆，其殆庶几乎。

嘉庆十年

竹室

淇澳清风满室中，浮筠四面态玲珑。
心希直干虚能受，静领幽芬芳碧丛。

淇澳：亦作“淇奥”，淇水弯曲处。《诗·卫风·淇奥》：“瞻彼淇奥，绿竹猗猗。”

有斐猗猗座右陪，珣琪逸韵绝纤埃。
几闲晤对怀君子，雅馥徐闻思隽才。

珣琪：即珣玗琪，玉石名，夷玉。《淮南子·墬形训》：“东方之美者有医毋闾之珣玗琪焉。”《说文·玉部》：“医无闾之珣玗琪，《周书》所谓夷玉也。”

嘉庆十一年

泽兰堂

芳兰在中泽，猗猗王者香。
搴英浥朝露，映日舒华光。
怀芬慕雅操，引领登庙廊。
同室涵至味，神化形相忘。
愿得贤哲辅，佐治咸明良[①]。

① 昔人以芳兰况贤哲，诚以国香所禀，视凡卉绝伦。而臭味相投，神与俱化。故有“入室久而不闻其香”之喻。国家登崇俊良，惟期得志洁行芳之士，相助为理，同我太平。且连茹汇征，即隐寓同心断金之义。兹仰堂额，而伫英才宝，不胜撷华揽秀之思云。

嘉庆十二年

竹室

室中竹榻喜安便，洞启八窗榱桷连。
翠筱轻盈植渭亩，绿云层叠引湘烟。
猗猗劲节闲庭荫，习习微薰虚牖穿。
有斐高风欣晤对，切磋受益念贞坚。

榱桷：屋椽。宋 王安石《寄题郢州白雪楼》诗：“朱楼碧瓦何年有，榱桷连空欲惊矫。”

翠筱：绿色细竹。

泽兰堂有感

猗兰比君子，臭味欣同堂。
清气贯今古，佐治登庙廊。
受益无涯涘，忠告弥蕴藏。
中道忽摧折，大雅嗟沦亡。
渺渺白云路，骑箕游帝乡。
五箴守旧诲，三载增心丧。
留寄二十字，勉力终不忘。
大清朱文正，千古扬辉光。

骑箕：指逝去。《宋史·赵鼎传》：“书铭旌云：身骑箕尾归上天，气作山河壮本朝。”

五箴：嘉庆帝师朱珪赠予其“五箴”，即养心、勤业、敬身、虚已、致诚。

三载：嘉庆元年至嘉庆三年，为太上皇乾隆帝训政时期。

朱文正：即朱珪，顺天大兴人，字石君。乾隆四十年，内召为侍讲学士，在上书房行走。嘉庆四年入值南书房。凡军国大事，仁宗多与商酌，倚为股肱。十一年卒，谥号“文正”。

嘉庆十三年

理性居

性海浚洁清，遇事得实理。
镜光务琢磨，鉴物尽其美。
存诚待众情，应感知原委。
克己先责人，坦然无誉毁。
内省不自欺，正直除奇诡。
建极致中和，宅心凛顾諟。

建极：建立中正之道。语本《尚书·洪范》“皇建其有极。”孔颖达疏：“皇，大也。极，中也。施政教，治下民，当使大得其中，无有邪僻。”

中和：中庸之道的主要内涵。《礼记·中庸》：“中也者，天下之大本也。和也者，天下之达道也。致中和，天地位焉，万物育焉。”

顾諟：敬奉天命，承顺天地。语出《尚书·太甲上》：“先王顾諟天之明命，以承上下神祇。”

泽兰堂有感

才德备古今，庙廊尊国士。
猗兰有国香，由来比君子。
大泽蕴英华，登进扬庥美。
臭味实同心，凡卉罕伦比。
忽遇霜雪摧，弃予中道委。

临风招遗芬，清标云外企。

遗芬：比喻前人留下的盛德美名和功烈业绩。
清标：谓清美出众。

理性居

人性无不善，习染良莠殊。
江河及沟壑，各任其所趋。
天下何思虑，同归而异途。
至理守毋失，外诱奚沾濡。
存诚自明彻，克己凛德隅。
抱真屏伪僻，修业循典谟。

德隅：德行方正。语出《诗·大雅·抑》：“抑抑威仪，维德之隅。”

嘉庆十五年

理性居

性善人所同，纯粹涵至理。
不失赤子心，志定毋迁徙。
外诱务屏除，守中息泰侈。
尺度谨独知，养正消奇诡。
君临亿兆民，克勤凛顾諟。
保极勉持盈，寸衷颐素履。

素履：比喻质朴无华，清白自守的处世态度。

泽兰堂

猗兰生林泽，空谷挹国香。
雅韵达朝野，延英登庙廊。
岂与凡卉等，扬芬满北堂。
同心言契合，臭味欣深长。
至理本易简，道术皆相忘。
即境怀硕彦，临风增感伤。

理性居

天理念常存，人性无不善。
正邪尺宅分，圣狂寸田转。
含德果昭明，充实光辉显。
义路永循行，物欲尽驱遣。
淡泊屏牵缠，知识日开展。
图治守定心，惺惺常自勉。

嘉庆二十三年

泽兰堂有感

中泽生素兰，国香屏华靡。
扬芬登庙廊，迥异凡桃李。

予师朱石君，当代真君子。
前席进正言，献可而替否。
后嗣应炽昌，如何多败毁。
门庭日荒芜，难期造化理。

朱石君：即嘉庆帝师朱珪，字石君。

献可替否：语出《左传·昭公二十年》：“君所谓可，而有否焉，臣献其否，以成其可；君所谓否，而有可焉，臣献其可，以去其否。”即建议可行的方法，废止不可行的方法。指臣下向君主进谏，劝善规过，议论兴革。

竹室

刻竹编帘结室中，猗猗君子栋梁充。
贞坚有斐浮筠满，清洁无尘劲节通。
虚牖日筛金灿烂，回廊风戛玉玲珑。
松窗梅坞相辉映，三友论心取益同。

狮子林

狮子林，原称“丛芳榭”，居长春园东北部，系由两园组成。先是，乾隆十二年（1747），建成该景区西部的“丛芳榭”。丛芳榭主殿五楹临湖，外悬“华邃馆”匾，殿后为“琴清斋”，内额“霞踪天想”。丛芳榭前有重檐四方亭伸进湖中，名曰“漾月”，西边土岗叠石中有六方亭一座，名曰“集虚”。后琴清斋东南复建有“横碧轩”，内额“四藏书屋”。乾隆三十七年（1772），于丛芳榭东北部，仿苏州名园狮子林，另增一组建筑，总名曰“狮子林”。乾隆帝命名十六景，即“狮子林”“清淑斋”“纳景堂”“横碧轩”“延景楼”“画舫”“占峰亭”“假山”“云林石室”“小香幢”“清闷阁”“探真书屋”“虹桥”“藤架”“磴道”“水门”。上述匾额，皆为乾隆御笔。乾隆帝非常喜欢这个园子，不仅多次来此游观吟咏，而且将亲自临摹的《倪瓒狮子林图》及题诗手卷，收藏于清闷阁。道光八年（1828），西部丛芳榭一带曾作局部改建。道光帝亦命名狮子林十六景。

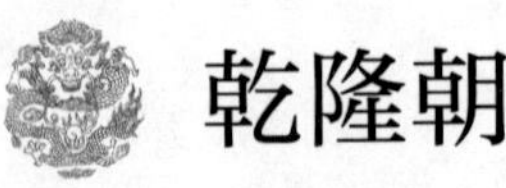

乾隆朝

乾隆二十四年

从芳榭得句

曲廊回抱疏轩敞，阶俯琳池波泱漭。
缭以纱疏碧且虚，延爽障寒幽复朗。
宴息四序无不宜，恒春花镇含芳蕤。
风栏雨埭氤氲际，月宇雪窗澹荡时。
摛藻发思真契妙，一岁之中曾几到。
今来憩即今年初，却笑何须亟营造。

泱漭：昏暗不明貌。
芳蕤：盛开而下垂的花。
摛藻：指铺陈辞藻，施展文才。

琴清斋

高斋枕碧川，琴清名有年。
徒观澄止水，未听鸣响泉。
却讶渊明室，别体蓄无弦。

乾隆二十九年

琴清斋

书斋临水号琴清，正是春温和且平。

何必七弦虞拨刺，由来太古自然声。

拨刺：不正貌。谓琴弦压轸，声音走调。《淮南子·修务训》：“琴或拨刺枉桡。”高诱注：“拨刺，不正也。”

乾隆三十七年

再仿倪瓒狮子林图因成是什

真迹狮林弆石渠，不能移置以成书①。

因之数典吴中彼②，再与传神此日予。

五百年前溯清閟，三千里外忆姑胥。

云烟过眼夫何系，所系民情实恳如。

壬午南巡，再游狮子林，携云林卷以往。因仿其景题诗，装弆吴中，并书识倪卷。兹御园规构狮子林落成，复仿倪迂意成卷，并题一律，藏之清閟阁。展图静对，狮林景象宛然如觌。而吴民亲爱之忱，尤恍遇心目间。余之所恋，固在彼而不在此。

① 倪瓒狮子林图，久入《石渠宝笈》上等，贮养心殿。因书中已编甲乙，不可更移他处。

② 兹于长春园东北隙地规仿吴中狮子林景，即以其名名之，并成是图。

狮子林八景

狮子林

狮子林之名，赖倪迂图卷以传。此间竹石邱壑，皆肖其景为之，冠以旧名，志数典也。

最忆倪家狮子林，涉园黄氏幻为今[①]。
因教规写阊城趣，为便寻常御苑临。
不可移来惟古树，遄由飞去是遐心。
峰姿池影都无二，呼出艰逢懒瓒吟。

① 吴中狮子林，故址虽存，已屡易为黄氏涉园。丁丑南巡，曾访其盛，因邮倪卷证之。壬午、乙酉复再至，前后并有诗题卷中。

懒瓒：即倪瓒，江苏无锡人。元末明初画家、诗人。

虹桥

跨水为小桥，垂虹宛在，片云帆影，何必更羡吴江。

驾溪宛若虹，其下可舟通。
设使幔亭张，吾当问顺风。

幔亭：用帐幕围成的亭子。《云笈七签》："武夷君，地官也，相传每于八月十五日大会村人于武夷山上，置幔亭，化虹桥通山下。"

假山

狮林以石胜，相传为瓒自位置者。兹令吴下高手堆塑小景，曲折尽肖，驿此展拓成林，奚啻武贲之于中郎。

妙手吴中堆塑能，绝胜道子写嘉陵。
一邱一壑都神肖，忆我春巡展步曾。

道子：即吴道子，唐代著名画家，画史尊称“画圣”，曾作《嘉陵江山水三百里图》。

纳景堂

镜水写形，遇以无心，而景自为。纳斯堂所得，殆乎近之。

花木四时趣，风云朝暮情。
一堂无意纳，万景自为呈。
色是空中色，声皆静里声。
纵然声色表，五字亦因成。

清閟阁

临曲池，面假山，景清境閟。云林小阁，何不可作如是观。

武夷一曲中，清閟小阁置。
近临活水澄，平揖假山翠。
遐想创作图，自诩荆关意。
王蒙那梦见，因公宜宝弃[①]。
岂期属黄氏，又复御园至。
今古实一瞬，苏燕非二地。
当年阁中人，未必首肯遂。

① 以上三句隐括倪瓒自识语。

王蒙：字叔明，元末画家，赵孟頫外孙，与黄公望、吴镇、倪瓒合称“元四家”。

苏燕：苏，苏州；燕，京师，古称燕。

藤架

紫藤引架，垂阴缦萦，可十数武，于石桥宛转尤宜。

石桥既曲折，藤架复迤迤。
春时都作花，步障垂茸紫。
琐月多风流，蘸波鲜尘滓。
施松援觉艰，附木平可喜。
载咏頍弁章，庶几见君子。

步障：古代一种用来遮挡风尘、视线的屏障。此指藤架。
頍弁：帽顶尖尖的样子。《诗·小雅·頍弁》："有頍者弁，实维伊何。"

磴道

循岩陟磴，诗人比之丹梯。此虽叠石而成，亦自觉风云可生足底。

房山石似洞庭，刻峭一例岭嵘。
拾级试登磴道，丹台咫尺通灵。

占峰亭

峰顶一笠，清旷绝尘。元镇画往往如是，印证故在不即离间。

虽是假山亦有峰，嶕嶸岌峨转饶趣。
历艰陟顶得稍平，四柱小亭翼然据。
一步一奇极变幻，眼底神情乃毕露。
俗手石工那得窥，粉本倪迂精绝处。

嶕嶸：高峻貌。
岌峨：高大貌。
粉本：中国古代绘画施粉上样的稿本。

倪迂：即倪瓒，字元镇，元末明初画家、诗人，因性迂而好洁，故称之。

续题狮子林八景

倪瓒原卷中自识，与赵善长商榷，作狮子林图。且嘱如海，因公宜宝弆云云。是则为图本自倪，而叠石筑室，已在疑似。何况历岁四百余年，室主不知凡几更，而今又属黄氏矣。则今之亭台峰沼，但能同吴中之狮子林，而不能尽同迂翁之狮子林图，固其宜也。虽然予之咏高山而企慕蔺，实在倪而不在黄。言之不足长言之，因复取其可咏者，凡八景，为续题云。

清淑斋

就树得佳阴，境原狮子林。
假山亦岩龉，曲径致幽深。
花色淑非艳，溪声清以沉。
如云晤倪老，恐未契高襟。

岩龉：龉，上下牙齿不相对应。此指岩石参差不齐。
契：相合、相投。
高襟：犹襟兄。

小香幢

一间楼涌小香幢，调御琉璃朗慧釭。
珍重迂翁嘱如海[①]，由来者个未全降。

① 倪瓒狮子林卷自识有“如海因公宜宝之”之语。

探真书屋

云廊拾级上，书屋号探真。
讵在游文苑，所希识道津。
精研足絙岁，深造贵潜神。

欲问枕葄者，谁诚自得人。

緪：同“亘”，连接。

延景楼

诡石玲珑栈径通，入来浑似万山中。
近峰远渚揽次第，秋月春风观色空。
拾级望遥目容与，焚檀习静意冲融。
虽然延得江南景，罢露台惭未昔同。

露台：露天台榭。史载孝文帝尝欲作露台，召匠计之，直百金。上曰：“百金中民十家之产，吾奉先帝宫室，常恐羞之，何以台为！”后以“露台”为帝王节俭之典。

画舫

有溪有岸有舟呼，活景沿缘面面殊。
欲傚清河书画舫，收来真迹是倪迂。

云林石室

洒然石室额云林，元镇流风若可寻。
却与田盘开别面①，古松都隐剩嵚岑②。

① 盘山静寄山庄中，向有云林石室。
② 假山虽肖吴中，稚松皆新种，固不如田盘古松林立也。

元镇：即元末明初画家、诗人倪瓒，字元镇，号云林。
嵚岑：形容山峰高峻。

横碧轩

文轩筑溪上，溪水如带横。

一条拖碧玉，朗映心目清。
有时漾轻漪，闪影翻檐楹。
奚必藉鸢鱼，天然道趣呈。

水门

墙界林园水作门，泛舟雅似武陵源。
赢他只有渊明记，不及迂翁画卷存。

渊明记：指东晋文学家陶渊明的代表作之一《桃花源记》。

迂翁：指元末明初画家、诗人倪瓒。

乾隆三十八年

再题狮子林十六景叠旧韵

狮子林

狮林图迹创云林，一卷精神直注今。
却以墨绳为肖筑，宛如粉本此重临。
烟容水态万古调，楚尾吴头千里心。
瞻就尔时民意切，不忘方寸托清吟。

墨绳：建筑术语，重垂线。

楚尾吴头：古豫章一带位于楚地下游、吴地上游，如首尾相衔接，故称“楚尾吴头”。

虹桥

跨水饮垂虹，浮空路可通。

只疑缥渺处，吹断虑罡风。

罡风：道家称天空极高处的风。有时也用来指强烈的风，或作“刚风”。

假山

白业当年参所能，至今树若语迦陵。

兴来欲问倪高士，吐出几多邱壑曾。

白业：佛教语，谓善业。

迦陵：即迦陵频伽（鸟）。在佛教经典中，常以其鸣声譬喻菩萨之妙音，或谓此鸟即极乐净土之鸟。

邱壑：即丘壑，指深山与幽壑。比喻意境深远。宋 黄庭坚《题子瞻枯木》诗：“胸中元自有丘壑，故作老木蟠风霜。”

纳景堂

静具动之理，动形静者情。

即如春孟际，已蕴物华呈。

盆里梅英馥，庭前松籁声。

问他涉园客[①]，可识本天成。

① 吴中狮子林，今属黄氏，为涉园。

清閟阁

吴工肖堆塑，燕匠营位置。

难移古树古，颇似翠峰翠。

发帑非累民，爱林因写意。

高阁实已构，真图斯未弃[①]。

新正值几暇，延揽偶一至。

春冰待融池，春气早酥地。

怡此清閟心，观厥发生遂。

① 真图已入《石渠宝笈》，不可移置。前南巡过涉园，自为临本，留贮其中。今此间所弆，则再临本也。

帑：国库里的钱财。

藤架

卧波置平桥，折旋循逶迤。

缀架藤尚枯，那拟步障紫。

漫訾鲜丽色，却免惹纤滓。

然看寂寞中，已觉怀春喜。

乍欲傲黄筌，而弗嫌倪子。

黄筌：字要叔，四川成都人，五代时西蜀画院的宫廷画家，与江南徐熙并称“黄徐”，形成五代、宋初花鸟画两大主要流派。

磴道

突起那论径庭，羊肠盘上峰嵘。

岂惜略劳步履，端知大惬性灵。

径庭：门外小路和庭院。喻相距甚远或有差距。

占峰亭

平则为岭侧则峰，峰亭实胜岭亭趣。

于平易工侧艰工，例论诗文颇有据。

偶攀绝顶得笠覆，便忆巡方斯冕露。

欲言欲罢而不能，是我结习未忘处。

笠覆：竹篾编成的笠形覆盖物。此指山顶。

清淑斋

前砌带溪水，后檐屏石林。
却华意犹惬，既静望偏深。
春稚芜茵浅，风过竹籁沈。
平心迎淑气，触目适清襟。

小香幢

石磴玲珑倚翠幢，上为佛室朗莲釭。
偶然别学倪家调，若论尘心实未降。

倪家：此指元末民初画家倪瓒。
尘心：凡俗之心，名利之念。

探真书屋

试问狮林境，孰为幻孰真。
涉园犹假借[1]，宝笈实源津[2]。
志澹因怡性，景清足谧神。
睪然诗画表，仿佛见其人。

① 此间结构是蓝本吴中涉园，质之原图，反有不能尽合者矣。
② 原本以藏《石渠宝笈》已成书，不可移弃此。

睪然：高远貌。

延景楼

当石危梯讶不通，攀过奇境得壶中。
似兹结构安措想，宛彼楼轩若倚空。

俯畅物华皆入望，春和吾意与俱融。

稿摹倪也还黄也，莫漫区区辨异同。

画舫

岸傍常待那须呼，欧米高情总不殊。

何必风帆夸直捷，烟溪几曲耐萦迂。

云林石室

石作夏云石作林，其中有室费幽寻。

三间十笏惟容膝，却称开窗望远岑。

横碧轩

有桥如弓弯，有溪若镜横。

过桥坐敞轩，不期意与清。

古帙亦陈几，春灯亦缀楹。

但识冰即水，奚殊碧波呈。

水门

跨水为墙下置门，此由溯委此探源。

艺林夫岂外道义，我亦因之成性存。

成性存：谓保全、育成已存者。《易·系辞上》：“天地设位，而易行乎其中矣。成性存存，道义之门。”

清閟阁庭中联句有“嘉树横屏”之语，遂以为题各书屏上

清森复郁葱，三五列庭中。
讵是谢家拟，宁云吕氏同。
影惟称秋月，韵自叶春风。
封殖林丞惯，那知咏角弓。

封殖：培植，栽培。给花木的根部培土叫“封”，也叫“封殖”。《左传·昭公二年》：“宿（人名）敢不封殖此树，以无忘《角弓》。”

角弓：《诗经·小雅·鱼藻之什》中的一首诗歌。以劝告周王莫疏远兄弟而亲近小人。

右（上）嘉树

隔水列横岑，逶迤更嵌嵚。
清防诚未忝，曲径亦堪寻。
法不黄公望，境真狮子林。
每当南顾坐，如见万民心。

清防：犹清禁，指皇宫。

黄公望：元代画家。擅书能诗，撰有《写山水诀》，为山水画创作之谈。存世作品有《富春山居图》等。

右（上）横屏

乾隆四十年

再题狮子林十六景

狮子林

上元前颇有余闲，况复园中咫尺间。
未可泛舟沿冻浦，已欣入画对春山。
盆梅几朵吐芳意，檐雀一声叩静关。
雅是云林习禅处，却予缱念在民艰。

虹桥

饮虹跨两岸，冰渚步堪通。
因之生别解，半实半犹空。

假山

吴中狮子林，结构云倪者。
即今肖御园，岂异粉本把。
又思石渠藏，颇多斯翁写。
展观皆似真，何独此云假。
历历况可步，谓胜一筹也。
然而久暂间，其理悟者寡。

纳景堂

一时偶涉惟偷暇，七字成吟又隔年。
似此忽忙问景者，安能高逸学迂仙。

清閟阁

画屏围石嶂，奁镜俯冰池。
弗诩饶佳致，所欣契静思。
和风轻幕拂，旭日朗窗移。
清閟真清閟，春光未冶时。

藤架

石桥上置藤萝架，不必施松引蔓通。
谩诮忽收紫步障，几多花意在其中。

磴道

假山颇致崔巍，几梯磴道盘回。
弗劳步履陟顶，骋怀游目能哉。

崔巍：形容山势高险。

占峰亭

峰顶构亭号占峰，不知亭亦被峰占。
譬之持竿以钓鱼，却成鱼钓率可验。
贪夫徇财，烈士徇名。此善于彼，仍属有营。
达哉，东坡之言曰：未能学不死，且自学无生。

徇：顺从、依从。徇财，不惜身以求财；徇名，舍身以求名。
不死：佛家语，指永远的生命。
无生：佛家语，谓没有生灭，不生不灭。

清淑斋

斋不设窗牖，旷观惬倚凭。
齐檐叠石诡，入座俯冰澄。
图史自娱暇，松篁可作朋。
略言弗称者，应节缀华灯。

小香幢

芙蓉擎出小楼孤，调御当中坐丈夫。
供养香幢实余事，若论佛法本来无。

探真书屋

楼廊曼转处，书屋得清幽。
长物心期屏，古香鼻观谋。
三余信可乐，四库近方搜。
咨尔穷经者，应于真际求。

延景楼

四时之景无尽，延来及节为嘉。
最喜韶年春孟，况对冰天月华。
梅香细细玉晕，柳色旋旋金加。
何必苏台忆古，倪黄本是一家[①]。

① 吴中狮子林，为倪迂位置，并作图卷。今为黄氏涉园。

苏台：即姑苏台，又名胥台，在苏州西南姑苏山上。此处借指苏州。

画舫

凿沼因之画舫为，却看无用系冰池。

镃基虽有待时要，孟氏深言率可思。

镃基：农具名，大锄。《孟子·公孙丑上》：“虽有镃基，不如待时。”

云林石室

盘山精舍名，置此实相称。

刻削萃岀间，一线通云径。

幽宅才三楹，纳景乃无罄。

虽乏肤寸功，亦有气求应。

设诚为甘霖，于耜恰春令。

肤寸：古代长度单位。一指宽为寸，四指宽为肤。比喻极小或极少，此借指下雨前逐渐集合的云气。

横碧轩

水碧冰亦碧，一例轩前横。

虚实象中孚，会理因循名。

水门

跨波门径上骑墙，历历人行来往航。

设使桃源拟洞口，不教迷路误渔郎。

乾隆四十四年

再题狮子林十六咏

狮子林

狮林数典自倪迂，一再肖之景不殊。
明岁金阊问真者，是同是异答能乎。

金阊：苏州有金门、阊门两城门，故以“金阊”借指苏州。

虹桥

卧波上者形如半，印水观来体忽圆。
名曰虹桥真副实，试看雨后影拖天。

假山

吴下假山曰倪砌，此间真石仿倪堆。
假真真假诚何定，炙毂笑他难辩哉。

炙毂：亦作“炙輠”。輠，古时车上盛贮油膏的器具。輠烘热后流油，润滑车轴。战国时齐人淳于髡有才智，时人有“炙毂过髡”，称颂他智慧不尽如车之盛膏器，炙之不尽。后因用作称富于才智之典。

纳景堂

春风秋月应依旧，白发苍颜略觉殊。
似是虚堂有相谓，纳来景已两年孤。

清閟阁

何曾清閟收奇品，雅似江南绝点埃。

一石一松胥入画，可知粉本所由来。

藤架

石桥曲折俯波明，岁久藤枝布架盈。
已过花时绿阴蔚，宁须重忆紫云棚。

磴道

真石堆来做假山，便看磴道耸其间。
南华齐物论如读，名实只应一例删。

南华：即《南华经》，本名《庄子》，系战国早期庄子及其门徒所著。唐玄宗天宝元年，尊之为《南华经》，封庄子为“南华真人”。《齐物论》是《庄子·内篇》中的第二篇。

占峰亭

玉笋尖头飘一笠，遂疑亭有占峰形。
应思展步寻佳处，原是高峰占此亭。

清淑斋

小坡寻尺筑三楹，扶架新松绿荫成。
鸟过能言音尚淑，花常解舞态犹清。

小香幢

一间小阁供金仙，竖石为幢静不妍。
设以普贤功德论，个中饶是净因缘。

普贤：即普贤菩萨，大乘佛教的四大菩萨之一，象征着理德、行德，与象征着智德、正德的文殊菩萨相对应，同为释迦牟尼佛的左、右胁侍。

探真书屋

底须虎帐设皋比，偶坐常欣芸简披。
学者都知探真也，践斯言却鲜逢之。

皋比：古人坐虎皮讲学，后用以指讲席。

延景楼

纸窗绳榻小盘桓，弹指春秋三岁看。
欲问虚楼纳景者，背人延得几多般。

画舫

出入常看由水门，鸣榔轧轧浪花翻。
漫称济胜如披画，所喜随流可认源。

云林石室

容容润欲逼嶙嶙，粉本倪家貌得真。
可识云林原未古，俨如石室接其人。

横碧轩

一溪阶下带横如，匪欲垂之碧有余。
今日凭轩恰清暇，拈毫得句壁间书。

水门

跨波月梓辟为门，一棹因之与探源。
指日山庄问津处，文园重与细评论[1]。

① 避暑山庄仿狮子林处，名之曰“文园”。

乾隆四十六年

再题狮子林十六景

狮子林

狮子林今凡有三①，此中塞北彼江南。

分明前后悟文喜，那更重询弥勒龛。

① 御园及避暑山庄，皆仿狮子林之景为之，与吴中故迹凡三。

虹桥

弯弯上下影成双，半似虹桥半月窗。

铜笛一声随处是①，新亭何必忆吴江。

① 陆游诗“独吹铜笛过垂虹”。

假山

叠石为峰称假山，亦看峭蒨亦孱颜。

设论真者如何是，我也疑麐于此间。

峭蒨：高峻鲜明貌。

孱颜：参差不齐貌。

纳景室

春台色色与形形，潇洒书堂惬性灵。

宜是久居味景趣，而惟偶至片时停。

清閟阁

弆藏虽乏古书画①，森列颇饶老柏松。

高阁依然是清閟，净名居士②可容逢。

① 倪瓒清閟阁，多蓄古书画。

② 倪瓒别号。

森列：排列繁密、森严。

藤架

石桥宛转俯冰池，架上藤萝枯蔓披。

吐叶开花虽有待，迅于驹隙者惟时。

驹隙：即“白驹过隙”。《庄子·知北游》：“人生天地之间，若白驹之过隙，忽然而已。”形容时间过得极快。

磴道

丹梯隐现绕嵚崎，景借金阊此肖之。

漫讶高低都入画，可知粉本出天随。

嵚崎：险峻，不平。

占峰亭

高峰上有虚亭占，墙外烟村赛社灯。

幸得逢年一日乐，同民此亦觉相应。

清淑斋

清溪为镜石为屏，淑景当前印育亭。

虽是舞风弱柳迟，已欣映雪老梅馨。

小香幢

小阁一间冠峰顶，略如元镇供香幢。
燕中乍与吴中合，日面何妨月面双。

探真书屋

芸编绨几足相亲，名语耽书是宿因。
学欲探真知者伙，应思谁果践其人。

绨几：铺上绨锦的几案，古为天子专用。《西京杂记》："汉制：天子玉几，冬则加绨锦其上，谓之绨几。"

延景楼

既深而曲复犁然，小小壶中别有天。
把笔明窗阅棂影，试思此景若为延。

犁然：犹释然自得貌。语出《庄子·山木》："木声与人声，犁然有当于人之心。"

画舫

凝冰画舫坞中收，莫问名因米及欧。
只有烟波无尽意，四时恒与作乘浮。

云中石室

云林号已同其古，石室幽聊趁此闲。
真假即离都不著，一时飞兴到盘山[①]。

① 盘山有云林石室，山石天成，此则仿其名，叠石为之。

横碧轩

溪水轩前冻尚凝，一般碧色镜光澄。
漫于虚实闲评度，且喜虽风波不兴。

水门

跨水为墙瓮门置，谁何本自异重闉。
踏冰都可步而入，何必扁舟学问津。

瓮门：月城的门。

重闉：几重宫门或城门。

乾隆四十八年

题狮子林十六景，用辛丑诗韵

狮子林

一之为甚岂容三，得莫其风渐自南。
欲问狮林结趺者，是龛异也抑同龛。

结趺：结跏趺坐，指佛的坐法之一。即互交二足，将右脚盘放于左腿上，左脚盘放于右腿上的坐姿。

虹桥

波中虹影照如双，团月之中渡舫窗。
此是玉泉分得镜，漫疑列水[①]及胥江[②]。

① 谓热河。

② 谓苏州。

列水：即武烈河，是滦河的支流，古称武列水。《热河志》称其为热河。

胥江：公元前 506 年，伍子胥主持开挖的始自苏州的人工运河，后名“胥溪”。

假山

阅年叠石似真山，久假弗归漫腆颜。
朱注分明辟真有，读书慎莫误其间。

纳景堂

设询春景作何形，花有生机鸟有灵。
自舞能言谁所使，东皇化杼不曾停。

清閟阁

书阁得来凡几岁，龙鳞对面渐成松。
叹他高士藏名迹，兹落人间或过逢。

龙鳞：松桧之皮如龙鳞，故称。

藤架

诘曲石桥步过池，夹桥为架有藤披。
待看架上张紫锦，转眼春风三月时。

诘曲：屈曲，屈折。

磴道

石磴萦纡嵚且崎，偶然行饭步遵之。
自嫌懒瓒登斯日，可有如斯侍从随。

行饭：饭后散步。

懒瓒：指元末明初画家、诗人倪瓒。

占峰亭

一亭高占诸峰上，颇有悬檐羊角灯。
失笑若逢倪处士，迎头应道不相应。

倪处士：指倪瓒。

清淑斋

不藉当前展画屏，有松谡谡韵亭亭。
园人偏解会三友，种得盆梅映户馨。

小香幢

无言调御广长舌，峰竖岭横总梵幢。
设以其中辨真幻，是为逃一更成双。

探真书屋

书史从来不速亲，那如释氏论缘因。
既云真矣宁须探，莫作迷头认影人。

延景楼

韶光酝酿已阊然，镜里山河壶里天。
恰是小楼解人意，无言饶得静中延。

画舫

虽舫曾无书画收，未能精鉴及其欧。
凝冰久厌轻开凿[①]，意泛何妨此拍浮。

① 向岁，春冰将泮，内侍辄开凿以通舟行，近年每加禁止，故辛丑诗有“凝冰画舫坞中收”之句。

云林石室

云为林复石为室，谁合居之适彼闲。
却我万几无晷暇，兴心那可静耽山。

晷暇：暇晷：暇，空闲；晷，日影，指时光。

横碧轩

千林突兀淡烟凝，冰渚轩前一镜澄。
漫惜其间碧光少，昌昌韶意发将兴。

水门

无过跨水为门户，岂比严城及绮闉。
更弗鸣榔藉通舫，步兵入者即知津。

严城：戒备森严的城池。
闉：古指瓮城的门。

四藏书屋咏文房四事　有序

文房四事中，墨、砚入古，纸入古者已罕见，而笔则不入古，此坚脆之分也。然四者如乾之四德与地之四方，岂可阙一哉。兹得明雕漆匣，恰宜置文房四事于中，而藏于书屋，因即以名之。盖向之咏，咏其事也[①]。今之咏，咏其藏也。事虽同，而意各殊，因为之序。

① 向有咏文房四事诗。

久为草语岂无稽[①]，四事文房要欲齐。
燥湿得宜收亦易，簪濡有藉用休挤。
文当斥艳方遵轨，书在藏锋似印泥。
怀素只称珍败物，岂如砚匣伴玻璃[②]。

① 俗云：墨久为宝，笔久为草，盖不以为珍也。

② 徐陵玉台新咏，序云：琉璃砚匣。按《魏书》，天竺国人能铸石为玻璃。又《潜确类书》言：玻璃出南番，与水精相似。其用药烧者，入手轻，有气眼，与琉璃相似。是陵之所言琉璃，实即玻璃，而玻璃质尤精云。

藏锋：书法术语，藏锋一般用在笔画起笔时。藏锋的字，力在内，有种内在含蓄的意蕴。

怀素：唐代书法家，湖南零陵人，以“狂草”名世，史称“草圣”。

右（上）藏笔

入谱旧新二百收，兹藏惟一取其尤[①]。
聚于所好其非谬，受不欲多已却羞[②]。
缅彼玉堂曾抽秘，弃斯漆匣伴冥搜。
咏之铭者难屈指，磬折名言苏与欧[③]。

① 入《西清砚谱》者，旧藏新获凡二百枚。兹所藏钱惟善“玉堂砚”一枚，为续入《砚谱》中之尤精者。

② 此语即檃括辛丑铭此砚语。

③ “物聚于所好”，欧阳修之语也。苏轼有“真砚不损，真手不坏”之语，亦最为精到。

抽秘：即抽秘骋妍。意为抒发深意，施展美才。

冥搜：尽力寻找，搜集。

磬折：弯腰，表示谦恭。

右（上）藏砚

砚墨坚而笔纸脆，脆难[①]坚易[②]故殊藏。

虽然四事宁容阙，亦弗百番自诩强。

即此玉堂[③]原是宋，讵如金粟乃贻唐[④]。

只惭腕弱兼无暇，茧纸风流合让王。

① 谓笔纸。

② 谓砚墨。

③ 谓即同弆匣内钱惟善之“玉堂砚”。

④ 今匣中所藏者，唐时“金粟笺”，较之宋时“金花笺”、明时“宣德纸”，坚致莹滑，尤为精妙。

茧纸：即蚕茧纸，并非蚕茧做成，而是一种构树（又名楮树）皮纤维做成的纸。光亮细腻，白如蚕茧，故名。

右（上）藏纸

非人磨墨墨磨人，犹有磨焉义未臻。

兹以两枚藏厥用，恰同十翼显诸仁。

厌他五色夸奇品[①]，喜此元霜惬素珍。

蓍得水天爻上六，由来不速得龙宾。

① 明代御墨有五色者。

蓍：一种香草，古人用其茎占卜。

水天：《易经》水天需卦。此卦象征等待，前途光明而亨通。

龙宾：守墨之神，亦指名墨。

右（上）藏墨

乾隆五十一年

题狮子林十六景

初谓狮林始自倪，谁知维则早拈题。

怜他不忘本师处，者个犹存方寸兮[①]。

① 吴中狮子林，世俱传为倪瓒别业。甲辰南巡，得徐贲画狮林景十二帧。姚广孝跋云："贲为元僧，维则三辈弟子如海作。"乃知以狮林为倪迂别业者，讹也。又册中陆深跋："维则得法于本中峰，本时住天目之狮子岩。盖以识授受之原，不忘本师之意也。"

维则：元代临济宗禅僧。俗姓谭，号天如。幼于禾山剃发，后游天目山，得法于中峰明本禅师。元顺帝至正元年（1341），住苏州狮子林。至正十四年（1354）示寂，世寿不详。

右（上）狮子林

幼文画有小飞虹[①]，一例横陈玉镜中。

春月江南夏塞北[②]，今朝齐阅画图同。

① 幼文，徐贲字。所画狮林景中有小飞虹，图意与虹桥正合。

② 昨岁游吴中及热河，于狮子林皆有咏。

右（上）虹桥

燕石几曾让湖石[①]，垒成岩壁亦孱颜。

迂翁应是契真者，何事居然叠假山。

① 西山玲珑石，不让太湖石。此假山，即就近取彼为之。乃《日下旧闻》载：明宣宗《广寒殿记》称，金破开封，辇艮岳石至燕京，即今之白塔山，为花石冈之遗。语涉传会，不足信也。

孱颜：险峻，险峻的山。

右（上）假山

春芳最好未昌时，舒叠生机已觉熙。

三岁光阴撚指顷[1]，纳来景物也如斯。

① 自癸卯题园中狮林十六景后，甲辰、乙巳均未题咏，弹指已届三年矣。

癸卯：乾隆四十八年（1783）。

甲辰：乾隆四十九年（1784）。

乙巳：乾隆五十年（1785）。

右（上）纳景堂

本来高士藏古处，古迹今多高士藏[1]。

书画姓名笑何定，吴中今阁早归黄[2]。

①《石渠宝笈》中倪瓒画颇多，然真讹各半，因藏数种于此，以存其旧。

② 吴中狮子林，今为黄氏别业。

右（上）清閟阁

文园每值谢花时[1]，一例初春花未蕤。

三月于斯看真个，输斯幻者每成诗[2]。

① 临幸热河，率以夏至后，文园藤花已谢。

② 题此处藤架，率以初春三月花开时。虽常见，而却未留咏。

右（上）藤架

假山屹峭似天成，磴道险过乃就平。

平则可欣险可畏，每于此处验人情。

右（上）磴道

一峰之上孤亭据，近景遐观占以全。

有愿亦惟天下共，于斯所乐不存焉。

右（上）占峰亭

向阳每喜凭窗坐，阳气发生静验之。

一缶古梅花几朵，曰清曰淑会于斯。

右（上）清淑斋

香幢维则用供佛，所惜其徒代以兵。

微服夜深访师处，可怜摩顶愧犹生[①]。

① 陆深跋徐贲《狮林画册》后称：道衍辅永乐成功后还吴，夜微服访其师于狮子林。师扪其顶未蓄发，曰："和尚留得此在？"又云："和尚撇下自己事，却管人家事？"可谓本教中棒喝乎。

右（上）小香幢

从师六岁习芸编，稔苒光阴七十年。

真趣依然探未得，偶凭绨几只慰然。

① 六岁读书，今七十有六矣。

右（上）探真书屋

书楼久矣额延景，试问延来景几多。

来去今胥不可得，一心究竟住于何。

右（上）延景楼

鱼负由来未放船，底须皲瘃破冰坚。

禁之犹事偷开凿，愚计献勤亦可怜[①]。

① 春冰未泮时，内监每私凿通船，以效献勤。虽禁不止，可鄙亦可怜也。

鱼负：即鱼陟负冰。陟，升也，鱼因水温渐暖，竞相浮游而近冰，故曰负冰。

皲瘃：皲，坼裂；瘃，寒创。手足受冻坼裂，生冻疮。

右（上）画舫

湖石丛中筑精室，偶来憩坐可观书。

云林仍是伊人字，数典依然欲溯初。

右（上）云林石室

碧为林亦复为水，林去发枝水尚冰。

横者于轩两未得，几先却每得于凭。

右（上）横碧轩

甃壁跨溪当圃藩，舟行达尾复通源。

一筹欲胜吴中彼，陆地何曾有水门[①]。

① 吴中狮林无水门。御园较胜彼也。

右（上）水门

乾隆五十三年

题狮子林十六景

数典由来自天目，为图瓒贲各夸长[①]。

中峰如海逮五世，广孝参承愧弗遑[②]。

① 元僧维则好聚奇石，俱状类狻猊，因以狮子名所居。或云维则得法于本中峰，本时住天目狮子岩，盖不忘授受之源也。迨后，倪瓒、徐贲俱为维则第三辈弟子。如海作《狮子林图》。徐贲画册分绘各境，为十二帧；倪瓒则合写长卷。各极其妙。

② 自本中峰至如海，凡五世。俱能清修梵行，不愧禅宗。至姚广孝，后名道衍，辅永乐成功后还吴，夜深微服访其师于狮子林。师扪其顶未蓄发，曰："和尚留得此在？"又云："和尚撇下自己事，却管人家事？"广孝闻之颜沮。见陆深跋，徐贲《狮子林十二景》册后。

天目：即天目山。浙皖两省交界处，距杭州 84 公里。"天目"之名始于汉，

有东西两峰，峰顶各有一池，长年不枯，故名。

右（上）狮子林

虹桥即是小飞虹，徐贲为图岂异同。

春月希逢是过雨[①]，饶斯想象望云空。

① 垂虹之景，惟夏、秋过雨后乃有之，春月则无也。

右（上）虹桥

假山称最惟湖石，彼近金阊取不遥[①]。

此则西山运来易，玲珑趣亦不相饶[②]。

① 谓维则狮子林，取湖石为假山也。

② 园中假山，即取西山石为之。其玲珑之趣，不让湖石云。

右（上）假山

未治韶光趣莫穷，岂关草绿与花红。

如询所纳为何景，塞北江南方寸中[①]。

① 避暑山庄亦有狮子林。

右（上）纳景堂

大家品里号超群[①]，赝鼎由来迹亦纷。

六种仍教弆清閟，云林有识得无欣[②]。

① 倪迂画品为元四大家之一。其清疏处，迥超恒径。

② 倪瓒画，即内府所藏，亦多赝鼎。曾选佳者六种，置之阁中。高士有知，当亦欣其得所矣。

赝鼎：语出《韩非子·说林下》：“齐伐鲁，索谗鼎。鲁以其雁往。齐人曰：‘雁也。’鲁人曰：‘真也。’”后因以“赝鼎”指仿造或伪托之物。

右（上）清閟阁

正月无花三月花，初春频咏季春赊[①]。
因思世事原如此，于得意中每致差。

① 藤花以三月始放。每题此处藤架，则在初春，去花时尚远也。

右（上）藤架

直上宁如步郁屈。削棱枯干尽堪扪。
因而悟得为文理，曲折中多至味存。

郁屈：迂回曲折。

右（上）磴道

叠石为山栖四柱，坐来佳景俯临供。
翻思欲问额楣者，峰占亭乎亭占峰。

右（上）占峰亭

春物未昌清合矣，春容欲动淑当之。
凭窗等度相应句，两字名斋称此时。

右（上）清淑斋

香幢自是梵家仪，何事倪迂亦用之。
掷笔前言戏之耳，今题全景那删其。

右（上）小香幢

四库全书浩渊海，于何枕葄得遵循。
重华十六字深味，虽未得真亦近真。

重华：即舜，姚姓，名重华，字都君。

十六字：舜禅位给禹时的十六字心传——人心惟危，道心惟微；惟精惟一，允执厥中。

右（上）探真书屋

四时之景此中延，春则言春冠彼先。
骋望漫嫌迟艳裔，试看物意已訚然。

艳裔：鲜花嫩苗。
訚：盛貌。

右（上）延景楼

画舫犹然收坞里，冰湖岸立望如空。
莫嫌帆楫静无用，无用中藏用不穷。

右（上）画舫

崆巃石护三间室，蒀郁云生一带林。
可识春云最艰致，漫空雪岂异甘霖。

右（上）云林石室

溪上书轩俯岸横，四藏新复与题名[1]。
文房四事赅诸事，形色何须致揣评。

① 癸卯年，得明雕漆匣，恰宜置文房四事，因即藏于轩内，各为之什，而以“四藏”名其书屋。

右（上）横碧轩

水门只可进舟行，冰上原来步更轻。
然则设防竟何事，荡平王道会应精。

右（上）水门

乾隆五十六年

四藏书屋口号

朱明漆匣弆文房，遂与名之曰四藏。
鼓万物而功不与，羲经妙义昔言详。

程传于“系辞·显仁藏用”一节谓，“天地无心而成化”。惟无心，故不居其功。向谓“鼓万物而不与”，当作一句，非创论也。若云圣人有心而无为，岂竟一无事事哉。孔子言舜无为而治，不过形容其得人之效。至于巡狩命职，有为之迹，正如天地之春生、夏长、秋收、冬藏，有缺一不可者，是即圣人同忧之意也。昔所著论，曾详其义。文房四事之藏用，颇有类乎此，并识其略如右（上）。

乾隆五十八年

题狮子林十六景

狮林本是金阊景，数典元明订始全[①]。
春孟余闲来一豫，题词瞥眼又三年。

① 倪瓒有《狮子林图》，世遂传为云林别业，而实非也。瓒图旧藏《石渠宝笈》。其自识有：“如海因公宜宝之”云云。及后，得徐贲为如海作《狮林十二景》帧，阅陆深跋，始知为僧维则所居，如海乃其三辈弟子也。又陆跋详“姚广孝辅永乐成功后，见其师于狮子林”事，考订沿流，始为详备。

右（上）狮子林

月样横桥截水中，喻形或又谓之虹。
一从名象世间起，似此讆言那可穷。

讆言：虚妄不足信的话。《左传·哀公二十四年》：“往岁克敌，今又胜都，

天奉多矣，又焉能进？是豢言也。”

右（上）虹桥

世事有真必有假，真恒鲜矣假恒多。

沿流如是奚底止，岂独山哉奈若何。

右（上）假山

春物由来未冶昌，雅堪静观不须忙。

凭窗却欲问其趣，堂纳景乎景纳堂。

右（上）纳景堂

层阁临溪閟且清，每观真迹一怡情[①]。

江南塞北纷呈矣[②]，欲笑云林未擅名。

① 倪瓒清閟阁，多蓄古书画。是阁即选瓒真迹六种，藏之以存其意。

② 避暑山庄清舒山馆南，亦复度地规仿，名曰“文园狮子林”。虽皆数典倪迂，而塞苑山水，天然景致尤佳，转觉云林所图画，未足副名耳。

右（上）清閟阁

水裔横桥步屧过，架藤其上缀婆娑。

叶犹未吐花真远，骋目虚怀杜句哦[①]。

① 杜甫诗：“露裛思藤架。”

水裔：水边。

右（上）藤架

巉岩有路亦堪升，曲栈棱途叠几层。

济胜自强宁在此，高年一顾不攀登。

右（上）磴道

特立峰巅一盖披，峭寒飒景晓春时。

暂凭回顾孤亭语，四季峰姿尔占宜。

右（上）占峰亭

春景未酣清则是，书斋向暖淑诚宜。

两言漫拟寻常额，西苑分明圣典垂[1]。

① 瀛台淑清院，乃皇祖御笔也。是斋敬仍其义。

右（上）清淑斋

缀景园中无不有，香幢略写梵家风。

设云佛合忘忧喜，我则忧民未肯同。

右（上）小香幢

四库五车纷万卷，一言以蔽要探真。

龆龄占毕兹耄耋，真尚未探愧每频。

龆龄：七八岁的童年时代。

右（上）探真书屋

楼窗景纳四时多，春合言春值始和。

试看棱间度曦影，刹那弗住肯延俄。

右（上）延景楼

鱼陟犹艰盼浪浮，春迟半冻舫仍收[1]。

兴来欲笑襄阳老，画里将何作卧游。

① 今岁立春虽过，然正月中旬解冻才半。予又素恶其打冰献勤。背阴处，尚不能行舟也。

卧游：以观赏山水画代替游览。最早提出“卧游”说的，是南北朝时宋朝宗炳的《画山水序》，即“凡所游历，皆图于壁，坐卧向之”。此后，“卧游”便成为中国艺术史、美学史中的一个重要命题，被后人所接受。

右（上）画舫

室名数典自盘山[①]，石态云容相对闲。
却似老迂为首肯，雅宜号永住斯间。

①盘山亦有云林石室。

右（上）云林石室

池波碧尚冻为阻，林碧亦迟春未昌。
仿佛虚轩曰何碍，横之义具两应忘。

右（上）横碧轩

瓮墙隔水可称门，来往冰床此溯源。
今日却因生别解，合其颠倒郑家言[①]。

①《汉书》：“郑崇言：臣门如市，臣心如水。”

右（上）水门

琴清斋口号

远瀑漫寻七弦比，近湖恒对五音清。
那更陶壁相唐突，个里无声却有声。

嘉庆朝

嘉庆元年

题狮子林十六景【乾】

维则狮林始创宗，不忘授受本中峰[①]。
即今御苑塞庄里，笑我无端又仿重。

① 世传狮子林为倪瓒别业，以瓒有《狮子林图》而附会之，其实非也。瓒图藏《石渠宝笈》，其自识有"如海因公宜宝之"云云。及查徐贲为如海作《狮林十二景》帧，有陆深跋，始知为僧维则所居。如海乃维则三辈弟子也。维则好聚奇石，状类狻猊，因以狮子名之。或云维则得法于本中峰，本时住天目狮子岩，以狮子名园，不忘授受所自，此说得之。迨后，倪瓒、徐贲皆为如海作《狮子林图》。自中峰至如海凡五世，狮林之由来，盖自维则之不忘其师始也。兹御园有狮子林十六景，避暑山庄有文园狮子林十六景，皆仿象吴中邱壑为之。前后临憩，屡经题咏。

右（上）狮子林

徐为方册倪长卷，俱有浮桥渡浦中[①]。
想象遥因忆吴下，不孤一例幻称虹。

① 徐贲为如海作图，系方册，分绘十二帧。倪瓒则合写为长卷，各极妙趣。贲图十二帧中有小飞虹一景，瓒图亦有小桥渡入浦中。向名此桥，竟与倪、徐二图不期而合。

右（上）虹桥

砌石为山号为假，三原一也一原三。
既云假矣真何在，真假由来总寱谈。

右（上）假山

堂为实者景为虚[①]，景以四时堂一庐。
虚实之间问谁纳，笑孤纳者却诚予。

① 堂为实境，景则四时各异，而无定象。然要皆于堂中纳之，则景虽虚而不啻实境。是在莅斯堂者，自领会之耳。

右（上）纳景堂

倪迹阁中珍六种，其真其赝尚存疑[①]。
幼文未免心生忌[②]，或许无名却是宜。

① 倪瓒清閟阁，多蓄名人书画。是阁数典倪迂，因将《石渠》所藏瓒画《江岸望山图》《雨后空林图》《竹树野石图》三种，藏此阁中；其《万壑秋亭图》《岩居图》《溪亭山色图》三种，藏避暑山庄狮林清閟阁中，以副其名。然内府倪迹亦不无赝鼎，阁中所贮虽选佳者，而亦难尽信为真面也。

② 倪瓒、徐贲同绘狮林，乃阁中贮云林画而无幼文之迹，幼文或不免以艳羡生忌。然阁名昉于高士，自不妨存倪而略徐耳。

幼文：即徐贲。元末明初画家、诗人，字幼文，今江苏常州人。

右（上）清閟阁

向恨无花今有花[①]，芳英缀架任飞斜。
架诚喜矣予增恨，露布望怦兴转差。

① 紫藤春暮始花。向年题此，均在正月，为期尚早。今岁吟咏，正值花时，缀架繁英，顾之宜增欣喜。然予以盼捷心殷，仍不能不怦怦减兴耳。

右（上）藤架

假山亦自磴崴硠，苗境险当百倍斯。
陡念我军擒逆首，惜劳千里一时驰[①]。

① 逆首石三保、石柳邓等自作不靖，万难幸免。惟地势险峻，视此间磴道硠磊，奚啻百倍。福康安、和琳等督率官军攻围剿戮，不可胜计。现在续调滇粤大兵到齐，不日即可全获，而经年劳苦之状，每一念及，深为怜惜。

右（上）磴道

嵚巘顶平四柱披，迥凌寻丈俯观宜。
设无峰者亭谁占，寸木岑楼可喻斯。

岑楼：高楼。《孟子·告子下》："不揣其本而齐其末，方寸之木，可使高于岑楼。"朱熹集注："岑楼，楼之高锐似山者。"

右（上）占峰亭

淑冶春光渐阑谢，清和节候始循还。
迩来盼捷心焦切，清淑片时憩取间。

右（上）清淑斋

香幢自是梵家法，番[①]汉[②]相传各有言。
若谓吾心崇佛道，喇嘛著说正规存[③]。

① 喇嘛。

② 和尚。

③ 佛教番汉经典本一，而名称不同。汉僧讲经者为禅门，予深悉佛法，而从不与此辈讲论。至番僧喇嘛，则以西番蒙古语讲经，向年前辈章嘉国师在时，曾偶与之论晰禅理，亦不过习其语言，以联众蒙古之情，初非及于政事也。盖蒙古倾心信佛，兴黄教即所以安蒙古，关系甚大。自国初以来，达赖喇嘛、班禅额尔德尼转世袭封，相沿已久，用寓绥怀藩部之意。然非若元代之崇奉喇嘛，殴之者截手，詈之者断舌，甚至怙势恣肆，气焰熏炙。为害四方，其弊不可枚举。至其呼土克图相袭，必觅一聪慧有福相者，为呼必勒罕，即汉语转世化生人之义。夫佛本无生，岂有转世，但不用其法，则数万番僧无所皈依，故不得不仍其旧。乃近来风气日下，各喇嘛所举转生之呼必勒罕，率出一族兄弟，叔侄递相传授，几与封爵之世袭无异。若不为之剔除积弊，必致黄教不能振兴，蒙古或至轻视，别生事端，甚为可虑。是以前年平定廓尔喀后，特命制金奔巴瓶，颁发藏地，供养佛前。遇有呼必勒罕转世时，令各举数人，书名置所供瓶内，会同驻藏大臣，公同签掣定之。其各蒙古之呼必勒罕，亦令理藩院行文，如藏中之例，贮名于雍和宫佛前之金奔巴瓶内，令理藩院堂官会同签掣。庶几杜私弊而息纷竞，为一定不移之制。详见予向所制《喇嘛说》中，此实厘定中外喇嘛传授大公至正之道也。

右（上）小香幢

不少读书今古人，其间谁果称探真。
既思真必有假对，去假犹为功半因。

右（上）探真书屋

虚窗延景四时宜，千里捷章尚未披。
更上一层楼望处，由来在彼在非兹。

右（上）延景楼

画舫今年信可游[①]，不须频举米和欧。
往年春孟今年季，一例倏然同水流。

① 每岁初春来此，湖冰未泮，画舫犹收坞中。延伫留题，名不副实。今年春雨十分沾足，湖水充牣较胜常年，允宜画舫之游。正不必数典米芾书画船，及欧阳修之画舫斋也。

右（上）画舫

云那为林石非室，幽人假藉正无妨。
笑予劳者奚堪拟，一再安名盘[①]与阊[②]。

① 谓田盘。

② 谓吴下狮子林。虽仿苏州，而御园及避暑山庄之十六景，则系新与之名。此云林石室，又肖田盘之额也。

右（上）云林石室

襟山带水敞轩清，水态山姿上下明。
借助微风相映处，活成一碧画铺横。

右（上）横碧轩

渡门向每用冰床，春暮欣兹可泛航[①]。
盼捷无聊吟七字，百篇聊藉补为长[②]。

① 往岁孟春来此，湖冰尚坚，皆用冰床涉此。乃内监司事者率强以人力椎凿，其意在于献勤，而实可厌。兹值春暮波流，活活可以泛航，似饶佳兴。

② 近因楚南筹擒苗匪首恶及剿洗楚北邪教，日内捷报未至，殊劳盼望。偶此胪吟，用解烦闷。亦缘黄绫上本，往年皆以三月以前书满百篇，而此时百篇尚余数页，藉此亦可以足其数耳。

右（上）水门

狮子林

名园建置寓茅茨，境异三吴偶仿为。

诡石奇松皆入画，假山曲水总宜诗。

静聆竹韵穿篱角，欲探泉源过涧湄。

我亦无心来问景，早祈甘泽遍繁滋。

茅茨：茅草盖的屋顶，亦指茅屋。此处用以谦称自己的家。

丛芳榭

百卉盛韶春，稍觉太艳丽。

我来过重阳，寻芳趁秋霁。

傍榭一丛金，掩映东篱际。

清标接渚荷，仙品匹月桂。

黄蕤日色含，叶傲朝霜厉。

彭泽有素心，空谷同辟世。

蕤：花，花蕊。

彭泽：东晋著名文学家陶渊明曾任彭泽县令，故以“彭泽”借喻陶渊明。

空谷：空旷幽深的山谷，多指贤者隐居的地方。《诗·小雅·白驹》：“皎皎白驹，在彼空谷。”孔颖达疏：“贤者隐居，必当潜处山谷。”

辟世：避世。谓逃避浊世，隐居不仕。《论语 · 宪问》：“贤者辟世，其次辟地，其次辟色，其次辟言。”

狮子林八韵

姑苏旧游地，境界易倪黄[①]。
漫说尘踪远，真如粉本张。
假山环杰阁，曲沼绕书堂。
怪石蟠龙虎，高梧引凤凰。
洞幽纡达户，径窄巧通廊。
清闷思佳士，香幢礼梵王。
临窗霏素菊，周砌遍修篁。
天上异人世，云林烟水茫。

① 吴中狮子林，为元维则僧庵。后倪瓒常游咏其地，并曾为维则第三辈弟子如海画《狮子林图》。后人遂传为云林别业，今归黄氏。

嘉庆二年

狮子林

狮林名胜仿姑苏，御苑山庄境不殊。
澄洁曲池波荡漾，玲珑文石径萦纡。
傍阶篧篧碧筠袅，绕砌离离黄菊敷。
抚序又过授衣候，速祈孚愿靖萑苻。

姑苏：园林古城苏州西南有姑苏山，因以之为苏州别称。

文石：有纹理的石头。

萦纡：迂回，回旋弯曲。

簻簻：形容光滑修长。

离离：形容盛多繁茂的样子。

授衣：古代九月制备冬衣，亦称“授衣月”。

萑苻：春秋时期郑国泽名，因史载其地常有盗贼出没，故后人以之代指盗贼。此借指白莲教起义军。

嘉庆三年

小香幢

极乐妙庄严，蜂台装七宝。
眼障须弥高，心空芥子小。
寂寂养虚灵，净绝诸缘扰。
随处有真诠，意会无言表。
拈花香自来，慧根寸田肇。

蜂台：佛塔的别称，佛塔多层而多窗孔，远望似蜂巢，故名。

七宝：佛教对宝物的惯称，各经有所差别，大致为金、银、琉璃、砗磲、玛瑙、珍珠、琥珀、珊瑚、玻璃等物。

须弥、芥子：须弥，佛经中的山名，据云在大海中，高三百三十六万里；芥子，即芥菜的种子，原用以形容佛法无边，神通广大。

慧根：智慧的根性，为五根之一，能观达众生名慧，慧能生道为根。

丛芳榭

廿四番过花信风，群芳绕榭绮罗丛。
莺梭巧织柳丝绿，燕翦匀裁桃瓣红。
叠叠波光摇潋滟，迟迟旭影乐冲融。

夹衣初试昼方永，人坐熙春和气中。

廿四番风：应二十四候花期而来的风。古人认为风应花期而来，故称信。

夹衣：有面有里而无絮的变层衣服，先秦称“复衣”，汉魏以后方有此称。

嘉庆六年

清閟阁

狮林佳胜仿苏城，御苑山庄画本呈。
陈迹泣瞻藻绘在，旧游怆忆岁华更①。
香幢②常仰慈云荫，清閟聊存市隐名。
几暇偶探溪壑秀，萦心小丑未全平。

① 甲辰三月，随驾至苏州，游狮子林，命和诗。

② 小香幢，阁东佛殿额。

画本：中国造园以山水花鸟绘画为蓝本，故称画本。

藻绘：文辞、文采。此指乾隆帝的诗文、匾额。

市隐：所谓“市亦可隐”“大隐隐朝市”，即指隐居于闹市。

小丑：此对白莲教等农民起义的蔑称。

嘉庆七年

题清閟阁

狮林名胜冠苏州，怆忆甲辰侍豫游。
永慕慈恩望云表，长瞻仙藻焕檐头。
水光荡漾仍如昔，画本临摹又几秋。

叠韵天章双卷贮，展观未竟泪盈眸。

豫游：即游乐。

天章：指帝王所作的诗词文章。

嘉庆八年

狮子林歌

甲辰随驾莅苏城，狮林遗迹同游行。
弹指星霜二十载，尘埃野马嗟纷更。
御园仿建远胜彼，山明树茂溪水清。
御笔摹图屡题咏，辉腾奎壁常晶莹。
赏心悦目适可止，帝京吴郡孰实名。
南巡事大曷敢举，敬守记语安民生。

星霜：星一年一周转，霜每年因时而降，故以之代称年岁。

尘埃野马：亦称“野马尘埃”，指飘移不定的云烟尘埃，比喻容易消散的事物。出自《庄子·逍遥游》“野马也，尘埃也，生物之以息相吹也。”

奎壁：即白壁，“奎”通“魁”，即大蛤。古代以蜃蛤壳烧灰涂墙，使壁白，因以称奎壁。

记语：指乾隆四十九年，乾隆帝六次南巡后所著《南巡记》，文中检讨了南巡之弊。

嘉庆九年

狮子林

茂苑旧游迹，云烟二十年[①]。

天题辉壁府，胜概富林泉。

石室饶佳致，香幢结静缘。

赏心漫耽逸，随遇切仔肩。

① 吴中狮子林，为元僧维则所创。后倪瓒游咏其地，曾为维则第三辈弟子如海作《狮子林图》，或亦经点缀，后人遂传为云林别业，今为歙黄氏所得。其十六景布置，结构缭曲深秀，颇饶逸致。我皇考于御园、山庄皆仿为之，景本天成，境因地胜。甲辰岁，恭随皇考銮辂，曾游其地。瞬息云烟，已阅廿稔矣。

茂苑：古苑名，又名长洲苑，故址在今江苏吴县市西南，后也作为苏州的代称。

仔肩：所担负的任务、责任，承担。

嘉庆十年

清閟阁

倪家旧迹著苏城，御苑临摹实境呈。

宝绘昭回丽云汉，天题重叠焕檐楹。

春光和煦溪山秀，韶景冲融卉木荣。

延揽亭台乐清閟，授时四野起农耕。

宝绘：对人绘画作品的美称。

狮子林

云林留胜境，甲岁莅姑苏。
乌兔环何速，溪山致不殊。
天章瞻十叠，尘迹在三吴。
肯构怀前训，永言念典谟[①]。

① 兹地昉于吴中狮子林。甲辰岁，曾侍銮舆，揽其胜概。至我皇考六巡江浙，成翕河障海之大工，观篸竹扶藜之爱戴，巡河游洛，未足比祟。故南巡一记，申言不易举行之旨，以示率由则效之难。予小子力慎驰张，心维时会，惟有聪听彝训，即以仰法前规，则不敢轻言此举。正足昭六巡之盛轨，庶克承作记之深心。此向所自勉于视无形而听无声者，于偶咏此地略述之，以矢弗谖云。

乌兔：乌指三足乌，太阳的代称；兔指月兔，即月亮，合称日月，引申为光阴、时间。

天章：此指乾隆帝咏苏州狮子林的诗文。

三吴：指吴地，《水经注》云吴兴、吴郡、会稽为三吴。

嘉庆十一年

狮子林

境名本茂苑，仿建御园中。
花柳参真幻，溪山孰异同。
松关峙葱郁，石径隐玲珑。
放棹赤栏外，寻幽别渚通。

清閟阁

苏城境繁华，狮林擅佳致。

泉石尽幽奇，结构皆画意。
御园粉本摹，阁名额清閟。
虚槛临芳塘，晃漾波光翠。
远超市廛尘，溪崖妙位置。
对育延南薰，长养群生遂。

市廛：原指市场上供储存货物的房舍，后代指市中集市和店铺集中区域。
南薰：原谓和缓的南风，意喻舜歌南风可以解人民之忧。

四藏书屋四咏

握管治庶政，丝纶在指挥。
含毫运端直，染翰慎几微。
用拟千枝秃，花生五色辉。
公权语得要，心正事相依。[笔]

握管：管，代指笔；握管，即握笔，此指帝王批阅奏章。
丝纶：孔子有“王言如丝，其出如纶”之语，后以喻帝王诏书。
含毫：含笔于口中，比喻构思为文或作画。
染翰：以笔蘸墨，指作诗文、绘画等。此指帝王朱批谕旨。

静体为功用，端溪质润坚。
微凹聚香璧，半勺滴清泉。
月印凤池洁，星涵鸲眼圆。
不雕存太璞，石友寿长延。[砚]

端溪：溪名，在广东省高要县东南，产砚石，制成者称端溪砚或端砚，为砚中上品，后即以“端溪”称砚台。
凤池：砚的一种。

鸲眼：即“鸲鸽眼”，指石上之大小斑点与重重色晕。

石友：砚的拟人化代称，因砚为石制，是读书人文房四宝之一，故称。

几幅澄心楮，光明焕彩霞。
含章铺玉版，蕴藻灿金花。
缉缉浮轻膜，鳞鳞叠细葩。
硬黄宜护惜，作字愧涂鸦。[纸]

澄心楮：楮，纸。亦称“澄心堂纸”，为南唐后主李煜所造，以烈祖李昇所居之澄心堂命名。坚洁如玉，名冠一时，极为名贵。

含章：含美于内、包含美质。

玉版：亦作“玉板”。一种光洁坚致的宣纸。

蕴藻：辞藻。

金花：即“金花笺”，古代名纸，系“描金笺”。

硬黄：古纸名，用以写经和临摹古帖。以黄檗和蜡涂染，质坚韧而莹澈透明，便于法帖墨迹之响拓双钩。又用以抄写佛经，以其色黄而利于久藏。唐宋时最为流行。

涂鸦：明 蒋一葵《尧山堂外纪》载唐朝诗人卢仝有诗：“忽来案上翻墨汁，涂抹诗书如老鸦”，比喻作文写字、绘画的拙劣，多用作谦辞。

龙宾香艳发，精制佐文房。
漫试红丝砚，珍收绿锦囊。
松烟聚华采，石液现辉光。
所宝非珠玉，书斋四妙藏。[墨]

红丝：一种名贵的石砚，亦作砚的别名。

绿锦：绿色之锦，质地细密，多为贵者服用。

松烟：松木燃烧后所凝之黑灰，是制松烟墨的原料。亦为古代墨之名。

石液：墨之一种，以点燃石油所薰之烟灰制成，始于宋代。

嘉庆十二年

狮子林

茂苑名园入品题，披图印证境欣稽。
方池溶漾平临槛，仄磴嵚崎转曲蹊。
几折竹桥相映带，三间石洞互高低。
天成佳胜远尘俗，粉本云林妙取携。

嘉庆十四年

狮子林

姑苏名胜纪迂倪，龙驭南巡入品题[①]。
碧沼萦纡环石径，苍松葱郁隐花蹊。
桥连藤架缭而曲，洞接槐厅高复低。
轩敞层楼景清闷，辉煌天藻焕金泥。

① 狮子林为吴郡名园，相传成于倪瓒。其中十六景，狮子林为之首，遂以为总名焉。余则为虹桥、假山、纳景堂、清淑斋、小香幢、探真书屋、延景楼、清闷阁、藤架、磴道、占峰亭、画舫、云林石室、横碧轩、水门。昔年，皇考幸临江浙，曾邀游览，因赏其结构清佳，命图粉本，于御园规此一区，仿其胜概，不特风景宛然，而天成之妙，更增殊胜矣。

天藻：天子所写文章。此处指乾隆帝所题匾额。

金泥：朝廷专用之封泥，以水银金粉和为泥，用以封印玉蝶诏书等。

嘉庆十五年

狮子林

茂苑狮林昔游览，御园仿建胜迂倪。
绿阴匝地松围砌，碧藓铺汀泉漱溪。
舟泊水关波滉漾，步寻石栈径高低。
远超尘市真佳境，漫访姑苏觅旧题。

水关：河道沟渠穿越城墙的通水口，又称水门、水津门、水窦。

清閟阁

云林避世俦，书阁题清閟。
诗画足自娱，泉石堪乐志。
新境仍旧名，同额不同意。
养心集虚明，静理天下事。
正己斯正人，淡泊蕴精粹。
大道本无为，执中位育致。

位育：即《中庸》所谓“天地位焉，万物育焉”。

嘉庆十九年

狮子林

结构仿姑苏，额同境迥异。

粉本始倪迂，摹写御园置。
文石堆玲珑，奇峭径幽邃。
曲池环水厅，古松拂檐翠。
吴郡昔曾游，三十年前事。
勤政几务繁，何暇重临莅。

嘉庆二十一年

四藏书屋

书屋欣容膝，娱心四美藏。
龙宾辉灿烂，凤味质坚刚。
管细缕沈绿，几平铺硬黄。
临池相辅佐，运腕仿钟王。

凤味：“凤味砚”的省称，古砚之一。
钟王：指三国钟繇和晋王羲之，二人皆善书法。

嘉庆二十三年

狮子林

姑苏名胜记倪迂，仿建御园粉本摹。
高阁临池景清闷，敞轩接洞径萦纡。
文峰峭拔立阶下，老树箫森荫室隅。
三十余年尘迹泯，绝无梦想涉三吴。

嘉庆二十四年

狮子林

御园仿建继山庄，茂苑云林粉本详。
诗纪旧游存缥帙，境宜新赏迈江乡。
阁沿清闷图书富，屋额探真洞壑藏。
窈窕文峰凌碧落，漪澜容与印天光。

道光朝

道光八年

狮子林十六景

层楼

层楼面水开，飒飒清飔透。
凹凸起文峰，翠黛天然秀。
小园一览中，无尽妙结构。

曲榭

招凉何所适，水榭缭而曲。
清池莹心神，风过叠轻縠。
课丁植新荷，几柄浅深绿。

花坞

时雨浥群芳，是处清芬袭。
石笋映虚窗，苍翠分嶪岋。
高下逞幽姿，何须重收拾。

嶪岋：高峻貌。张衡《西京赋》：“状巍峨以岌嶪。”

竹亭

修竹要处栽，玉干森亭畔。
雨余新翠添，风度轻烟散。
静憩乐清佳，个中尘俗判。

萝洞

奇石何嵚嵚，洞壑深而邃。
峭壁薜萝垂，无风下清吹。
奚待蹦跌人，始以幽怀寄。

水门

短垣跨清池，问景通小艇。
傍多野卉芳，上有孤松挺。
恍对辋川图，兴迈江湖回。

辋川图：唐代诗人、画家王维晚年隐居辋川时所作，后用以比喻优秀山水画或喻美景。

苔阶

石阶步步登，怕损莓苔绿。

迂回碧荫浓，润浥清泉沃。

轩庭处处通，幽景此间属。

莎径

曲径雨余天，迤逦绿莎毯。

深林翳阳光，空籁含黯黮。

会当杖策翁，寻诗足冲澹。

绿莎：即莎草。此草鲜时绿色，故称。

黯黮：昏暗不明。

崖磴

假山叠作峰，石磴穿云巘。

千里咫尺间，径转弥深远。

红树间青林，好待秋风晚。

溪桥

溪涧绕虚堂，探幽过略彴。

奚必亘长虹，园林宜俭约。

清流宛转通，高岸真如削。

略彴：指小石桥或小木桥。

云窦

嘉荫何蓊郁，峰重岫仍复。

深处疑留云，霭霭迷溪谷。

触石愿为霖，非关乐幽独。

烟岚

烟霞无尽妙，雨霁添岚翠。
漠漠复濛濛，崎岖多秀异。
地僻问樵苏，是否秦人避。

樵苏：樵指采薪，苏谓取草，喻打柴拾草的人。

叠石

高下位置宜，安排费意匠。
碧嶂俨天然，弯环分背向。
松萝罨晴烟，涧户清泉漾。

流泉

问景讶桃源，汩汩涵幽涧。
何必三千尺，亦复悬匹练。
珠玑石罅翻，莹澈参真幻。

长松

岁月亦已久，翠色参青汉。
风翻谡谡涛，百尺依幽岸。
片片老龙鳞，烟霭峰腰断。

青汉：指天汉、高空。
谡谡：形容风声呼呼作响。

古柳

古干发新枝，湿翠看初霁。

临流倍萧森，不羡八千岁。
根穿众卉芳，枝惹一蝉嘒。

清閟阁对雨

炎光甫届三庚候，竟日欣看澍雨施。
乍疾又徐真浃洽，黍禾芃茂大田宜。

云容漠漠隐山容，应是催诗特地浓。
水木清华生爽籁，长松茂竹湿烟重。

虚槛临流暗引风，危楼檐角溜悬空。
高崖下涧依稀处，浅碧深青渲染工。

曲池俄睹水痕添，今夏频看雨泽霑。
天半滂沱斟巨浸，风回浅浪讶开奁。

清淑斋对雨

半天阴雨半天晴，刚睹滂沱日复明。
池面乍添新涨绿，林端犹约湿烟轻。
虚斋高敞凉飔拂，叠石玲珑碧藓生。
泼墨云容无定态，奇峰空外绘难成。

秋晴泛舟至狮子林恭侍皇太后膳

移舟喜秋霁，浅浪漾平池。

岁稔天恩渥，时和圣母怡。

文峰余古黛，晚卉发幽姿。

虚槛澄心性，承颜处处宜。

漾月亭

一鉴湖光四面山，湖山偏喜借秋颜。

云开玉宇空明象，罨画楼台苍莽间。

舟停岸曲喜秋晴，午坐临流万象清。

一色泬寥舒远目，西成告稔慰予情。

泬寥：形容空旷的样子。

道光九年

狮子林

冰床掣曳速于船，不到芳林又隔年。

避暑消寒俱尽妙，招吟入画每成篇。

山光远近含余雪，林影高低罥晓烟。

最是风和春日暖，待看生意满堂前。

道光十年

春日泛舟至狮子林作

北风昨夜解春冰，乍泛兰桡浪影层。
景物含滋新涨绿，空明上下寸心澄。

平湖滟滟展轻绡，岸柳依依拓嫩条。
今岁春寒花事晚，犹迟草绿更桃夭。

轻绡：一种薄绡，汉以来，皇宫中常用以制做夏服。此处形容水波荡漾。

狮子林六绝句

小园结构邃而幽，林籁萧萧夏似秋。
石磴嵚岖通略彴，曲池澄碧映高楼。

须知此地能忘暑，嘉荫葱葱水浸阶。
倚槛拈吟参静妙，迂翁擘画较他佳。

移舟恰值雨初晴，乍听新蝉一两声。
密柳阴阴遮涧渚，洞天深处淡烟平。

清淑斋前植白莲，青钱水面正田田。
风光转瞬如相约，带看新葩过雨鲜。

青钱：此指浮萍。宋 张先《木兰花·郊州作》词：“青钱贴水萍无数，临晚西湖春涨雨。”

田田：意指莲叶，形容荷叶相连，茂盛的样子。

山重水复隐茅亭，亭下清泉更可听。
浣濯心情涤尘滓，泠然物我自忘形。

薜萝满径绿方浓，雨后层岚碧藓封。
林外轻飔增飒爽，悠然远寺一声钟。

道光十二年

狮子林

疏林残雪逗春光，云汉阴阴气转凉。
璧沼晶莹冰未泮，绳床稳渡速于航。

绳床：原指交椅。《晋书·佛图澄传》：“坐绳床，烧安息香。”因传自印度，亦称“胡床”。此处借指冰床。

小园风景静而幽，面水屏山石倚楼。
几日新波清浅处，芦锥淡绿数浮鸥。

芦锥：即芦芽。

咸丰朝

咸丰六年

狮子林

境仿名园制，林泉静以幽。
山庄时向往，御苑每来游。
忘暑移修竹，招凉上小楼。
此种清景阏，诗罢欲淹留。

咸丰八年

狮子林用赵抃诗韵

槛外平湖湖外山，隔林烟霭有无间。
新正几简饶清兴，静对虚窗半刻闲。

赵抃：字阅道，衢州西安（今浙江衢州）人，宋神宗初官至参知政事。其诗语言质朴，风格婉丽。

狮子林

名园风景四时饶，湛渌溪光映小桥。
试陟占峰亭子望，层层烟树豁清寥。

每因几暇来游豫，争奈年华烂漫何。

池馆憩留慰岑寂，只余勤政志无磨。

岑寂：犹高静，亦指寂寞。